Elise van Mark
Scherbellenskoppen

Elise van Mark ist in Ostfriesland geboren und lebt seit ihrem Ruhestand wieder dort in einem kleinen Dorf an der Ems. Im Schatten der Mühle, in der vor 300 Jahren grausige Morde geschahen, bewohnt sie ein altes Bauernhaus mit knackendem Gebälk. In dieser inspirierenden Umgebung schreibt die ehemalige Lehrerin mit Vorliebe Krimi- und Gruselgeschichten, davon viele in ihrer Muttersprache Plattdeutsch.

Titelabbildung:
Mikhail Markovskiy / Adobe Stock Fotos (Foto Leer)
Horst Andresen (Foto Scherbellenskoppen)

1. Auflage 2020

ISBN 978-3-95494-210-7
www.edition-falkenberg.de

Elise van Mark

Scherbellens-koppen

Ein Ostfriesland-Krimi

Edition Falkenberg

10. November

Janne musterte die Gestalt in der schäbigen Jacke, der fleckigen Hose und den schief gelaufenen Holzschuhen. Holzschuhe! Wo gab es denn heute noch Holzschuhe? Der gebeugte alte Mann hob eine Hand zum Gruß, als er das Wohnzimmer betrat.

»Moin Janne, bist du auch mal wieder hier?«

Die tiefe, aber etwas brüchig wirkende Stimme kam Janne seltsam vertraut vor. Da war etwas in dem Tonfall, das sie von früher kannte, aber es fiel ihr nicht ein, woher. Und woher kannte der Alte sie?

Sie war lange nicht mehr hier gewesen in ihrem Elternhaus, in dem jetzt ihr jüngerer Bruder Hannes und seine Frau Edda zusammen mit ihrem Vater wohnten. Vieles hatte sich verändert in dem Dorf, in dem sie ihre Kindheit und Jugend verbracht hatte.

Es war Martini, Martin Luthers Geburtstag. Wie hatte sie sich als Kind immer auf diesen Tag gefreut! Schon Wochen vorher hatte sie mit ihrer Freundin Anne Lieder eingeübt, um an Sünner Marten, wie der Tag in Ostfriesland auch genannt wird, mit Laternen von Haus zu Haus zu gehen und zu singen.

»Das hat Martin Luther als Kind auch gemacht und dafür ein Stück Brot bekommen«, hatte ihre Lehrerin im ersten Schuljahr erzählt. Heute ging es zum Glück nicht mehr um ein Stückchen Brot, um den Hunger zu stillen, sondern es waren Süßigkeiten, für die sich jetzt das Singen lohnte.

Der alte Mann war in Begleitung einer Frau, die ihn fast um eine Kopflänge überragte. Unter ihrer dicken Fellmütze schauten strähnige graue Haare hervor. Ihre braune Strickjacke war schon einige Male gestopft und es fehlten mehrere Knöpfe. An ihrem karierten Wollrock hatte sich der Saum an etlichen Stellen gelöst und hing fransig herunter. Um ihre Knöchel ringelten sich löchrige graue Strümpfe.

Wo sie die alten Plünnen wohl noch herhaben, fragte Janne sich, als sie die verkleideten Gestalten betrachtete. Die Maske der Frau wirkte mürrisch, die des Mannes zeigte ein steifes Grinsen. Nur die Augen blitzten lebhaft hinter den Augenschlitzen und standen in krassem Gegensatz zu den starren Gesichtern.

»Setzt euch aufs Sofa!«, forderte Edda die beiden Scherbellenskoppen auf. »Mögt ihr einen Korn?«

Sie nickten, holten Trinkhalme aus ihren Taschen und schoben sie durch die kleinen runden Mundöffnungen ihrer Masken. Dann leerten sie die Schnapsgläser mit schnellen Zügen.

»Tschüss Janne, bis bald!«, rief der Mann beim Hinausgehen. Janne schaute den beiden hinterher.

»Weißt du, wer die zwei waren?«, fragte sie ihren Bruder.

»Nee«, sagte Hannes. »Der Alte hat seine Stimme gut verstellt und die Oma hat ja gar nicht gesprochen, bloß genickt.«

Er wischte sich den Schweiß von der Stirn. Es war gar nicht so einfach gewesen, aber jetzt hatte er es hinter sich. Nur dumm, dass er nicht an den Bewegungsmelder gedacht hatte. Hoffentlich hatte der Junge ihn nicht gesehen. Er zog sich die alten Klamotten aus und warf sie in den Müllsack.

11. November

Gerda Hillrichs lehnte ihr schwarzes Hollandrad an die Hauswand, nahm ihre Tasche vom Gepäckträger und ging zur Eingangstür. Sie drückte auf die Klinke und wunderte sich, dass die Haustür abgeschlossen war. Dann klingelte sie und wartete. Niemand öffnete. Das ist ja seltsam, dachte sie. Krämers müssen doch da sein! Die wissen doch, dass ich heute zum Putzen komme. Sie blieb noch ein paar Minuten vor der Tür stehen und horchte. Von der nahegelegenen Bundesstraße drang das Rauschen des morgendlichen Berufsverkehrs herüber, aber aus dem Haus kam kein Laut. Als sich immer noch nichts im Haus regte, nahm Frau Hillrichs den Schlüssel, den

Krämers ihr überlassen hatten, aus ihrer Handtasche und schloss auf.

In der Diele legte sie ihren dunkelgrauen Wollmantel und die selbstgestrickte Mütze an der Garderobe ab.

»Frau Krämer, ich bin da!«, rief sie. Niemand antwortete. Im Haus war es so ungewöhnlich still, dass das Ticken der Kaminuhr aus dem Wohnzimmer und das der Standuhr im Arbeitszimmer gleichzeitig zu hören waren. Wahrscheinlich sitzen Krämers hinten in der Küche beim Frühstück und haben mich nicht bemerkt, vermutete sie. Die sind ja schon ein bisschen schwerhörig. Gerda Hillrichs lief in den rückwärtigen Teil des Hauses und klopfte an die Küchentür. Nichts regte sich. Es duftete auch nicht nach frisch aufgebrühtem Kaffee, den Frau Krämer sonst immer schon für sie bereitstehen hatte. Frau Hillrichs öffnete die Tür. Der Tisch war leer und es befand sich auch kein benutztes Geschirr in der Spüle. Es sah nicht so aus, als ob da jemand morgens gefrühstückt hätte. Sie zuckte zusammen, als plötzlich der Kühlschrank mit einem kurzen Knacken ansprang und die ungewohnte Ruhe durchbrach. Vielleicht sind die beiden krank und nicht aus ihren Betten herausgekommen, dachte sie. Die Grippewelle hatte bereits viele erfasst, besonders ältere Menschen. Sie ging die Treppe hinauf und klopfte an die Schlafzimmertür. Alles blieb still. Vorsichtig öffnete sie die Tür. Die Bettwäsche, die sie am Tag zuvor aufgezogen hatte, verbreitete den synthetischen Duft von Frühlingsfrische. Auf den Kopfkissen lagen noch unberührt das gefaltete lila geblümte Nachthemd und der dunkelblaue Satinschlafanzug. Dort hatte in der letzten Nacht niemand geschlafen.

Das ist ja eigenartig, dachte sie. Sollten Krämers etwa plötzlich verreist sein? Vielleicht brauchte ihre Tochter in Bochum sie mal wieder kurzfristig zum Babysitten. Das kam häufiger vor. Aber sie hätten mir wenigstens Bescheid geben können, dachte sie.

Frau Hillrichs ging wieder nach unten und machte sich an ihre

Arbeit. Sie holte den unhandlichen Bodenstaubsauger aus dem Abstellraum und schleppte ihn zum Wohnzimmer, wo sie immer als erstes mit dem Putzen anfing. Aber als sie die Tür öffnete und in den Raum sah, stockte ihr der Atem. Halt suchend griff sie nach dem Türrahmen, um nicht umzukippen. Noch nie in ihrem Leben hatte sie soviel Blut gesehen.

Sie verließ fluchtartig das Zimmer und stürzte zum Telefon im Flur.

Die hatten gar nicht so schnell begriffen, was geschah, aber der Alte hatte noch versucht, sich zu wehren. Hätte er sich alles ersparen können, wenn er vorher nicht so stur gewesen wäre.

Thorge Paulsen von der Polizeiinspektion Leer/Emden nahm den Hörer ab und hörte mit ernstem Gesichtsausdruck zu.

»Wir kommen gleich.«

»Was ist passiert?«, fragte Janne, die sich mit Thorge das Büro teilte und am Schreibtisch gegenüber saß.

»Ein Kollege Smid aus Heidland hat angerufen. Da sind zwei Menschen getötet worden, vermutlich schon gestern Abend, Moorpadd Nummer 30.«

Janne erschrak.

»Gestern Abend? Da hab ich dort doch noch gemütlich bei meinem Bruder gesessen.«

Hausnummer dreißig konnte gar nicht so weit von ihrem Elternhaus entfernt sein. Wohnten da nicht Meyers? Wer sollte einen Grund haben, diese freundlichen alten Menschen umzubringen?

Janne und Thorge steckten den Einsatzbefehl ein, rafften ihre persönlichen Ausrüstungsgegenstände zusammen und eilten zum Dienstwagen auf den Parkplatz. Thorge warf Janne den Schlüssel für den VW Passat zu.

»Fahr du, du kennst dich hier besser aus.«

»Na, so kompliziert ist der Weg nun auch nicht! Fast immer geradeaus!«

Doch Janne bog sofort rechts ab, anstatt in Richtung Bremer Straße den kürzeren Weg zu nehmen. Thorge blickte sie fragend an.

»Fahr nie die Bremer Straße, wenn du es eilig hast. Da sind garantiert die Bahnschranken zu.«

Ein gutes Argument. Thorge erinnerte sich an die Lästereien seiner Kollegen in Kiel, als seine Versetzung nach Leer durchsickerte.

»Was willst du denn in Leer? Da ist doch nichts los. Entweder es regnet oder die Schranken sind zu«, tönte einer, der in Leer bei der Bundeswehr seine Grundausbildung gemacht hatte. Auch er hatte schon oft vor den geschlossenen Schranken gewartet. Jetzt ging es zügig am Industriehafen vorbei, dann weiter über die Bahnbrücke und dank Blaulicht und Martinshorn auf der Gegenfahrbahn in die Papenburger Straße. Janne hatte keinen Blick für die wunderschöne Allee rechts, die zur Evenburg führte.

»Warum nennt man diese Kreuzung eigentlich Spier?«, fragte Thorge, als sie dort in Richtung Aurich abbogen.

»Hier war mal 'ne Werkstatt, hieß Spier. Ist aber schon über 50 Jahre her. Ein besserer Name ist noch niemandem eingefallen.«

Endlich ging es weiter, die Fahrzeuge vor ihnen versuchten, auf die Gehwege auszuweichen. Es hatte gefroren und obwohl die Streufahrzeuge schon früh unterwegs waren, war die Straße noch stellenweise glatt. Die zahlreichen Ampeln und in ihre Smartphones vertiefte Schüler zwangen sie, immer wieder zu bremsen. Einige Autofahrer reagierten kopflos, traten abrupt auf die Bremse oder wichen sogar nach links aus auf die Gegenfahrbahn. Manche genossen anscheinend ihre Musikkonserven über Kopfhörer und hörten nichts vom Martinshorn. Erst am Ortsrand auf der Umgehungsstraße konnten sie wieder aufatmen und an den anderen Autos vorbeiziehen. Und Janne hatte Zeit für ein paar schnelle Erklärungen.

»Das da sind die Reste von Onkel Heini. Ach so, weißt du ja nicht. Hier war mal ein wunderbares Ausflugslokal. Sogar mit wilden Tieren. Weiß ich aber auch nur von Erzählungen. Wie du siehst, ist das lange her.«

Inzwischen waren sie schon unter der Autobahnbrücke Emden/Oldenburg hindurch und mussten hinter einem LKW aus Litauen bremsen. Fast panisch riss der Fahrer seinen Truck auf den Seitenstreifen und Janne zog an dem schlingernden Wagen vorbei. Thorge warf noch einen kurzen Blick auf einen einsamen Fahrradladen an der Straße.

»Wer verirrt sich denn hierhin?«

»Mehr als du denkst. Das ist ein alteingesessenes Geschäft. Wenn du mal was brauchst?« Thorge wollte gerade mit seinen High-End-Fahrrädern prahlen, da passierten sie schon das Ortsschild von Heidland. Janne überfuhr die rote Ampel und bog kurz dahinter zielsicher in den Moorpadd ein.

»Ohne Navi?!«, fragte Thorge und löste langsam seine verkrampfte Hand vom Haltegriff. »Und mit geschlossenen Augen«, antwortete Janne knapp.

Als sie wenige Minuten später am Tatort ankamen, war der Polizeibeamte Smid gerade dabei, das Grundstück mit rot-weißem Flatterband abzusperren.

»Ich bin Kriminalhauptkommissarin Janne Winkelmann und das ist mein Kollege, Oberkommissar Thorge Paulsen«, informierte sie ihn kurz. »Sie haben eben mit ihm telefoniert.«

»Die Toten befinden sich im Wohnzimmer«, sagte Smid. Kurze Zeit später trafen die Kollegen von der Spurensicherung ein. Sie streiften ihre weißen Overalls über und machten sich an die Arbeit. Eine Ärztin war schon vor Ort.

Janne ging ins Haus. Sie betrat das Wohnzimmer und sah sich im Raum um. Auf dem Sofa saß eine ältere Frau. Ihr etwas übergewichtiger

Körper war zur Seite gekippt. Auf ihrer weißen Bluse zeichnete sich in Höhe des Herzens ein großer dunkelroter Blutfleck ab. Der alte Mann im Sessel war vornüber gefallen. Sein Kopf lag seltsam verdreht auf dem Tisch und die toten grauen Augen starrten Janne an.

Das Blut, das aus seiner Kopfwunde geflossen war, hatte sich in großen Lachen auf der cremefarbenen Damasttischdecke ausgebreitet. Aber das waren nicht Meyers, die hier in Jannes Kinderzeit gewohnt hatten.

»Wer sind die beiden?«, fragte Janne den Kollegen, der im Flur wartete.

»Das sind Ursel und Robert Krämer«, antwortete Smid.

»Und seit wann wohnten die hier?«

»Die haben vor ungefähr zwei Jahren das Haus von den Kindern gekauft, als die alten Meyers kurz nacheinander gestorben waren.«

Ja, dachte Janne, die hätten jetzt auch schon weit über neunzig sein müssen. Die waren schon alt, als ich Kind war. Aber wenn man aus seiner Heimat wegzieht und dann nach vielen Jahren zurückkommt, meint man immer, man müsste alles noch so vorfinden, wie es damals war. Als wenn die Zeit für einen hätte stehen bleiben müssen. Und man wundert sich, dass sich auch die Welt in dem kleinen Dorf verändert hat, dass Menschen nicht mehr da sind, die damals ein Teil des eigenen Lebens waren. Alte Häuser, in denen man als Kind auf dem düsteren Dachboden Verstecken spielte, sind plötzlich verschwunden und Neubauten gewichen. Apfelbäume, in denen man herumkletterte, sind abgeholzt und durch pflegeleichte Koniferen ersetzt worden.

»Die sind seit etwa zwölf Stunden tot«, sagte die Medizinerin und riss Janne aus ihren Gedanken. »Der Tod muss gestern Abend zwischen acht und zehn Uhr eingetreten sein. Mehr kann man erst nach der Obduktion sagen.«

»Nach einem erweiterten Selbstmord sieht es wohl nicht aus«, sagte Janne.

»Nein, das können wir schon jetzt sicher ausschließen. Wir haben keine Schmauchspuren an den Händen entdeckt, weder bei der Frau noch bei dem Mann. Es liegt auch keine Waffe hier«, erklärte der Kollege von der Spurensicherung. »Aber eine Patronenhülse haben wir sicherstellen können, unter dem Schrank. Messing, randlos, also vermutlich von einer Pistole. Die Ballistiker werden das bestätigen.«

»Wer hat die Toten gefunden?«, wollte Janne wissen.

»Frau Hillrichs hat die beiden entdeckt, als sie hier heute Morgen anfangen wollte zu putzen«, antwortete Smid. »Sie hat einen Schlüssel für das Haus.«

»Sie wissen hier ja gut Bescheid«, bemerkte Janne.

»Ja, ich wohne schon seit neun Jahren in Heidland und Frau Hillrichs ist meine Nachbarin. Sie hat mich gleich angerufen, nachdem sie die beiden Toten entdeckt hat. Daraufhin habe ich Ihren Kollegen Paulsen informiert.«

Gerda Hillrichs saß in der Küche und drehte nervös ein Taschentuch in ihren Händen. Janne schätzte sie auf etwas über sechzig Jahre.

Sie hatte geweint und schaute Janne aus geröteten Augen an.

»Die arme Frau Krämer! Sie war immer so lieb. Wer tut denn so was Furchtbares in unserem kleinen Dorf?«

»Es ist traurig«, sagte Janne, »dass das Verbrechen nirgends und vor niemandem Halt macht. Aber vielleicht können Sie uns dabei helfen, dass wir herausfinden, wer die beiden getötet hat. Sie kennen sich doch gut aus in diesem Haushalt. Ist Ihnen vielleicht irgendetwas aufgefallen, fehlt etwas oder ist etwas anders?«

»Nein, soweit ich sehen konnte, fehlt nichts. Nur der Korb mit den Süßigkeiten, die ich für Martini besorgt hatte, ist fast leer. Ich hatte ganz viele Kinderriegel und zwölf Adventskalender mit Schokolade eingekauft. Da sind die Kinder besonders hinterher, und es hat sich in den beiden letzten Jahren rumgesprochen, dass Krämers großzügig waren. Sie hatten immer so viel Freude daran, wenn die

Kinder an Sünner Marten zum Singen kamen. Das kannten sie ja aus dem Ruhrgebiet nicht, wo sie vorher gewohnt haben.«

»Meinen Sie, dass hier gestern mehrere Kinder waren?«

»Ja, gestern Abend müssen viele hier gewesen sein, die Adventskalender sind alle weg und da liegen nur noch zwei Kinderriegel.«

»Danke, Frau Hillrichs, das hilft uns schon weiter. Ist Ihnen sonst noch etwas aufgefallen?«

»Ja, auf dem Tisch steht die Flasche Korn, die ich gestern noch gekauft habe. Die ist geöffnet und es fehlt auch etwas von dem Schnaps. Aber Krämers trinken gar keinen Alkohol und Gläser sind auch nicht dabei.«

»Nehmt die Schnapsbuddel mit«, rief Janne den Kollegen von der Spurensicherung zu, »aber nicht austrinken!«

Dann drehte sie sich wieder zu Frau Hillrichs um.

»Herr Smid sagte, dass Sie mit Ihrem eigenen Schlüssel ins Haus gekommen sind, nachdem Krämers auf Ihr Klingeln nicht geöffnet haben. Kam das öfter vor?«

»Nein, nur wenn Krämers im Urlaub waren. Sonst hatte Herr Krämer die Tür morgens immer schon für mich aufgeschlossen.«

»Und wie war das heute Morgen?«

»Heute Morgen war die Haustür abgeschlossen. Das hat mich gewundert. Da hab ich erst geklingelt und als niemand öffnete, habe ich mit meinem Schlüssel aufgeschlossen. Von innen steckte keiner. Sonst wäre ich von außen auch nicht reingekommen. Das habe ich ja schon Herrn Smid erzählt.«

»Befand sich denn sonst immer ein Schlüssel innen im Schloss?«

»Ja, wenn Krämers zu Hause waren, steckte er von innen in der Haustür. Frau Krämer war schon ein bisschen vergesslich und wusste oft nicht mehr, wo sie ihn hingelegt hatte. Darum hatte sie sich angewöhnt, ihn immer von innen im Schloss stecken zu lassen.« Frau Hillrichs kamen wieder die Tränen.

»Oh Gott, die arme Birgit, wer sagt ihr das bloß jetzt?«

»Wer ist denn Birgit?«, fragte Janne.

»Das ist die Tochter«, antwortete Frau Hillrichs schluchzend.

»Wir kümmern uns darum«, sagte Janne. »Sie haben doch sicher ihre Adresse.« Frau Hillrichs nickte.

»Ich muss noch einmal auf den Schlüssel zurückkommen«, sagte Janne. »Wenn er diesmal nicht in der Haustür steckte, lag er dann irgendwo anders?«

»Nein, ich hab ihn nirgendwo gesehen.«

»Hat er ein besonderes Kennzeichen?«

»Ja, er hatte einen kleinen Vogelanhänger, einen bunten Tukan. Den Anhänger hat Frau Krämer mal als Andenken von ihrer Tochter geschenkt bekommen, als sie zusammen einen Ausflug zum Vogelpark Walsrode gemacht haben.«

»Danke, mehr Fragen habe ich im Augenblick nicht, aber ich komme bestimmt noch mal auf Sie zu. Wenn Ihnen noch etwas einfällt, rufen Sie mich bitte an.« Janne überreichte Frau Hillrichs ihre Visitenkarte.

Dann ging sie wieder zurück ins Wohnzimmer, wo die Kollegen noch dabei waren, Spuren zu sichern. Sie sah sich noch einmal um. Krämers hatten es sich gemütlich eingerichtet mit einer Sitzgruppe in warmen Rottönen. Den beiden Sesseln gegenüber befand sich ein großer Fernseher. Der Wohnzimmerschrank aus Kirschbaumholz bestand zur Hälfte aus einem Vitrinenteil. Dort hatte Frau Krämer ihr gutes Ess- und Kaffeeservice aufbewahrt, Blaublüten von Arzberg. Janne kannte das Design, das in seiner schlichten Form von Bauhaus-Ideen inspiriert war. Im Café der Kunsthalle in Emden hatte sie schon aus solchen Tassen ihren Tee getrunken. Schade, dass sie dort inzwischen das Service gegen robustes weißes Gastronomiegeschirr ausgetauscht haben, dachte Janne.

Die andere Hälfte des Wohnzimmerschrankes bestand aus Bücherregalen. Die beiden obersten Reihen waren angefüllt mit Literatur über Ostfriesland: Bildbände über die ostfriesischen Inseln, ein Architekturführer Ostfriesland, ein Plattdeutsch-Lexikon, ein dickes Buch mit Sagen aus Ostfriesland und eine Abhandlung über Friesische Freiheit. Krämers waren offensichtlich bemüht gewesen, ihre neue Heimat kennenzulernen.

Dem Sofa gegenüber befand sich ein mit roten Backsteinen gemauerter Kamin. Auf dem Sims standen drei Familienfotos in silbernen Rahmen, flankiert von silbernen Leuchtern. Ein Brautpaar strahlte sich an und das Bild daneben zeigte einen jungen Reiter auf einem Pferd. Er hatte einen Polohelm auf dem Kopf und den typischen Schläger in der rechten Hand. Möglicherweise war das Foto in England aufgenommen worden. Auf dem dritten Bild war eine ältere Frau zu sehen, die fröhlich in die Kamera lachte. Im Arm hielt sie ein kleines Kind in einem spitzenbesetzten Taufkleid mit hellblauen Schleifen. Janne erkannte den Taufstein im Hintergrund. Es war derselbe, an dem auch sie getauft worden war, der Taufstein aus Bentheimer Sandstein aus dem 13. Jahrhundert in der Heidlander Kirche. Die Frau auf dem Foto war sicher Frau Krämer und das Kind vermutlich ihr Enkel. Wie rührend, dachte Janne, dass er in der neuen Heimat seiner Großeltern getauft wurde, und wie traurig, dass diese das Kind nun nicht mehr aufwachsen sahen.

Janne ging noch einmal zu Frau Hillrichs.

»Sie wissen doch sicher, wer die Menschen auf den Fotos sind?«

»Ja, das sind die Kinder von Krämers. Das Brautpaar sind die Tochter Birgit und ihr Mann. Die wohnen in Bochum. Der Mann auf dem Pferd ist Peter, Krämers Sohn. Der arbeitet in London bei einer Bank. Das Kind im Taufkleid ist Birgits Sohn. Frau Krämer ist öfter nach Bochum gefahren und hat auf den Kleinen aufgepasst. Mit ihrer Tochter verstanden sich Krämers sehr gut.«

»Mit dem Sohn nicht?«, hakte Janne nach.

»Nein, mit Peter hatten sie Streit und Frau Krämer hat sehr darunter gelitten.«

»Wissen Sie denn, worum es dabei ging?«

»Ja, es ging wohl darum, dass Krämers ihre Eigentumswohnung in Bochum ihrer Tochter überlassen und sich hier in Ostfriesland etwas Neues gesucht haben. Genaueres weiß ich nicht. Aber in diesen Tagen wollte Peter aus London kommen. Er wollte sich mit seinen Eltern aussprechen und etwas für sie regeln. Das hat mir Frau Krämer letzte Woche noch voller Freude erzählt.« Frau Hillrichs fing wieder an zu weinen.

»Nun musste sie auf so schreckliche Weise von der Welt und konnte sich nicht mehr mit ihrem Jungen versöhnen. Damit wird Peter wohl schwer klarkommen.«

»Wie war das denn mit Herrn Krämer und seinem Sohn?«, fragte Janne.

»Ich glaube, er hat auch darunter gelitten, dass Peter so ein Hitzkopf ist und sie keinen Kontakt mehr hatten. Aber Sie wissen ja, wie Männer sind. Die reden nicht darüber und fressen alles in sich rein, bis sie es nicht mehr aushalten können und dann kriegen sie einen Herzschlag. So war das bei meinem Mann auch.«

Janne ging wieder zu Thorge.

»Wenn hier nichts weggekommen ist, wie Frau Hillrichs sagt, können wir Raubmord ausschließen. Vielleicht geht es ja um einen Erbschaftsstreit. Wir müssen uns mal die beiden Kinder vornehmen. Wissen die überhaupt schon Bescheid?«

»Nein«, sagte Thorge, »aber ich kümmere mich darum.«

Thorge Paulsen war der beste Kollege, den Janne sich vorstellen konnte. Sie fanden sich sofort sympathisch, als Janne vor drei Monaten ihre Stelle in Leer angetreten hatte. Soweit ihr bekannt war, hatte Thorge einen interessanten Posten in Kiel gehabt. Warum er da wohl vor zwei Jahren weggegangen war und sich auf die Stelle als Oberkommissar in Leer beworben hatte? Danach wollte sie ihn gelegentlich fragen, wenn sie etwas vertrauter miteinander sein würden. Janne war neugierig. Das Leben anderer Menschen interessierte sie. Welches Schicksal sie zu dem gemacht hatte, was sie waren. Sie hatte zwei Semester Psychologie studiert, sich aber dann für den Polizeiberuf entschieden. Ihre psychologischen Grundkenntnisse kamen ihr als Polizistin aber zugute.

»Seht euch mal draußen um«, rief sie ihren Kollegen von der Spurensicherung zu.

Die Männer in ihren weißen Overalls begaben sich nach draußen und untersuchten zuerst den Hauseingang. Sie prüften das Türschloss und den Rahmen. Das Schloss war unversehrt und es gab keine Einbruchspuren. Dann liefen sie um das Haus herum, untersuchten alle Fenster und die Terrassentür. Auch dort gab es keine Spuren, die auf einen Einbruch deuteten. Alle Fenster waren intakt, ebenfalls die Terrassentür. Auch die Suche nach Fußspuren in den Beeten blieb ergebnislos, zumal der Boden ohnehin gefroren war. Aber dann wurden sie doch noch fündig.

»Hier in dem Buchsbaum neben der Haustür liegt etwas«, rief einer der Männer. Janne lief schnell zu ihm. Er hielt ihr einen kleinen gelben Trinkhalm entgegen.

»Nehmt ihn mit und stellt Spuren für einen DNA-Abgleich sicher«, sagte sie.

Für den Nachmittag ordnete Janne eine Dienstbesprechung in ihrem Büro an. Franziska, Anwärterin für den Polizeidienst und die jüngste Kollegin, erschien zuerst in der Tür. Sie drängte sich dicht neben Thorge, der fast gleichzeitig mit ihr hereinkam. Eilert, der Computerfreak und IT-Spezialist erschien wie immer mit Verspätung.

Janne war angespannt. Es war das erste Tötungsdelikt, seit sie bei der Kripo in Leer angefangen hatte. Sie wusste, dass alle hohe Erwartungen an sie hatten.

»Ich fasse mal die Fakten zusammen«, begann sie, als sich alle eingefunden hatten.

»Der Tod von Ursel und Robert Krämer ist gestern Abend

wahrscheinlich zwischen 20:00 Uhr und 22:00 Uhr eingetreten, auf jeden Fall nicht vorher. Nach der Obduktion kann der Zeitraum eventuell noch etwas präziser eingegrenzt werden.

Krämers wurden erschossen. Die Ballistik steht noch aus.

Auf dem Tisch stand eine angebrochene Flasche Korn.«

»Wer hat die Toten gefunden?«, unterbrach Franziska Jannes Ausführungen.

»Die Haushaltshilfe Gerda Hillrichs hat die beiden heute Morgen entdeckt, als sie zu Krämers zum Putzen kam. Sie hat einen Schlüssel für das Haus«, beantwortete Janne die Frage und fuhr mit ihrem Bericht fort.

»Der Korb mit den Süßigkeiten, die Frau Hillrichs für die Laternenkinder besorgt hatte, war fast leer.

Die Haustür war heute Morgen abgeschlossen und es gibt keine Einbruchspuren, weder an Türen noch an Fenstern.

Der Haustürschlüssel mit dem kleinen Vogelanhänger fehlt.

Ansonsten fehlt laut Aussage von Frau Hillrichs nichts im Haus.

In dem Buchsbaum neben der Haustür fand die Spurensicherung einen kleinen gelben Trinkhalm.«

»Krämers könnten ihren Mörder selbst hereingelassen haben«, sagte Eilert.

»Oder jemand ist mit einem Nachschlüssel hereingekommen«, meinte Franziska. »Die Haushaltshilfe hat doch einen Schlüssel.«

Sie drehte den Kopf zu Thorge, schüttelte dabei ihr langes blondes Haar und strahlte ihn so an, als erwarte sie ein Lob für ihre Bemerkung. Janne fiel ein, vor kurzem in einer Studie gelesen zu haben, dass Frauen bei Männern zuerst auf die Stimme achten, während Männer auf schöne Haare abfahren. Franziska hatte die Studie anscheinend auch gelesen. Zugegebenermaßen hatte sie sehr schöne Haare.

Franziska hätte lieber Thorge als Hauptkommissar an Jannes Stelle gesehen. Das hatte Janne zufällig in einem Gespräch mitbekommen. Etwas barscher als beabsichtigt fuhr sie fort:

»Zunächst sind erst einmal alle verdächtig und wir ermitteln in alle Richtungen, aber Frau Hillrichs Erschütterung und Trauer über den Tod von Krämers erschien mir echt und nicht gespielt.«

»Wenn der Korb mit den Süßigkeiten fast leer war, bedeutet das doch, dass mehrere Kinder zum Singen da waren, es sei denn, Krämers hätten selbst einen Heißhunger auf Schokolade bekommen. Das könnte ich gut verstehen«, meinte Eilert und strich sich über seinen kleinen Bauch, der wohl nicht nur von Schokolade so rund geworden war.

»Ich fahre morgen früh nach Heidland und werde versuchen, herauszufinden, welche Kinder gestern Abend unterwegs waren. Vielleicht hat eines etwas gesehen, das uns weiterbringen könnte«, sagte Janne.

»Und was ist mit der Schnapsflasche?«, fragte Franziska.

»Wenn es so ist, wie Frau Hillrichs sagte, dass Krämers keinen Alkohol getrunken haben, könnten sie die Flasche für einen Besucher hervorgeholt haben«, sagte Janne.

»Nun spuck's schon aus!« Eilert wurde ungeduldig. »Du hast doch eine Vermutung. Ich seh es dir an der Nasenspitze an.«

»Ja«, erwiderte Janne, »aber es ist noch etwas verfrüht darüber zu reden.«

12. November

»Kann ich mal auf eine Tasse Tee bei dir vorbeikommen?«, fragte Thorge morgens, als er mit Janne alleine im Büro war. »Ich muss mal was mit dir besprechen.«

Thorges Frage überraschte Janne.

»Ja natürlich kannst du mich besuchen, aber willst du das nicht hier mit mir bereden?«

»Nein!«

Janne hakte nicht weiter nach, aber sie begann zu spekulieren.

Offenbar war es etwas Privates, das Thorge ihr zu sagen hatte. Sollte da bei ihm vielleicht etwas mehr vorhanden sein als nur kollegiale Sympathie? Die Vorstellung gefiel ihr.

»Wie ist es mit Sonntag? Da habe ich frei, und wenn ich den Dienstplan richtig im Kopf habe, bist du auch nicht eingeteilt. Du weißt ja, wie man nach Middels-Möhlen kommt und da fragst du einfach nach Janne. Es gibt nur 169 Einwohner und jeder kennt jeden.

Da wird man dir schon das richtige Haus zeigen, es ist nämlich das schönste im Dorf.« Janne schmunzelte.

Middels-Möhlen war ein kleines Dorf direkt am Emsdeich. In Touristikblättern wurde behauptet, es sei die Perle der Gemeinde Westoverledingen.

Janne hatte sich dort das alte Landarbeiterhaus gekauft, das einmal ihren Vorfahren gehört hatte. Es stand in der Nähe der alten Mühle, in der ihre Großeltern sich kennengelernt hatten. Ihr Großvater hatte dort als Müllergeselle gearbeitet. Jetzt wurde die Mühle von einem Hobbymüller betreut und war nur noch selten in Betrieb. Zusammen mit dem Müllerhaus, das das kleine Museum »Omas Küche« beherbergte, war das Mühlenensemble ein Anziehungspunkt für Radfahrer, die sich eine kleine Pause gönnten auf der Strecke am Deich entlang zwischen Leer und Papenburg.

Nach dem Tod von Jannes Großeltern war das Haus an ein Ehepaar aus Groningen veräußert worden. Aber der jungen Niederländerin war es auf dem Land zu einsam gewesen und das Haus hatte wieder zum Verkauf gestanden, gerade zu der Zeit, als Janne sich nach Leer beworben hatte.

Es war für sie das erste Mal seit ihrer Kindheit, dass sie wieder nach Middels-Möhlen gekommen war. Sie hatte hinter dem alten Haus gestanden und für einen Moment die Augen geschlossen, um die Geräusche zu genießen. Das dumpfe, regelmäßige Tuckern eines alten Binnenschiffes, das gerade auf der Ems mit dem ablaufenden Wasser in Richtung Dollart vorbeifuhr, hatte etwas Beruhigendes. Vertraute Bilder waren hochgekommen. Sie erinnerte sich an den Deich voller gelber Butterblumen und an das kleine blaue Ruderboot, das dort im Schilf gelegen hatte. Ihr Onkel hatte sie manchmal darin mitgenommen, wenn er zum Angeln hinausgerudert war. Er hatte ihr auch gezeigt, wie man Aalköder auslegte. Damals hatte es noch Aale in der Ems gegeben. Abends wurden die Fische geräuchert und mit ostfriesischem Schwarzbrot gegessen. Das war immer noch ihr Lieblingsessen.

Janne hatte den Makler gebeten, sie alleine durch das Haus gehen zu lassen, um es in Ruhe auf sich wirken zu lassen, und gehofft, noch Spuren zu finden, die sie an ihre Großeltern erinnerten. Sie war die schmale steile Treppe hinaufgestiegen, die zu dem einzigen Zimmer auf dem Boden führte. Der winzige Raum unter der Dachschräge, in dem sie als kleines Mädchen geschlafen hatte, war unverändert geblieben und es hatte immer noch so wie früher nach altem Holz gerochen. Janne hatte sich auf das quietschende Metallbett gesetzt, das dort noch in einer Ecke stand. Als sie durch die kleine Dachluke in Richtung Mühle geschaut hatte, fühlte sie sich zurückversetzt in die Zeit, in der sie die Ferien bei ihrer Großmutter und ihrem Großvater verbracht hatte. Es war eine Zeit, in der in ihrer Erinnerung immer Sommer gewesen war und sie noch in der Ems hatte schwimmen können. Ein Gefühl der Geborgenheit hatte sie plötzlich umfangen, und da war sie sich sicher gewesen, dass dieses Haus auf sie gewartet hatte.

Die Verwandtschaft war glücklich, dass das Haus nun wieder in Familienbesitz war. Janne war es gelungen, wieder etwas von dem alten Charme des Landarbeiterhauses hervorzuholen. Sie freute sich, als sie hinter einer Wandverkleidung die alte Buddelei entdeckte. In dem verglasten Wandschrank hatte ihre Großmutter immer ihre kostbarsten Tassen und Gläser aufbewahrt. Auch die Bonbonniere aus den fünfziger Jahren hatte dort ihren Platz gehabt. Daraus hatte es jeden Nachmittag zum Tee ein Stückchen Schokolade für die Enkelin gegeben.

Für das Wohnzimmer hatte Janne einen antiken gusseisernen Ofen im Internet ersteigert. Sie hatte ihn in dreizehn Einzelteilen aus der Gegend von Stade abholen müssen, aber in ihrem alten Volvo-Kombi, in dem sie schon so manches Schätzchen vom Sperrmüll transportiert hatte, war das kein Problem gewesen. Es war ein schmaler runder dänischer Ofen mit einer schönen Krone, ein sogenannter Dienstmädchenofen. Ursprünglich mochte er einmal in der engen Kammer einer Hausangestellten gestanden haben. Jetzt passte er perfekt in die kleine Zimmerecke zwischen Schrank und Tür.

An der Wand hinter der Feuerstelle hatte Janne eigenhändig die alten manganfarbenen Delfter Fliesen angebracht, die sie schon seit Jahren sammelte und auf Flohmärkten oder in Antiquitätenläden erstanden hatte. Sie war froh und stolz, dass sie solche handwerklichen Arbeiten selbst machen konnte. Das hatte sie von ihrem Vater gelernt, der war zwar eigentlich Maurer von Beruf gewesen, aber wie so viele ostfriesische Männer konnte er auch tischlern, malern, klempnern und Fliesen legen.

Inzwischen waren fast alle Räume renoviert und eingerichtet. Im Wohnzimmer gab es einen Mix aus neuen Möbeln und alten Stücken. Zwei moderne blau-weiß gestreifte Sofas dominierten den Raum und standen im schönen Kontrast zu dem dunklen Jugendstilschrank, der noch aus Familienbesitz stammte. Hannes hatte ihn ihr zum Einzug geschenkt.

Janne fühlte sich geborgen in dem Haus und es kam ihr so vor, als wenn ihre Großmutter auf sie herunterschaute und sie beschützte. Sie hatte sogar ein bisschen Ähnlichkeit mit ihr. Besonders auffallend war die dunkle Haarfarbe, die sie von ihrer Großmutter geerbt hatte. Für Friesen, die sich entlang der Nordseeküste ausgebreitet hatten, war das eher untypisch. Janne vermutete daher einen hugenottischen Einschlag in ihrer Familie. Die Namen Guilliam und de Valois, die sie in ihrer Ahnentafel entdeckt hatte, deuteten darauf hin.

Im 17. und 18. Jahrhundert hatten viele der aus Frankreich geflohenen Hugenotten Aufnahme in Emden gefunden, wo es eine eigenständige französich-reformierte Gemeinde gegeben hatte. Von dort hatte sich ihre Familie ausgebreitet über Gandersum bei Emden, wo Guilliam Barth um 1660 gelebt hatte, weiter ins Rheiderland nach Stapelmoor und dann über die Ems, bis ein Vorfahr in Middels-Möhlen das alte Landarbeiterhaus 1899 von einer Schusterwitwe gekauft hatte.

Janne dachte mit Stolz an ihr Haus und freute sich darauf, es Thorge zeigen zu können.

Sie wandte sich wieder Thorge zu.

»Sind die Kinder der Krämers inzwischen benachrichtigt?«

»Ja«, sagte Thorge. »Die Tochter kommt heute mit ihrem Mann, um alle Formalitäten zu erledigen und sich um die Beerdigung zu kümmern. Sie meldet sich, sobald sie hier ist«

»Und was ist mit dem Sohn Peter?«

»Seine Schwester hat versucht, ihn in London zu erreichen, aber er hat sich weder auf dem Handy noch auf dem Festnetz gemeldet.«

»Dann versuch es doch mal bei der Bank, bei der er arbeitet!«

»Ist bereits geschehen.«

»Und was ist bei deiner Nachfrage herausgekommen?«

»Ich habe die Information bekommen, dass Peter Krämer für eine Woche Urlaub genommen hat. Seine Sekretärin hat ihm für den 8. November einen Flug von London nach Hamburg mit British Airways gebucht. Der Rückflug ist für den 12. November gebucht, also für heute.«

»Und hat er den Flug angetreten?«

»Ja hat er. Zumindest den Flug von London nach Hamburg. Wir haben die Kollegen in London um Amtshilfe gebeten. Die haben herausgefunden, dass Peter Krämer um 8:05 Uhr in Heathrow eingecheckt hat. Die Maschine ist um 11:20 Uhr in Hamburg gelandet. Dort hat er etwa eine halbe Stunde später ausgecheckt, wie die Hamburger Kollegen mitgeteilt haben.«

»Und was ist mit dem Rückflug von Hamburg nach London?«, fragte Janne.

»Den Flug hat er nicht angetreten, wie Franziska in Erfahrung bringen konnte, und bislang hat er auch noch keinen anderen Rückflug gebucht, zumindest nicht von Hamburg aus.«

»Wir müssen herausfinden, was er nach der Landung in Hamburg gemacht hat. Ich vermute mal, dass er sich einen Leihwagen genommen hat. Wenn er seine Eltern besuchen wollte, wie Frau Hillrichs sagte, wird er bestimmt nicht umständlich mit Bahn und Bus nach Heidland gefahren sein. Allerdings fahren die Busse inzwischen viel öfter als zu meiner Schulzeit«, stellte Janne fest. »Wenn ich damals einen Bus verpasst habe, musste ich ziemlich lange auf den nächsten warten. Da bin ich dann häufiger per Anhalter gefahren.«

»Ach so, deshalb nimmst du heute noch aus Mitleid jede Anhalterin mit.«

»Besser, sie fahren mit mir als mit einem anderen.«

»Ich habe Eilert schon gebeten, die Autoverleiher in Hamburg anzurufen.« Thorge wurde wieder dienstlich. »Er will gleich mit denen am Flughafen anfangen.«

In der Zwischenzeit rief Birgit Krämer aus Heidland an. Sie war bei Frau Hillrichs untergekommen, da sie sich nicht getraut hatte, alleine in dem Haus zu schlafen, in dem ihre Eltern umgebracht worden waren. Ihr Mann war in Bochum geblieben, um das Kind zu betreuen.

Janne bestellte sie aufs Revier nach Leer. Birgit Krämer war eine großgewachsene Frau. Sie hatte große Ähnlichkeit mit ihrer Mutter, wie Thorge registrierte. Allerdings war sie nicht so korpulent. Er führte sie zu Janne ins Büro.

»Hatten Ihre Eltern Feinde?«, fragte Janne, nachdem sie ihr Beileid ausgesprochen hatte.

Birgit Krämer schüttelte den Kopf. »Nein, mir ist niemand bekannt, aber es muss wohl so sein, sonst wären sie nicht ermordet worden. Aber ich wüsste nicht, warum jemand so etwas tun sollte.«

Birgit Krämers Augen füllten sich mit Tränen und Thorge reichte ihr ein Taschentuch. Janne wartete ein paar Minuten, bis sie sich wieder gefasst hatte und setzte die Befragung fort.

»Ihre Eltern sind erst vor zwei Jahren nach der Berentung ihres Vaters hierher gezogen. Gab es dafür einen besonderen Grund?«

»Ja, meine Eltern haben oft Urlaub in Ostfriesland gemacht und die Luft hier bekam meiner Mutter immer besonders gut. Sie hatte ein leichtes Asthma. Im Ruhrgebiet litt sie häufig unter der Luftverschmutzung.«

»Haben Ihre Eltern sich an ihrem neuen Wohnort wohl gefühlt?«

»Ja, das haben sie, besonders meine Mutter. Sie hat sich schnell eingelebt und nette Kontakte geknüpft, besonders in der Kirchengemeinde. Das war auch ein Grund, weshalb wir unseren Sohn hier haben taufen lassen.«

»Es war sicher ein unvergessliches Erlebnis für Ihre Eltern. Ich habe das Foto von der Taufe auf dem Kaminsims gesehen.«

Auf Birgit Krämers Gesicht zeigte sich ein kleines Lächeln.

»Wie war das denn mit Ihrem Vater?«, fragte Janne weiter.

»Eigentlich wohnte er auch ganz gerne in Heidland. Besonders liebte er seinen großen Garten. In Bochum hatten meine Eltern nur eine Eigentumswohnung. Die haben mein Mann und ich übernommen.«

»Sie sagten *eigentlich* wohnte ihr Vater gerne in Heidland. Ich höre da eine kleine Einschränkung.«

»Ja, das stimmt. Er hat sich darüber aufgeregt, dass in der Nähe ein größeres Gebäude entstehen sollte und ihm die Sicht nehmen würde. Manchmal konnte er ein Hitzkopf sein, genauso wie mein Bruder.«

»Haben Sie inzwischen etwas von Ihrem Bruder gehört?«

»Nein, ich habe ihn immer noch nicht erreicht.« Birgit Krämer schüttelte den Kopf und fing wieder an zu weinen. »Ich weiß gar nicht, wie ich das alles alleine regeln soll, die ganzen Formalitäten und die Beisetzung. Wissen Sie denn schon, wann meine Eltern beerdigt werden können?«

»Es wird wohl leider noch ein paar Tage in Anspruch nehmen, bis alle Obduktionsergebnisse vorliegen«, sagte Thorge bedauernd. »Außerdem müssen die Leichen noch von der Staatsanwaltschaft freigegeben werden. Wir geben Ihnen aber sofort Bescheid.«

Nachdem Janne sich von Birgit Krämer verabschiedet hatte, lief sie hinüber zu Eilerts Büro.

»Was ist bei den Autoverleihern herausgekommen?«

»Wir hatten Glück«, antwortete Eilert. »Gleich der zweite war ein Volltreffer. Peter Krämer hat sich tatsächlich einen Leihwagen genommen.«

»Und was für ein Auto war das? Lass mich raten! Schwarzer Mercedes ...?«

»Bingo! War aber auch nicht so schwer zu raten, oder? Bänker fahren doch immer teure Schlitten. Weißt du denn auch die Autonummer?«

»Na klar! Hamburger Kennzeichen«, sagte Janne.

»Sehr schlau! Du hättest Kriminalhauptkommissarin werden sollen.« Eilert schenkte ihr ein verschmitztes Lächeln und Janne lachte mit.

Gegen Mittag fuhr Janne wieder nach Heidland. Sie wollte zu ihrer Schwägerin Edda, um sich zu erkundigen, welche Kinder an Martini bei ihr gewesen waren. Da ihr Haus nicht weit von Krämers

Haus entfernt stand, war es gut möglich, dass die Kinder, die bei Edda und Hannes gesungen hatten, auch bei Krämers gewesen waren. Vielleicht hatten sie auf dem Weg dorthin etwas beobachtet.

»Moin Edda, hast du noch 'ne Tasse Tee und ein Käsebrot für mich? Ich hab noch nicht zu Mittag gegessen.«

»Ja, komm, setz dich erst mal. Das ist ja furchtbar, was da mit Krämers passiert ist.«

Die Nachricht von dem Verbrechen hatte sich in Windeseile im Dorf verbreitet.

»Kanntest du die beiden gut?«, fragte Janne.

»Nein, nicht so gut. Die wohnten ja noch nicht so lange hier.«

»Wie lange muss man denn in Ostfriesland wohnen, um dazuzugehören?«

Edda überhörte die Frage.

»Beim Einkaufen habe ich Frau Krämer öfter mal getroffen. Sie war immer sehr freundlich.«

»Und er?«

»Herr Krämer war auch nett, vielleicht ein bisschen rechthaberisch. Er ging nicht mehr so oft raus. Dafür pusselte er gerne in seinem Garten rum. Hätte glatt ein Ostfriese sein können, so gerade waren seine Hecken geschoren.«

»Wie war das denn an Martini? Bevor ich gekommen bin und die Scherbellenskoppen ihren Schnaps abholten, waren die Kinder doch schon dagewesen. Wann fing das denn an?«

Edda überlegte.

»Um halb fünf. Als es gerade begann, dunkel zu werden, kamen die kleineren Kinder mit ihren Laternen, die sie im Kindergarten selbst gebastelt haben. Meistens waren die Mütter mit dabei, die dann auch ein bisschen beim Singen mithelfen mussten:

Mien lüttje Lateern,
ik hebb di so geern.

Das Lied von Greta Schoon hab ich vorgestern wohl fünfmal gehört. Ist ja auch eine schöne einfache Melodie und so viele plattdeutsche Lieder gibt es nicht.«

»Und viele Kinder, die noch Plattdeutsch können, gibt es leider auch nicht mehr«, bedauerte Janne.

»Aber die Zeilen reimen sich notfalls auch im Hochdeutschen.
Meine kleine Laterne,
ich hab dich so gerne.«

»Die Kinder, die zur Grundschule gehen, singen meistens hochdeutsche Lieder.«

Edda fing an zu singen:
»Martinus Luther war ein Christ,
ein glaubensstarker Mann ...
Kennst du das Lied noch?«

»Ja, klar!
Weil heute sein Geburtstag ist,
zünd ich mein Lichtlein an«, sang Janne weiter.

Das war eines ihrer Lieblingslieder gewesen und sie fühlte sich beim gemeinsamen Singen mit Edda wieder in ihre Kindheit versetzt.

»Ihr seid ein bisschen spät dran mit dem Singen!« Hannes hatte die beiden gehört und steckte seinen Kopf zur Tür herein. »Martini war vorgestern oder übt ihr schon für nächstes Jahr?«

»Scherzbold«, frotzelte Janne und wandte sich wieder an Edda.

»Wann waren denn die letzten Kinder hier?«

»Gegen acht Uhr waren die Kinder mit dem Singen durch. Dann ist es auch schon stockfinster und sie müssen nach Hause. Gestern früh war ja Schule. Ältere Kinder singen meistens nicht mehr, für die ist das uncool. Nur die Kinder von Brandt, die ganz am anderen Ende des Dorfes wohnen, kommen immer noch spät nach acht. Die nutzen die Gelegenheit, dass sie mal richtig viele Süßigkeiten ergattern können. Singen können sie nicht, aber sie haben immer große Plastikbeutel für den Naschkram dabei.« Edda musste lachen.

»Waren die vorgestern Abend auch hier?«, fragte Janne.

»Ja, recht spät sogar noch, zumindest für Schulkinder. Es muss so zwanzig nach acht gewesen sein. Wir hatten den Fernseher an, weil wir dachten, es kämen keine Kinder mehr zum Singen und hatten uns gerade den Wetterbericht angesehen. Als die beiden hinausgegangen sind, habe ich ihnen noch nachgeschaut, ob sie sich in der Dunkelheit zurechtfinden. Da konnte ich sehen, dass sie in ein Auto stiegen. Das hat auf der anderen Straßenseite gewartet.«

»Was für ein Auto war das denn?«

»Ich glaube, es war ein alter Golf. Die Farbe konnte ich im Dunkeln nicht so genau erkennen, vielleicht rot. Vermutlich wartete die Mutter auf ihre Kinder. Ich meine, Frau Brandt fährt so einen Wagen.«

»Die Zeiten haben sich anscheinend geändert, wir mussten noch laufen«, sagte Janne.

»Ja, es gibt wirklich Eltern, die ihre Kinder von Dorf zu Dorf karren zu Leuten, die sie gar nicht kennen, aber von denen sie wissen, dass sie viel geben.«

»Ach, wer will ihnen das verdenken! Wir haben uns doch als Kinder auch immer gefreut, wenn wir unsere Beutel voll mit Süßigkeiten nach Hause schleppen konnten. Weißt du noch, dass wir immer besonders gerne bei Schrievers gesungen haben, weil es dort einen großen Schokoladenweihnachtsmann gab?«, fragte Janne.

»Ja, ich erinnere mich. Das hat sich schon immer schnell herumgesprochen, wer großzügig ist und wo sich das Singen lohnt.«

»Danach bist du auch nicht gerade knickerig, Edda, wenn man den Besuch der Brandt-Kinder als Indiz dafür nimmt.«

»Da hast du ja messerscharf kombiniert, liebe Schwägerin!«

»Schreib mir doch bitte mal auf, welche Kinder bei euch gewesen sind, wenn's geht auch mit der ungefähren Uhrzeit und der Adresse«, bat Janne. »Das könnte wichtig sein für die Ermittlungen.«

Edda versprach, die Liste bis zum nächsten Morgen fertig zu haben.

»Wie war das denn mit den Scherbellenskoppen? Die ersten hab ich um kurz vor neun noch selber gesehen. Die drei, die als Schulmädchen und Lehrerin verkleidet waren, hatten richtig Spaß dabei, das merkte man«, sagte Janne.

»Das stimmt. Aber ich hab sie trotz ihrer Mühe beim Verkleiden erkannt«, meinte Edda.

»Ja? Wer waren denn die beiden Mädchen mit den langen blonden Zöpfen? Die sahen süß aus mit ihren karierten Faltenröckchen und den selbst gestrickten weißen Kniestrümpfen. Und die ledernen Schulranzen waren richtig alt. Wo sie die Sachen wohl aufgetrieben haben?«

»Das waren keine Mädchen, das waren Jungen, Frau Kriminalhauptkommissarin. Hast du denn nicht gemerkt, dass die gerade im Stimmbruch waren?«

»Ach so, das war echt. Darum klangen die so kieksig. Ich dachte, die hätten nur ihre Stimmen verstellt.«

»Und das lange Ende, das sich als Lehrerin verkleidet hatte mit Brille und Dutt, das war mein Neffe.«

»Woher weißt du das denn, Edda?«

»So ein dünnes langes Ende gibt es hier nur einmal und das ist Florian. Und ich hab auch das alte Kostüm meiner Schwester wiedererkannt.«

»Und die beiden anderen Jungs, kennst du die auch?«

»Kennen werde ich die wohl, aber ich kann dir im Augenblick nicht genau sagen, wer die waren. Es sind bestimmt zwei Jungen aus Florians Basketballverein, die er trainiert. Frag ihn am besten selbst.«

»Aber wer die alte Oma und der Opa waren, die danach gekommen sind, weißt du auch nicht, oder doch? Ich meine immer noch, dass ich den, der sich als Opa verkleidet hatte, von früher kennen muss und er mich ja wohl auch. Sonst hätte er meinen Namen nicht gewusst.«

»Nee«, sagte Edda, »das Paar hab ich auch nicht erkannt.«

»Zuletzt kamen noch zwei, die sich als Teufel und Engel verkleidet hatten. Hast du eine Idee, wer das war?«

»Ich bin mir nicht sicher, aber das könnten Mettjes gewesen sein.«

»Meinst du die von dem Schuhgeschäft? Gibt es den Laden denn noch?«

»Ja, das ist einer der wenigen, der sich in Heidland noch gehalten hat.«

»Und wie kommst du darauf, dass es Mettjes waren?«, wollte Janne wissen.

»Ich hab es an der Statur erkannt. Kannst du dich nicht mehr an die kleine rundliche Frau Mettjes erinnern? Sie hat uns doch immer so geduldig beraten, als wir unsere ersten Pumps ausgesucht haben. Die konnten für uns nie hoch genug sein.«

»Ja, stimmt, jetzt weiß ich es wieder.« Janne musste lachen, als sie daran dachte, wie sie als Dreizehnjährige mit knallroten hochhackigen Schuhen in dem kleinen Laden herumstolziert war. Beinahe hätte sie sich dabei ihre staksigen Beine gebrochen. Gekauft hatte sie die Schuhe dann doch lieber nicht.

»Kleine rundliche Frauen gibt es hier zwar noch mehr«, sagte Edda, »aber in Kombination mit einem großen, hageren Mann, der ein Bein etwas nachzieht, gibt es hier nur ein Paar, eben Mettjes.«

13. November

Gleich morgens setzte Janne sich mit Thorge zusammen, um mit ihm die Namensliste durchzugehen, die Edda ihr gemailt hatte.

»Wir befragen am besten zuerst einmal die Kinder, die in der Umgebung von Krämers Haus mit ihren Kippkappkögels unterwegs waren«, schlug Janne vor.

»Womit waren die unterwegs?«, fragte Thorge.

»Ach so, kannst du ja nicht wissen. Hier in Ostfriesland heißen die Laternen Kippkappkögels.«

»Was ist das denn für ein komischer Name?«

»Das ist ein ganz alter Name, mehr so eine Verballhornung. Er stammt noch aus der Zeit, als die Laternen aus ausgehöhlten Rüben gemacht wurden. Kögel hießen die Kopfbedeckungen der Bischöfe und die Rübenlaternen ähnelten umgedrehten Bischofsmützen.«

Thorge schmunzelte: »Und mit den Bischöfen hattet ihr protestantischen Ostfriesen wohl nichts am Hut!«

»Nee, hatten wir auch nicht! Es gibt noch ein ganz altes plattdeutsches Spottlied aus dem 13. Jahrhundert.

Kippkappkögel,
Sünner Martens Vögel,
Sünner Martens dicke Buuk,
steckt sien Moors
to't Fenster ruut.«

»Kannst du mir das mal übersetzen?«, bat Thorge.

»Na, ja, es ist ein bisschen unanständig und auf Hochdeutsch reimt es sich auch nicht so schön wie auf Platt. Es geht um Sankt Martins Vogel, Sankt Martins dicken Bauch und um den Hintern, den er zum Fenster hinaushält.

Als Kinder fanden wir das Lied immer besonders lustig. Vor allem, wenn wir uns den dicken nackten Hintern von Sünner Marten im Fenster vorstellten.«

»Das kann aber nicht der von Martin Luther gewesen sein. Der hat doch erst 1517 seine fünfundneunzig Thesen an die Schlosskirche von Wittenberg genagelt. Es ist doch noch gar nicht so lange her, dass wir das Lutherjahr und 500 Jahre Reformation gefeiert haben.«

»Nein, Martin Luther ist auch nicht gemeint. Es hat mit dem Namenstag vom Heiligen Martin zu tun, der im 4. Jahrhundert Bischof von Tours war.«

»Meinst du den, der seinen Mantel mit dem Schwert geteilt hat, um einem armen Mann die Hälfte abzugeben?«

»Genau der! Die beiden Martins werden oft verwechselt, weil

der Namenstag vom Heiligen Martin am 11. November ist, während der Geburtstag von Martin Luther, der nach ihm benannt wurde, einen Tag vorher am 10. November ist.«

»Und warum wurde der Heilige Martin nun verspottet? Ich denke, der hat nur Gutes getan?«

»Mit ihm hat das auch direkt nichts zu tun, nur mit dem 11. November. Das war nämlich früher der Termin, an dem das Volk den Kirchenzehnten leisten musste. Der Martinstag war der Zahltag für eine Steuer in Naturalien, zum Beispiel Getreide und Geflügel.«

»Ach so, daher dann wohl auch die Bezeichnung Martinsgans. Die waren dann wohl Sünner Martens Vögel.«

»Ja, und das Volk dachte dann, dass sich die Bischöfe damit ihre dicken Bäuche vollschlugen und wegen der übel riechenden Winde ihren Hintern zum Fenster hinaus hielten. Irgendwann im 16. Jahrhundert verlegten die Protestanten ihren Martinstag dann auf den 10. November, an Martin Luthers Geburtstag.«

»Und die katholischen Kinder feiern ihren Sankt Martin nach wie vor am 11. November?«

»Ja, das ist der Tag, an dem der Leichnam des Heiligen Martin in einer Lichterprozession nach Tours gebracht wurde.«

»Aha, daher dann auch die Laternenumzüge. Du kennst dich gut aus. Und ich habe wieder etwas dazugelernt. Religionsgeschichte fand ich schon immer spannend.«

»Ich auch«, sagte Janne. »Jetzt aber wieder zurück zu der Liste. Ich habe hier zwölf Namen. Vielleicht ist einem der Kinder etwas aufgefallen. Danach müssen wir herausfinden, wer mit Scherbellenskoppen unterwegs war.«

»Was ist das denn nun schon wieder?« Thorge runzelte die Stirn.

»Das sind Masken, mit denen sich Jugendliche und Erwachsene am Martiniabend verkleiden und von Haus zu Haus gehen, nachdem die Kinder ihr Singen beendet haben.«

»Und woher kommt diese Sitte?«, wollte Thorge wissen.

»Das weiß ich auch nicht so genau. Meine Mutter hat mir erzählt, dass die Scherbellenskoppen die Dämonen symbolisieren sollen, die Luther bei der Übersetzung der Bibel auf der Wartburg heimgesucht haben.«

»Ach ja, da hat Luther doch ein Tintenfass nach dem Teufel geworfen. Der Tintenklecks ist noch original an der Wand. Hab ich selbst gesehen.« Thorge lachte. »Aber bei uns in Weener habe ich noch nie etwas von Scherbellenskoppen gehört oder gesehen.«

»Weener liegt ja auch im überwiegend reformierten Rheiderland und die Evangelisch-Reformierten beziehen sich auf Calvin. Die Calvinisten haben die Auslegung des ersten Gebotes, dass man sich kein Bildnis machen soll, sehr ernst genommen. Weder von Gott noch vom Teufel sollte es Abbildungen geben. Während des Bildersturms im 16. Jahrhundert wurden deswegen sogar viele kostbare Kunstwerke in den Kirchen zerstört.«

»Ach so, jetzt verstehe ich. Darum sind die reformierten Kirchen so schlicht. Und die Lutheraner haben das Gebot nicht so genau genommen. Warum teilt sich Ostfriesland denn in lutherische und in reformierte Regionen auf?«, wollte Thorge wissen.

»Das war abhängig von den jeweiligen Landesherren. Die mussten sich für eine der beiden Glaubensrichtungen entscheiden, da sich die Gemeinden nicht zwei Kirchen leisten konnten. So gibt es im westlichen Ostfriesland überwiegend reformierte Gemeinden, in der Mitte und östlich mehr lutherische«, erklärte Janne.

»Und in Heidland ist die Kirchengemeinde lutherisch?«

»Ja, und daher gibt es dort auch noch den Brauch mit den Scherbellenskoppen an Martini. Es wird nicht so einfach werden, herauszufinden, wer sich dahinter verborgen hat.«

»Du hast gestern bei der Dienstbesprechung angedeutet, dass du eine Vermutung hast, wo wir den Täter oder die Täterin suchen müssen. Was hat dich auf die Spur gebracht?«

»Es sind die Schnapsflasche und der Trinkhalm. Die Tatsache, dass die Flasche Korn, die Frau Hillrichs neu gekauft hatte, angebrochen war, deutet darauf hin, dass Krämers zumindest einen Besucher hatten. Sie selbst tranken keinen Alkohol, wie Frau Hillrichs mir versicherte.«

»Und du meinst, von diesem Besucher wurden sie getötet?«

»Das kann doch sein, und ich glaube, dass der sich als Scherbellenskopp verkleidet hatte!«

»Das ist ja eine steile These! Aber du hast schon einige Male eine gute Intuition oder ein richtiges Bauchgefühl gehabt, wie ihr Frauen gerne sagt.«

»Oh, danke! Schön, dass du das so siehst«, sagte Janne, »meistens wird das sogenannte Bauchgefühl belächelt.«

»Ja, leider«, bestätigte Thorge. »Aber ich habe neulich mal eine interessante Definition dazu gelesen. Intuition oder Bauchgefühl sei die Begabung, Emotionen und Eigenschaften in Sekundenbruchteilen unbewusst oder bewusst zu erfassen.«

»Das hört sich gut an. Und du meinst, ich habe diese Begabung?«, fragte Janne vorsichtig.

»Mit Sicherheit«, sagte Thorge, »und das bewundere ich an dir. Aber nun verrate mir mal, wie du darauf kommst, dass der Besucher ein Scherbellenskopp war?«

»Weil es Sitte ist, Scherbellenskoppen einen Schnaps anzubieten und aus der Flasche auf Krämers Tisch fehlte eine kleine Menge.«

»Aber es stand kein Glas auf dem Tisch. Wie deutest du das?«, fragte Thorge. »Der Gast wird wohl nicht aus der Flasche getrunken haben.«

»Nein, das bestimmt nicht. Scherbellenskoppen können nicht einmal ein Glas an die Lippen setzen. Deshalb benutzen sie immer Strohhalme, die sie durch die kleine Mundöffnung der Maske schieben.«

»Aber der Trinkhalm wird doch nicht direkt in die Flasche gesteckt, oder?«

»Nein, natürlich nicht. Man bietet den Schnaps in einem Glas an, aus dem dann mit Hilfe des Trinkhalmes getrunken wird. Und ich vermute, dass der Täter das Glas mitgenommen hat, um keine Spuren zu hinterlassen. Aber er hat möglicherweise seinen Trinkhalm verloren. Die Spurensicherung hat doch einen in dem Buchsbaum neben der Haustür gefunden, wie du weißt. Wenn wir Glück haben, findet sich daran eine brauchbare DNA-Spur.«

»Du sprichst immer von dem Täter. Es könnte doch auch eine Frau gewesen sein?«

Janne lachte: »Na klar, Frauen sind ja bekanntlich immer mitgedacht. Allerdings töten Frauen erfahrungsgemäß eher nicht, indem sie jemanden erschießen. Die bevorzugen andere Mordmethoden.«

»Wir befragen erst einmal die Kinder, die Laterne gelaufen sind«, sagte Thorge.

Janne schaute auf die Namensliste.

»Die meisten waren schon vor acht Uhr abends wieder zu Hause, wie Edda gesagt hat. Die haben sicher nichts gesehen, was uns weiterbringen könnte. Krämers sind laut Obduktionsbericht zwischen acht und neun Uhr getötet worden und ich glaube nicht, dass der Täter schon vorher durch die Gegend gelaufen ist. Ich werde aber trotzdem mal die Kinder befragen, die bis acht bei Edda und Hannes gesungen haben.

Nur die Brandt-Kinder waren noch nach acht unterwegs. Fährst du bitte dahin und befragst sie, Thorge?«, bat Janne. »Die sollen ein bisschen schwierig sein und du kannst doch so gut mit Kindern umgehen, wie ich neulich beim Tag der offenen Tür gesehen habe. Sind die in deinem Lebensplan eigentlich auch noch vorgesehen?«

»Ich fahr zu Familie Brandt«, entgegnete Thorge kurz und drehte sich um.

Oh, dachte Janne, da hab ich wohl eine falsche Frage gestellt.

In der Zeit, in der Thorge die Brandt-Kinder aufsuchte, wollte Janne die anderen Laternenkinder befragen. Sie hatte bereits mit den betreffenden Eltern telefoniert und Termine vereinbart. Mit Eddas Neffen Florian wollte sie auch noch sprechen. Sie verabredete sich mit Thorge für den frühen Nachmittag, wenn die Kinder aus der Schule zurück sein würden. Thorge fuhr hinter Janne her. Sie war wie immer ein bisschen zu schnell. In Höhe des Logabirumer Waldes, wo die Geschwindigkeit auf 70 begrenzt war, wurde sie geblitzt.

Wenn sie jedes Mal auf dem Weg nach Heidland so schnell unterwegs war, könnte das noch eine teure Ermittlung für sie werden, dachte Thorge.

An der Ampelkreuzung, wo seit 1929 ein Hotel stand, das gerade mal wieder den Besitzer gewechselt hatte, bog Thorge nach rechts in die Straße Richtung Kirche ab. Janne fuhr geradeaus über die Kreuzung und lenkte den Wagen nach links in den Moorpadd, gleich hinter dem kleinen Waldstück, das nach dem ersten Besitzer des Hotels von den Dorfbewohnern Parks Busch genannt wurde. Das Haus von Eddas Schwester stand am Ende der Straße, gleich neben dem Sportplatz. Es war ein Neubau im Stil der alten Häuser an den Kanälen auf dem Fehn, den Moordörfern.

Janne freute sich, dass hier ein paar Hausbesitzer in diesem traditionellen Fehnhaus-Stil gebaut hatten und damit den dörflichen Charakter der Wohngegend erhielten. Eddas Schwester öffnete die Tür. Janne kannte sie noch von Eddas und Hannes Hochzeit.

»Es tut mir leid, aber Florian ist noch nicht wieder zu Hause«, sagte sie, als Janne nach ihm fragte. »Er müsste aber bald zurück sein. Komm doch so lange zu mir in die Küche, ich habe gerade einen Apfelkuchen im Backofen und muss noch ein paar Minuten auf ihn achten. Er ist gleich fertig. Dann können wir ihn anschneiden.«

Kurze Zeit später kam Florian von seinem Basketball-Training. Ja, das war das lange Ende, von dem Edda gesprochen hatte. Er war hoch aufgeschossen. Mit seinen siebzehn Jahren war er schon über einsneunzig groß. Sein Haar klebte am Kopf und seine Kleidung war durchgeschwitzt. Das T-Shirt mochte vor ein paar Stunden wohl noch leuchtend gelb gewesen sein, aber jetzt war von der Farbe nicht mehr viel zu sehen. Vorne auf der Brust konnte man zwischen dunklen Schmutz- und Schweißflecken noch gerade die großen Buchstaben ALBA BERLIN und einen Albatross erkennen. Das waren wohl seine Vorbilder, die Jungs des Basketballvereins aus der Hauptstadt.

»Ich geh erst mal duschen!«, sagte Florian.

Eddas Schwester schmunzelte. »Das kann dauern! Mit dreizehn, vierzehn muss man die Jungs noch zum Duschen zwingen und man kann froh sein, wenn man sie dreimal in der Woche dazu bringt. Mit sechzehn, siebzehn duschen sie dreimal täglich: Einmal vorm Sport, einmal nach dem Sport und wenn sie sich abends noch mit einer Freundin verabredet haben, wird vorher noch einmal ausgiebig geduscht.«

Als Florian nach einer halben Stunde zurückkam, hatte er einen frischen dunkelblauen Kapuzenpulli an, auch von ALBA BERLIN. Sein Haar hatte er hochgeföhnt und mit viel Gel fixiert. Heute stehen die Jungen genauso lange vor dem Spiegel wie die Mädchen und geben sich so viel Mühe mit ihrem Aussehen, dachte Janne. Sie föhnen, gelen und sprayen und sind am Schluss meistens mit dem Ergebnis doch nicht zufrieden.

Sie erinnerte sich an ihre eigene Jugend. Nie war sie mit sich zufrieden gewesen, fand sich immer zu pummelig, die Nase zu lang, die Beine zu kurz und die von Natur gelockten dunklen Haare wollte sie lieber glatt und blond haben. Jetzt, mit Mitte vierzig, war sie ganz zufrieden mit sich, wenn sie in den Spiegel schaute. Ihre Haare trug sie bei der Arbeit meistens im Nacken fest zusammengebunden, ab und zu auch mal locker hochgesteckt, was ihrem Aussehen etwas Weiches gab. Das Pummelige aus der Teenagerzeit war schon lange verschwunden und einer schlanken durchtrainierten

Figur gewichen. Auch mit ihrer ein bisschen zu lang geratenen Nase hatte sie sich versöhnt. Ihr Gesicht erhielt dadurch etwas Strenges, was bei Verhören ganz nützlich sein konnte, zumindest eher als ein süßes Stupsnäschen, fand Janne. Und ihre Beine hatten immerhin noch für eine Körpergröße von 1,70 m gereicht.

Florian setzte sich zu ihr an den Kaffeetisch. Seine Mutter versorgte ihn mit einem dicken Stück von dem noch warmen Apfelkuchen, das er gleich gierig verschlang. Das Training hatte ihn offenbar hungrig gemacht.

»Was wollen Sie denn von mir wissen?«, fragte er mit noch halbvollem Mund.

»Sag man ruhig du«, sagte Janne. »Wir sind ja fast ein bisschen miteinander verwandt.«

»Oh, eine echte Kriminalbeamtin in meiner Familie. Da muss ich ja gut aufpassen, dass ich mir nichts zu Schulden kommen lasse.« Florian lachte.

»Wer waren denn die beiden, mit denen du an Martini als Scherbellenskoppen bei Edda und Hannes warst?«

»Das waren Dirk und Carsten Akkermann aus meinem Verein. Warum wollen Sie, ähm, willst du das denn wissen?«

»Das darf ich dir nicht sagen, auch wenn wir quasi miteinander verwandt sind.«

»Okay, seh ich ein.«

»Hast du noch andere Scherbellenskoppen gesehen?«

»Ja, nach mir kamen gleich der Opa und die Oma.«

»Hast du eine Idee, wer das gewesen sein könnte?«

»Nee, null Ahnung.«

»Seid ihr unterwegs noch jemandem begegnet?«

»Ja, da liefen noch die Kinder von Brandt rum.« Florian grinste. »Die sind immer noch die halbe Nacht unterwegs, damit sie ihre Tüten voll kriegen.«

»Sonst hast du niemanden gesehen?«

»Doch, ja, jetzt fällt es mir wieder ein. Ich habe noch einen Teufel gesehen.«

»Und wo?«

»Der kam uns auf dem Moorpadd entgegen.«

»Wo genau war das? Kannst du dich erinnern?«

»Ich glaub, das war zwischen Jeltens Villa und Krämers Haus.«

»Hast du gesehen, ob der zu Krämers ins Haus gegangen ist?«

»Nee, hab ich nicht.« Florian hob bedauernd die Schultern.

Janne bedankte sich bei Eddas Schwester für Kaffee und Kuchen und machte sich wieder auf den Weg.

Sie suchte die Familien auf, die auf Eddas Liste standen. Nach zwei Stunden hatte sie bereits zehn Kinder und deren Mütter befragt, aber immer noch keine sachdienlichen Hinweise erhalten. Janne war enttäuscht. Alle Kinder waren an Martini auch bei Krämers gewesen, einige in Begleitung ihrer Mütter. Einhellig berichteten sie, wie nett das Ehepaar gewesen sei. Die letzten Kinder hatten um kurz vor acht dort gesungen und waren um acht Uhr wieder zu Hause. Niemandem war etwas Ungewöhnliches aufgefallen.

Zuletzt stand nur noch der Name Becker auf Eddas Liste. Die Familie wohnte schräg gegenüber von Edda und Hannes.

»Ich habe was gesehen«, sagte Frau Becker gleich an der Haustür. Offenbar hatte sie Janne schon erwartet und sich auf das Gespräch vorbereitet. »Aber kommen Sie doch erst einmal herein. Die Kinder sind noch mit einem Spiel beschäftigt, da haben wir einen Augenblick Ruhe. Kann ich Ihnen etwas anbieten?«

Bloß keinen Tee mehr, dachte Janne und nahm dankend das Glas Wasser an, das Frau Becker ihr anbot.

»Was haben Sie denn gesehen?«, fragte Janne, nachdem sie im Wohnzimmer Platz genommen hatte. Sie zückte ihren Notizblock.

»Ich bin zusammen mit meinen beiden Mädchen um halb sechs

losgegangen. Da war es schon dunkel. Ich lass meine Kinder nicht allein im Dunkeln herumlaufen und das war auch gut so.«

»Wie meinen Sie das? Ist etwas passiert?«

»Nein, eigentlich nicht richtig was. Aber da war ein Scherbellenskopp unterwegs und meine Mädchen haben Angst bekommen und vor Schreck geschrien. Ich finde, es sollte verboten werden, dass Scherbellenskoppen schon vor acht Uhr unterwegs sein dürfen, wenn die Kinder noch Laterne laufen.«

»Wo sind Sie dem denn begegnet?«

»Das war an der Hecke zwischen Winkelmanns und dem Nachbarhaus auf der rechten Seite.«

»Und wer wohnt da?«, fragte Janne.

»Das weiß ich nicht. Wir sind noch nicht so lange in Heidland und da kenne ich noch nicht alle Leute. Winkelmanns kenne ich aber schon. Edda ist sehr nett und nimmt mich immer mit zum Yoga nach Leer.«

»Edda macht Yoga? Das wusste ich gar nicht. Es wird ihr gut tun und für etwas Entspannung sorgen. Sie hat ja mit der Pflege meines Vaters eine große Last zu tragen.«

»Ach, Sie sind miteinander verwandt?«

»Ja, Edda ist die Frau meines Bruders.«

»Da können Sie aber froh sein, eine so nette und hilfsbereite Schwägerin zu haben.«

»Ja«, sagte Janne leise, »ich weiß!«

Dann wurde sie wieder dienstlich.

»Woran haben Sie denn gemerkt, dass es ein Scherbellenskopp war? Es war doch dunkel.«

»Es kam gerade ein Auto vorbei und da konnten wir im Scheinwerferlicht die Hexe erkennen.«

»Wie kommen Sie darauf, dass es eine Hexe war?«

»Die hatte so eine hässliche Maske auf mit einer langen krummen Nase und auf dem Kopf trug sie so einen typischen spitzen

Hexenhut. Und einen bunten Rock hatte sie an. Aber von der Statur war sie nicht wie eine Hexe.«

»Was meinen Sie genau damit?«

»Unter einer Hexe stelle ich mir immer eine kleine hagere, buckelige Frau vor, aber diese war ziemlich groß mit breiten Schultern. Wenn ich mir das so recht überlege, könnte das wohl ein Mann gewesen sein.«

»Konnten Sie sehen, wo die Person hingegangen ist?«

»Ja, als sie die Kinder schreien hörte, ist die Hexe schnell auf das Grundstück rechts neben Winkelmanns gelaufen.«

Als sei es das Stichwort gewesen, ertönte aus dem Kinderzimmer Geschrei. Janne verabschiedete sich schnell und überließ die Mutter ihren Kindern.

In der Zwischenzeit war Thorge am Ende des Dorfes bei der Adresse von Familie Brandt angekommen. Das rote Backsteinhaus aus den fünfziger Jahren hatte die besten Zeiten schon lange hinter sich. Es war wohl mal in den Siebzigern renoviert worden. Die ursprünglich mehrteiligen weißen Holzfenster, wie sie in den Fünfzigern üblicherweise eingebaut wurden, waren durch braune einfache Kunststofffenster ersetzt. Die waren inzwischen aber auch schon grau und verwittert. Auf dem Hof jagte ein etwa vierjähriges Mädchen mit einem Stock hinter einer Katze her.

»Mamaaa, da kommt einer!«

Die Pforte im Jägerzaun, der das Grundstück abgrenzte, klemmte. Mit einem kleinen Satz sprang Thorge hinüber und ging zum Haus. Die Haustür war abgeblättert und unten beschädigt, als wenn jemand mit den Füßen dagegen getreten hätte. Dort, wo sich vermutlich einmal eine Klingel befunden hatte, hing ein Kabel lose aus der Wand. Thorge musste ein paar Mal kräftig klopfen, bevor von innen eine rauchige Stimme »Herein« rief. Frau Brandt saß auf dem Sofa und kam schwerfällig hoch. Sie sah sich gerade im Fernsehen eine

Doku-Soap an. Vor ihr auf dem Tisch standen ein voller Aschenbecher und eine Bierdose.

Thorge schätzte die Frau auf Mitte dreißig. Ihr breiter Hintern steckte in lila Leggins und über ihrem großen Busen spannte sich ein T-Shirt mit bräunlichem Leopardenmuster. Wie praktisch, dass die Kaffeeflecken, die sie sich darauf gekleckert hat, dieselbe Farbe haben, dachte Thorge. Auf dem Fußboden krabbelte ein kleiner Junge von ungefähr zwei Jahren und steckte sich mit seinen klebrigen Händen gerade einen Spekulatiuskeks in den Mund, den er in einer Plastiktüte zu fassen bekommen hatte. Seine etwa sechsjährige Schwester stürzte auf ihn los und entriss ihm die Tüte. Sofort ertönte lautes Gebrüll. Daraufhin gab die Mutter ihrer Tochter eine Ohrfeige und dann brüllten beide Kinder. Frau Brandt schimpfte und der Fernseher lief immer noch.

Wie kann man das hier bloß aushalten? In was für erbärmlichen Verhältnissen müssen manche Kinder aufwachsen, dachte Thorge. Kein Wunder, dass einige von ihnen auf die schiefe Bahn geraten, wenn ihnen niemand den rechten Weg zeigen kann.

»Hat der Satansbraten Patrick wieder was geklaut?«, fragte Frau Brandt, nachdem Thorge sich ausgewiesen hatte.

Über die Ladendiebstähle, die Frau Brandts ältester Sohn schon im Kindesalter verübt hatte, war Thorge bereits von seinen Kollegen informiert worden.

»Nein, ich komme nicht wegen Patrick«, sagte er schnell. »Ich wollte nur gerne mit Ihren Kindern sprechen, die an Martini mit Laternen unterwegs waren.«

»Meine Kinder haben nichts angestellt, das kann ich Ihnen gleich sagen. Ich habe sie selber mit dem Auto rumgefahren.« Frau Brandt brauste schon wieder auf.

»Das weiß ich«, sagte Thorge und versuchte, sie zu beruhigen. »Ich wollte die Kinder nur fragen, ob ihnen am Martiniabend etwas aufgefallen ist.«

»Kriegen die dann eine Belohnung?«, wollte Frau Brandt wissen und rief nach ihrem zweitältesten Sohn.

Marvin kam aus einem Nebenzimmer. Er schaute sich irritiert um, als er Thorge sah. Dann nahm er seinen kleinen Bruder auf den Arm und tröstete ihn mit einem Stückchen Schokolade, das er aus seiner Hosentasche zog.

»Das ist einer von der Polizei, der will dich verhören«, sagte Frau Brandt. Marvin sah Thorge ängstlich an.

»Keine Angst, ich habe nur ein paar Fragen an dich«, sagte Thorge und zog sein Notizbuch aus der Tasche.

»Wie alt bist du denn, Marvin?«

»Elf.«

»Du warst doch an Martini mit Laterne unterwegs.«

»Nein, ich selber hatte keine.« Es war Marvin offenbar peinlich, dass er in seinem Alter noch Laternelaufen war.

»Aber ich musste ja mit meinen kleinen Schwestern gehen. Die trauen sich nicht alleine.«

»Bist du denn auch mit zum Singen in die Häuser gegangen?«

»Ja, sonst bekommt man keine Süßigkeiten.«

»Kannst du dich erinnern, wo ihr überall gesungen habt?«

»Nein, das weiß ich nicht mehr genau. Mama hat uns doch mit dem Auto hingefahren, und ich kenn die Leute gar nicht alle, wo wir gewesen sind.«

»Du weißt doch, Marvin, dass an der anderen Seite von der Hauptstraße an Martini ein Ehepaar getötet worden ist.«

»Das weiß ich, die heißen Krämer. Wir haben uns ganz doll geärgert, dass sie die Tür nicht aufgemacht haben, als wir bei ihnen singen wollten. Letztes Jahr haben wir bei denen ganz viel bekommen, sogar einen Adventskalender mit Schokolade.«

»Seid ihr danach noch zu anderen Häusern gegangen?«

»Ja, als Krämers nicht aufgemacht haben, sind wir zu der Villa daneben gegangen und haben da geklingelt, aber die haben auch nicht aufgemacht und Tante Leni auch nicht. Wir waren ja schon ein bisschen spät, weil wir erst noch zu allen Leuten auf dieser Seite der Hauptstraße gegangen sind.«

»Seid ihr dann nach Hause gegangen oder wart ihr noch woanders?«, hakte Thorge nach.

»Danach waren wir noch bei Winkelmanns. Da gibt es auch immer viele Süßigkeiten und ich habe einen ganz schönen Kuli bekommen und meine beiden Schwestern Filzstifte.«

»Hast du denn noch andere Kinder mit Laternen gesehen?«

»Als wir losgelaufen sind wohl. Aber als Mama uns mit dem Auto abgeholt hat, waren keine Kinder mehr unterwegs, bloß noch Scherbellenskoppen.«

»Was waren denn das für Scherbellenskoppen?«

»Das waren ein Opa und noch Omas mit Holzschuhen und Stiefel.«

»Wo hast du die gesehen?«

»Das war dicht bei Krämers Haus und dann habe ich noch einen schwarzen Mann mit einer Pistole gesehen. Das war bestimmt der Mörder!«

»Kannst du beschreiben, wie der Mann aussah?«

»Der hatte einen Piratenhut auf wie Kapitän Hook.«

»Und wo genau hast du den gesehen?«

»Der kam aus Parks Busch. Wir haben ein bisschen Angst bekommen, weil es ja schon so dunkel war.«

»Und der hatte eine Pistole, sagst du?«

»Ja, sonst hätte ich ja auch keine Angst gehabt, ich bin doch kein Bangbüx!«

»War der Mann alleine oder hatte der noch jemanden bei sich?«

»Nee, der war alleine und dann ist er in ein Haus reingegangen.«

»Weißt du denn, zu wem er gegangen ist?«

»Nee, ich kenn die Leute von der anderen Seite der Hauptstraße nicht, nur Tante Leni, Winkelmanns und Krämers, aber die sind jetzt tot.«

»Meinst du, Marvin, du würdest das Haus wiedererkennen, wenn wir mit dir zu dem kleinen Waldstück fahren?«

»Ja, Hundert!«, sagte Marvin. Thorge musste schmunzeln. Dass die wortkargen Ostfriesen gerne »Hundert« oder plattdeutsch »Hunnert« sagten, wenn sie etwas hundertprozentig gut fanden oder sich einer Sache sehr sicher waren, war ihm schon öfter aufgefallen. Klar, dass der Junge es den Erwachsenen gleichtun musste.

Thorge steckte das Notizbuch zusammen mit dem Kugelschreiber wieder in die Innentasche seines Jacketts. Nachdem er Frau Brandts Einverständnis eingeholt hatte, wandte er sich wieder an Marvin.

»Wir holen dich morgen nach der Schule ab und dann zeigst du uns das Haus, in das der schwarz verkleidete Mann gegangen ist.«

»Kann ich euch das nicht auch vormittags zeigen? Das ist doch sicher wichtig?«

Marvin versuchte offensichtlich, ein paar schulfreie Stunden herauszuschlagen. Aber Thorge ließ sich nicht darauf ein, obwohl er den Jungen gut verstehen konnte. Das hätte er an seiner Stelle auch versucht.

»Nein, es reicht, wenn wir dich nach Schulschluss abholen. Wie viele Stunden hast du denn morgen?«

»Acht, bis viertel nach zwei.«

»Das ist aber ein langer Schultag.«

»Ja«, sagte Marvin, »und in der letzten Stunde haben wir Erdkunde. Das ist immer soo langweilig.«

»Okay, dann holen wir dich nach der fünften Stunde ab, ich werde mit deinem Lehrer sprechen.«

Thorge fand, er könne dieses kleine Zugeständnis vor seinem Gewissen verantworten.

13. November

Janne hatte für den Morgen eine Dienstbesprechung in ihrem Büro angeordnet. Sie liebte ihren Arbeitsplatz mit Blick über den Freizeithafen zur gegenüberliegenden Altstadt. Im Sommer herrschte im Hafen immer ein buntes Treiben. Sie beobachtete gerne das Hafentheater, die mehr oder weniger geglückten An- und Ablegemanöver der Freizeitskipper. Während die Männer oben auf ihrem Steuerstand thronend abwechselnd mit lautem Schraddeln ihrer Bug- und Heckstrahlruder das Boot mehr oder weniger erfolgreich in Position zu bringen versuchten, sprangen die mitfahrenden Frauen an Deck hin und her und mühten sich ab, die Fahrfehler ihrer Männer mit Fendern abzupuffern. An den Schrammen im Bootslack hatten dann auch immer die Frauen Schuld, zumindest aus der Sicht ihrer Männer.

Jetzt, im Herbst, lagen nur noch wenige Boote im Hafen. Die meisten waren zum Überholen in ihre Winterquartiere gebracht worden. Nur zum Gallimarkt, dem beliebten Jahrmarkt auf der Großen Bleiche mit einer über fünfhundert Jahre alten Tradition, hatte es noch einmal ein Gedränge gegeben. Die fünfte Jahreszeit, wie die fünf Markttage Anfang Oktober auch gerne genannt wurden, brachte ein Gewimmel von Besuchern in die Altstadt. Aber auch die ortsansässigen Betriebe feierten den Gallimarkt. Meistens wurde kurz nach Mittag der Azubi mit dem Fahrrad zu einer der vielen Buden geschickt, um Berliner für die ganze Belegschaft zum Nachmittagstee zu besorgen. In Jannes Abteilung hatte Thorge in diesem Jahr die Aufgabe übernommen. Dabei machte er am letzten Markttag einen kleinen Abstecher zum Fischstand und brachte für Janne einen dicken Räucheraal mit.

Im Hafen war der Platz zur Gallimarktzeit stets eng, sodass die Boote in Dreier- oder sogar Viererpäckchen liegen mussten. Der Lampionkorso der Schiffe fand traditionell am Samstag des Marktes statt. Die Attraktion im Hafen zog zusätzlich viele Besucher an.

Janne war wegen des Spektakels nach Dienstschluss extra länger geblieben. Sie hatte von ihrem Bürofenster aus einen Logenplatz und konnte von dort die Fahrt der beleuchteten Schiffe wunderbar verfolgen. Der Korso zog sich vom Museumshafen durch die geöffnete Rathaus- und die Nessebrücke bis in den Freizeithafen und fuhr im großen Bogen zurück. Viele Skipper hatten sich große Mühe gegeben und ihre Boote fantasievoll dekoriert. Da gab es düstere Piratenboote, von denen dumpfes Trommeln ertönte. Andere Boote hatten das Thema Karibik mit Palmen, Sonne und Meer aus bunten Lichtschläuchen gestaltet und Südseemelodien waren zu Jannes Fenster heraufgeklungen. Es gab geheimnisvolle Geisterschiffe, die mit Hilfe von Nebelmaschinen in Dunst gehüllt waren und Boote, von denen sich Akkordeonmusik und der Gesang von Shantychören über den Hafen ausbreiteten. Auch der Ruderverein war mit einem Damen-Achter vertreten. Sie hatten ihr Boot mit Kippkappkögels geschmückt, die im Rhythmus der Ruderschläge hin und her schaukelten. Die Ruderinnen mussten sich kräftig anstrengen, um zwischen den Motor- und Segelbooten mitzuhalten. Auf allen Booten herrschte eine ausgelassene Stimmung, die auch herübergeschwappt war zu den unzähligen Besuchern an Land entlang der Hafenpromenade. Besonders schön geschmückte Boote wurden bejubelt und beklatscht.

Janne drehte sich vom Fenster weg und sah sich in ihrem Büro um. Inzwischen waren alle Kolleginnen und Kollegen versammelt.

»Ich fasse mal zusammen, was wir bisher wissen«, begann sie ihren Bericht.

»Die Obduktionsergebnisse und die der Ballistik liegen inzwischen vor. Krämers wurden mit einer 9mm Pistole aus nächster Nähe erschossen.«

»Wieso hat das denn niemand gehört?«, fragte Franziska. »Es waren doch einige Leute abends an Martini unterwegs.«

»Das wundert mich auch«, sagte Thorge, »aber vermutlich hat der Täter oder die Täterin einen Schalldämpfer benutzt.«

Janne machte eine kleine Pause. Dann setzte sie ihren Bericht fort.

»Die toxikologische Untersuchung hat ergeben, dass kein Alkohol im Blut der Opfer nachweisbar war. Die Annahme, dass Krämers einen Gast hatten, der den Schnaps getrunken hat, wird dadurch wahrscheinlicher.«

»Und was ergab die DNA-Untersuchung des Trinkhalmes?«, hakte Eilert nach.

»Da gab es leider keine DNA in ausreichender Menge«, antwortete Janne.

»Dann erübrigt sich ja auch eine Speichelname bei den Personen, die als Scherbellenskoppen unterwegs waren«, stellte Eilert lapidar fest.

»Ja, leider«, bedauerte Janne. »Nun aber zu den Scherbellenskoppen. Die drei, die sich als Lehrerin und Schülerinnen verkleidet hatten, waren Florian Penning und seine beiden Basketballfreunde, die Brüder Carsten und Dirk Akkermann. Alle drei wohnen in Heidland. Sie waren von 20:00 Uhr bis 21:30 Uhr unterwegs. Ich habe sie selbst noch um kurz vor neun bei meinem Bruder gesehen. Florian sagte, dass sie den ganzen Abend zusammen waren, und somit haben die drei ein Alibi. Ich habe auch keine Vorstellung davon, welches Motiv die Jugendlichen haben könnten, das Ehepaar Krämer zu töten.«

»Also können wir sie von der Liste der Verdächtigen streichen«, stellte Eilert fest.

»Das denke ich auch«, sagte Janne.

»Hast du sonst noch etwas von ihnen erfahren, das uns weiterbringt?«, wollte Eilert wissen.

»Ja, Florian hat kurz vor halb zehn einen Scherbellenskopp in der Nähe von Krämers Haus beobachtet.«

»Und hat er auch gesehen, dass der dort hineingegangen ist?«

»Nein, das hat er nicht. Aber er hat gesehen, dass der sich als Teufel verkleidet hatte. Den habe ich an Martini in dem Haus meines Bruders auch gesehen. Da hatte er aber noch einen Engel bei sich. Meine Schwägerin Edda meint, es sei das Ehepaar Mettjes gewesen.«

»Wie kommt sie darauf, die waren doch verkleidet?«, wollte Franziska wissen.

»Na ja, man kann zwar seine Kleidung ändern, aber bei der Größe klappt das nicht und beim Gewicht fällt es erfahrungsgemäß auch nicht so leicht. Edda hat die beiden an der Statur erkannt, dünn und lang und klein und dick.«

Eilert grinste. Ihm lag anscheinend ein lockerer Spruch auf den Lippen.

»Sag's jetzt nicht!«, Janne sah ihn drohend an.

»Nein, ich sag jetzt nicht Dick und Doof.«

»Ich habe an Martini außerdem noch ein Paar gesehen, das sich als Oma und Opa verkleidet hatte«, fuhr Janne fort. »Wir wissen aber noch nicht, wer das war.«

»Was ist denn mit den Kindern, die mit Laternen unterwegs waren? Haben die etwas gesehen?«, fragte Eilert.

»Nein, die meisten von ihnen waren um acht Uhr schon wieder zu Hause, bis auf die Kinder von Brandt. Aber dazu wird Thorge gleich noch etwas sagen. Die Kinder, die ich befragt habe, haben nichts gesehen. Nur eine Mutter berichtete, dass ein als Hexe verkleideter Scherbellenskopp ihre Töchter erschreckt habe. Dazu müssen wir noch einmal die Nachbarschaft befragen. Vielleicht ist die Hexe auch noch anderswo aufgetaucht.«

»Wenn ich jetzt gut aufgepasst habe«, sagte Eilert, »dann sind das acht Scherbellenskoppen, von denen wir bisher wissen, dass sie unterwegs waren.«

»Ja, richtig.« Janne begab sich an das Whiteboard.

Mit einem schwarzen Marker zog sie drei senkrechte und fünf waagerechte Striche.

Über die erste der beiden entstandenen Spalten schrieb sie »Scherbellenskoppen«, über die zweite »Personen«.

Dann notierte sie in der ersten Spalte: Lehrerin und zwei Schülerinnen, dahinter in der zweiten Spalte die Namen: Florian, Carsten, Dirk.

Darunter schrieb sie weiter: Teufel und Engel: Den Namen Mettjes versah sie mit einem Fragezeichen.

Oma und Opa: Anstelle von Namen dahinter machte sie nur zwei Fragezeichen. In der vierten Zeile notierte sie

Hexe: Name ?

Janne war gerade dabei, mit einem roten Stift Pfeile zu zeichnen, um kenntlich zu machen, wer wem an Martini begegnet war, als sich die Glastür neben ihr schwungvoll öffnete.

»Polizeidirektor Martens bittet Sie zum Gespräch, sofort«, verkündete die Sekretärin, reckte das Kinn und war schon wieder weg. Ein ganz ungewöhnlicher Vorgang. Im Normalfall hatten sie jede Freiheit und den Chef sahen sie nur mal auf dem Parkplatz auf dem Nachhauseweg. Für wenige Minuten herrschte betretenes Schweigen, das dann in leises Flüstern überging. Janne verstaute ihre Unterlagen mit den bislang eher dürftigen Erkenntnissen in ihrer Tasche, entschuldigte sich bei den Kolleginnen und Kollegen und eilte in den ersten Stock. Vor dem Sekretariat ordnete sie flüchtig ihre Frisur und ihre Kleidung, klopfte und wartete auf das »Herein« von der anderen Seite.

Nach weniger als zehn Minuten war sie schon wieder bei ihrer Gruppe, die schweigend einen Bericht erwartete.

Schließlich blickte sie auf: »Also weiter im Text, wir waren noch nicht mit der Besprechung fertig. Und kurz für die Neugierigen: Bei Martens steht das Telefon nicht still. Unser Fall hat überregional Aufmerksamkeit erregt und die Medien rennen Martens die Tür ein, um Infos zu bekommen. Es gab ja nur vage Berichte in den Zeitungen. Bislang hat er alles von uns ferngehalten. Er scheint trotz allem zufrieden mit der Arbeit, drängt jetzt aber auf Fortschritte.«

Dann wandte sie sich an Thorge.

»Was hast du denn gestern bei Familie Brandt erfahren?«

Thorge begann mit seinem Bericht:

»Marvin Brandt war mit seinen zwei Schwestern noch bis nach neun Uhr unterwegs. Die Kinder haben fast alle Häuser im Dorf abgeklappert, wobei ihre Mutter sie chauffiert hat. Nach Marvins Aussagen haben einige Leute ihre Türen aber nicht aufgemacht. Dazu gehörten Krämers, die zu dem Zeitpunkt vielleicht schon tot waren.

Außerdem hat er berichtet, dass er Scherbellenskoppen gesehen hat.«

»Hat er auch gesagt, welche das waren?«, hakte Franziska ein.

»Ja, Oma und Opa.«

»Die hab ich auch gesehen«, sagte Janne.

»Außerdem hat er erwähnt, dass er noch einen schwarzen Mann mit Piratenhut gesehen habe.«

»Das ist ja interessant. Der ist bisher noch in keiner Befragung aufgetaucht.« Janne ging an die Tafel und ergänzte: Pirat: Name?

»Also jetzt neun Scherbellenskoppen«, stellte Eilert fest.

»Marvin war sich sicher, dass das der Mörder war, weil er eine Pistole hatte«, fuhr Thorge fort. »Vermutlich war es nur eine Spielzeugpistole, die zu der Verkleidung gehörte. Aber wir werden das selbstverständlich überprüfen. Janne und ich holen den Jungen heute nach der Schule ab und fahren mit ihm nach Heidland, damit er uns zeigen kann, wo er den schwarzen Mann gesehen hat. Marvin ist ein pfiffiges Kerlchen mit einer guten Beobachtungsgabe. Ich hoffe, er kann uns ein paar hilfreiche Hinweise geben.«

Gegen zwölf Uhr warteten Janne und Thorge vor dem Schulzentrum in Meerum. Thorge hatte das Dienstfahrzeug genommen. Janne fuhr in ihrem alten Volvo. So konnten beide unabhängig voneinander zurückfahren.

Marvin war einer der ersten, die aus dem Schulgebäude stürmten. Er rannte sofort auf das Polizeiauto zu.

»Können Sie mal die Sirenen anstellen, damit meine Kumpels das hören. Ich bin doch jetzt ein wichtiger Zeuge.«

»Nein, das geht nicht«, sagte Thorge und bedauerte, dass er Marvin den Wunsch nicht erfüllen konnte. »Das dürfen wir nur im Notfall und dies ist doch wohl keiner.«

Marvin war enttäuscht, aber er hielt seinen Kopf ganz dicht an die Fensterscheibe, damit ihn auch alle Leute, die ihnen auf der Fahrt begegneten, in dem Auto zu sehen bekamen.

Hoffentlich bleibt das so, dass er sich freut, wenn er in einem Polizeiauto abgeholt wird, dachte Thorge.

Marvin hatte das Haus sofort wiedergefunden.

»Das da, das ist es. Da ist der Mörder reingegangen.«

Er zeigte auf einen Neubau. Es war das dritte Haus neben Krämers. Zu Jannes Kinderzeit waren dort noch Äcker und Wiesen gewesen und sie hatte mit ihrem Bruder im Herbst über den Stoppelfeldern ihre Drachen steigen lassen.

»Das hast du gut beobachtet, Marvin, dass der Mann in das Haus gegangen ist«, sagte Janne. »Aber ob das der Mörder war, müssen wir erst noch herausfinden.«

Dann wandte sie sich an Thorge: »Ich befrage gleich die Bewohner hier. Fahr du doch bitte in der Zwischenzeit Marvin nach Hause.«

»Was, jetzt schon? Vielleicht hab ich ja noch mehr gesehen.« Marvin versuchte, die Heimfahrt noch ein wenig hinauszuzögern, aber Thorge bugsierte ihn sanft auf den Rücksitz.

Als die beiden abgefahren waren, ging Janne zu dem Neubau.

Neben der Haustür befand sich ein offensichtlich selbstgetöpfertes Schild: Hier wohnt Familie Hartmann. Die geformten drei Figuren ließen darauf schließen, dass die Familie aus Vater, Mutter und Kind bestand. Janne klingelte. Nichts regte sich. Sie versuchte es noch einmal.

»Die jungen Leute sind nicht da«, ertönte eine Stimme von der anderen Seite der Hecke.

»Die arbeiten beide in Leer und kommen erst heute Abend wieder. Und der kleine Junge ist bei seiner Oma.«

»Ach so«, sagte Janne. »Aber vielleicht können Sie mir weiterhelfen.«

»Nee, nicht *Sie.* Nun komm mal eben rüber, Janne, und trink 'ne Tasse Tee mit mir!«

»Bist du das, Tante Leni?« Janne hatte gar nicht mehr daran gedacht, dass in dem Haus nebenan die alte Freundin ihrer Mutter wohnte. Durch das Neubaugebiet sah alles so anders aus und sie musste sich erst neu orientieren.

Janne ging hinüber. Sie öffnete die kleine grüne Gartenpforte mit den weißen Spitzen, ging unter dem Rosenbogen hindurch und folgte dem mit roten Ziegelsteinen gepflasterten Gartenweg. Ob es hier im Sommer immer noch die prachtvoll blühenden Staudenrabatten gab? Jetzt waren die Beete mit Laub abgedeckt, aber Janne vermutete, dass im Frühjahr wieder üppiges neues Leben aus dem schlummernden Wurzelwerk nach oben streben würde. Eingerahmt hatte Leni die Beete immer mit einem Band hellgrüner Reseden. An deren zarten Duft konnte Janne sich noch besonders gut erinnern. Dabei fielen ihr zwei Zeilen aus einem Gedicht von Eduard Mörike ein:

»Sieh der bescheidenen Reseda Blüte, ein Bild der Menschenfreundlichkeit ...« In der Haustür wartete Tante Leni auf sie. Ihr langer geblümter Volantrock und das lila Tuch, das sie sich um den Kopf drapiert hatte, erinnerten an die Hippiezeit. Ja, das Bild der Menschenfreundlichkeit passt auch zu ihr, dachte Janne.

Wie alt mochte sie jetzt wohl sein? Janne rechnete nach. Sicher so um die siebzig. So alt wäre ihre Mutter jetzt auch gewesen, wenn sie nicht bei einem Busunfall tödlich verunglückt wäre. Fast dreißig Jahre war das jetzt her, aber sie spürte den Schock immer noch, als sei es gestern gewesen. Tante Leni hatte ihr und ihrem Bruder mit ihrer Warmherzigkeit und mit ihrer zupackenden Art in der schwierigen Zeit sehr geholfen. Sie hatte dafür gesorgt, dass Janne das Gymnasium in Leer nicht verließ, wie sie es in ihrer Verzweiflung vorgehabt hatte, sondern das Abitur machte. Danach war Janne ein paar Monate durch Neuseeland gezogen. In der Weite der Landschaft und des Meeres wollte sie wieder zu sich selbst finden. Finanziert hatte sie die Zeit mit Hilfe der Organisation »work and holiday«. Sie hatte gekellnert, Hotelzimmer geputzt, als Erntehelferin auf den Kiwiplantagen Obstkisten geschleppt und auf großen Farmen Schafe zusammengetrieben. Janne konnte schon immer gut zupacken.

Als sie nach Deutschland zurückgekommen war, hatte sie an der Uni Hamburg angefangen, Psychologie zu studieren mit dem Ziel, Traumatherapeutin zu werden. Aber nach zwei Semestern hatte sie das Studium abgebrochen und sich auf der Polizeischule angemeldet. Nach ihrem erfolgreichen Abschluss war sie noch einige Jahre bei der Kripo in Hamburg geblieben bis ihr vor ein paar Monaten die Anzeige in die Hände gefallen war, in der die Polizeiinspektion Leer/Emden eine Stelle als Kriminalhauptkommissarin ausgeschrieben hatte. Auf einmal hatte sie Heimweh bekommen nach Ostfriesland, nach ihrem Vater, ihrem Bruder, nach dem Land und nach der plattdeutschen Sprache.

Und jetzt trieb sie gleich ihr erster Fall ausgerechnet nach Heidland.

»Tut mir leid, Tante Leni, dass ich mich so lange nicht gemeldet habe«, entschuldigte sich Janne und hatte ein schlechtes Gewissen.

»Ach Kind, ich weiß doch, dass du sehr beschäftigt warst und über Hannes hab ich ja auch immer noch mal was von dir gehört.

Lass dich doch mal anschauen.« Sie nahm Jannes Hände und betrachtete ihr Gesicht.

»Du wirst deiner Mutter Erika immer ähnlicher«, sagte Leni und in ihrem Augenwinkel glitzerte eine Träne.

Als sie zusammen in der warmen Wohnküche saßen, musste Janne ihr erst einmal erzählen, was sie in den letzten Jahren erlebt hatte.

Leni hatte inzwischen den Tee auf dem Stövchen warmgestellt und Kekse aus dem Schrank geholt. Hier hat sich kaum etwas verändert, dachte Janne. Allenfalls das Ostfriesensofa ist mal neu bezogen worden.

Dann wurde Janne dienstlich: »Sind bei dir auch Scherbellenskoppen gewesen?«

»Nein, ich wohne hier ja alleine und darum habe ich um acht Uhr die Tür abgeschlossen und niemanden mehr reingelassen, vor allem keine Scherbellenskoppen. Man weiß ja nie, wer dahinter steckt. Siehst ja jetzt, was da passieren kann!«

»Meinst du, es war einer von den Scherbellenskoppen?«

»Bestimmt war das einer von denen. So verkleidet kommt man doch in fast jedes Haus, aber nicht in meins!«, sagte Leni.

Dann stand sie auf und legte ein Stück Torf in den Kaminofen.

»Wo bekommst du denn heute noch Brenntorf her?«, fragte Janne erstaunt.

»Ach, da hab ich so meine geheime Quelle. Ich finde, dass der Geruch und die Wärme von Torf ganz besonders angenehm sind. Es erinnert mich an früher, als meine Eltern im Königsmoor noch Torf gestochen haben. Ich habe dann als Kind die Stücke zum Trocknen aufgestapelt. Das hat Spaß gemacht. Deshalb lass ich mir jedes Jahr noch ein Fuder kommen.«

»Was ist denn ein Fuder?«

»Das ist noch so eine altmodische Bezeichnung für eine Fuhre und eine ziemlich vage Mengenangabe.«

»Kann ich deine geheime Quelle auch anzapfen?«, wollte Janne wissen.

»Vielleicht. Es ist ein alter Freund von mir, der noch Restbestände in seiner Scheune liegen hat.«

»Eigentlich ist es ja ein Frevel, Torf zu verheizen«, sagte Janne.

»Ja, das gebe ich zu und es ist gut, dass die Moore jetzt geschützt und rekultiviert werden«, pflichtete Leni ihr bei. »Aber in der ärmlichen Nachkriegszeit brauchte man den Torf zum Heizen. Bei uns in Ostfriesland gibt es zu wenig Wald, um Brennholz zu schlagen, wie du selbst weißt, und Kohlen waren teuer. Ich glaube, die Restbestände bei meinem alten Freund stammen noch aus der Zeit. Da hab ich dann nicht so ein schlechtes Gewissen, wenn ich ein Stück Torf in den Ofen stecke.«

Janne wurde wieder dienstlich.

»Die Kinder mit Kippkappkögels hast du aber doch reingelassen, oder?«

»Ja natürlich. Die meisten Kinder waren ja auch bis acht Uhr mit dem Singen durch und danach gehören die ins Bett und nicht mehr auf die Straße«, sagte Leni resolut.

Langsam wurde es dunkel draußen und als Janne gegen fünf Uhr aus dem Fenster schaute, entdeckte sie, dass im Nachbarhaus Licht brannte.

»Danke, Tante Leni, für die gemütliche Teestunde, aber ich glaube, jetzt sind deine Nachbarn wieder da.«

»Warte noch eben«, sagte Leni und ging nach hinten in den Abstellraum. Nach einer Weile kam sie zurück. »Hier, damit du es auch bei dir zu Hause warm und gemütlich hast.«

Janne musste schmunzeln. Ja, so war das früher schon gewesen. Wenn man jemanden auf dem Land besuchte, bekam man auf dem Nachhauseweg immer etwas mit, im Sommer Gemüse oder einen Blumenstrauß aus dem Garten, im Herbst Obst oder ein Glas Marmelade und jetzt stand Leni da mit einem Korb voll Torf.

Nachdem Janne ihn in ihrem Kofferraum verstaut hatte, ging sie wieder hinüber zu Hartmanns Haus. Auf ihr Klingeln öffnete eine junge Frau die Tür. Vor ihrem Bauch schlummerte in einem Tragetuch zufrieden ein Kleinkind.

»Ich bin Kriminalhauptkommissarin Winkelmann«, stellte Janne sich vor und senkte dabei unwillkürlich ihre Stimme, damit das Kind nicht aufwachte.

»Sie können ruhig in normaler Lautstärke sprechen«, sagte die junge Mutter. »Wenn ich ihn am Körper trage und dabei hin- und herlaufe, stört ihn das nicht und er schläft noch eine ganze Weile. Ich darf nur nicht stehenbleiben oder mich hinsetzen, dann ist er sofort wach.«

Frau Hartmann führte Janne ins Wohnzimmer. Die Möbel hier waren das reine Kontrastprogramm zu Tante Lenis Wohnküche: einmal quer durch Ikea. Auf der hellgrau melierten Sitzlandschaft waren Seidenkissen in Beerentönen von blauviolett über pink bis purpurrot drapiert. Gegenüber an der Wand hing zwischen zwei kantigen Vitrinenschränken aus dunklem Palisanderholz ein großer Flachbildschirm.

»Nehmen Sie doch Platz, Frau Kommissarin. Ich hoffe, es stört Sie nicht allzu sehr, wenn ich in der Zwischenzeit hier ein wenig zwischen Fenster und Tür auf- und abgehe. Das beschert uns vermutlich noch eine halbe Stunde ungestörte Unterhaltung.«

»Danke«, sagte Janne, »ich bleib lieber stehen.« Die Vorstellung, dass Frau Hartmann stehen und auf sie herunterschauen würde, während sie selbst im Sessel saß, war ihr unangenehm.

»Sie sind sicher wegen der Morde an Martini hier. Ich habe schon gehört, dass Sie alle Nachbarn befragen, aber wir haben nichts gesehen.«

»Vielleicht können Sie aber trotzdem etwas zur Aufklärung beisteuern. Jedes kleine Detail kann wichtig sein. Erinnern Sie sich, wer an dem Abend mit Scherbellenskoppen bei Ihnen war?«

»Hier waren nur zwei Paare. Seitdem Halloween aus Amerika auch zu uns herübergeschwappt ist, kommen immer weniger Scherbellenskoppen.«

»Wann kamen denn die ersten?«

»Das war so kurz nach acht Uhr. Um die Zeit bringe ich sonst immer den Kleinen ins Bett. Das hat dann aber mein Mann übernommen. Zuerst kam die Piratenbraut.«

»War sie alleine, oder in Begleitung? Sie sagten doch, es waren Paare da.«

»Nein, sie kam alleine, aber sie sagte, ihr Bräutigam würde gleich nachkommen.«

»Und kam er dann gleich?«

»Nein, und das machte sie ziemlich nervös. Sie schaute abwechselnd auf die Uhr und auf die Haustür.«

»Wie sah die Piratenbraut denn aus?«

»Sie trug eine Maske mit einem freundlichen Gesicht und hatte sich ein rotes Dreiecktuch um ihren schwarzen Lockenkopf geknotet. Das war natürlich eine Perücke. An den Ohren trug sie große goldene Kreolen, nicht wirklich echt Gold. Sie hatte schwarze Strümpfe an und einen roten ledernen Minirock und unter ihrer schwarzen Wolljacke blitzte noch eine weiße Spitzenbluse hervor. Ja, und schwarze Stiefeletten.«

»Das haben Sie ja sehr genau beobachtet.«

»Ach, ich fand ihr Outfit ganz schön und hatte mir überlegt, ob ich so ein Kostüm nicht zum nächsten Fasching anziehen könnte. Außerdem hatte ich ja Zeit genug, sie anzuschauen. Sie blieb ungewöhnlich lange, weil sie auf ihren Partner wartete.«

»Und wann kam der?«

»So ungefähr eine halbe Stunde später, aber da war sie schon weggegangen.«

»Haben Sie auch so gut auf seine Kleidung geachtet?«

»Nein, nicht so genau wie bei ihr. Als er feststellte, dass seine Braut schon weg war, ist er ziemlich schnell wieder verschwunden. Aber ich fand, dass er nicht so perfekt durchgestylt war wie sie.«

»Und was fanden Sie nicht so gut an der Verkleidung?«

»Dass er eine ganz normale blaue Jeans trug. Sowas hatten Piraten doch nicht. Ich hätte an seiner Stelle eine schwarze dreiviertellange Hose angezogen. Aber Männer nehmen das wohl nicht so genau.«

»Haben Sie die beiden denn erkannt, vielleicht an der Stimme oder an etwas anderem?«

»Nein, da kann ich Ihnen leider nicht weiterhelfen. Ich kenne hier noch nicht so viele Leute. Wir haben ja erst vor kurzem in Heidland gebaut. Vorher wohnten wir ein paar Dörfer weiter. Und da mein Mann und ich beide berufstätig sind, haben wir auch nicht so viel Zeit, um neue Kontakte zu knüpfen. Am Wochenende kümmern wir uns intensiv um unseren kleinen Sohn. Der ist ja während der Woche tagsüber bei meiner Schwiegermutter.«

Das wusste Janne bereits von Tante Leni.

»Und wer war das zweite Paar?«

»Das waren ein Teufel und ein kleiner Engel.«

»Haben Sie die auch so genau beobachtet und können beschreiben, was die anhatten?«

»Nein«, sagte Frau Hartmann, »dazu hatte ich keine Zeit. Der Kleine fing an zu weinen und ich musste ihn beruhigen. Ich erinnere mich nur noch an die ziemlich gruselige Teufelsmaske.«

»Danke, Frau Hartmann, das war's erst einmal für heute. Falls Ihnen doch noch etwas einfällt, rufen Sie mich doch bitte an!« Janne übergab ihr die Karte mit ihrer Telefonnummer.

Diese Kommissarin war hartnäckig. Nicht gut! Jetzt lief sie auch noch in der Nachbarschaft rum und fragte nach Scherbellenskoppen. Aber er war vorsichtig gewesen und hatte auch noch daran gedacht, das Glas mitzunehmen.

14. November

Thorge fuhr die B 70 Richtung Papenburg und bog kurz hinter der Ledabrücke nach rechts Richtung Driever ab. Er folgte der Strecke am Emsdeich entlang nach Middels-Möhlen. Die Straße verlief in großen Schleifen, so wie der Fluss noch um 1900 geflossen war. Später war die Ems immer mehr begradigt worden, damit die Torfkähne vom Fehn und die Binnenschiffe aus dem Rheinland besser manövrieren konnten.

Jetzt wurde die Ems gerade wieder ausgebaggert, damit die großen Kreuzfahrtschiffe aus Papenburg den Fluss passieren konnten. Wohin soll bloß der ganze Schlick, fragte sich Thorge. Bei Hilkenborg führte ein dickes eisernes Rohr über die Straße, durch das der Aushub aus der Ems in den Hammrich gepumpt wurde, in das niedrig gelegene Weideland außerhalb der Ortschaften. Die Region hier ist jetzt auch bald kaputt gemacht, dachte Thorge. Naturschützer hatten schon lange darauf hingewiesen, dass Kiebitze und andere Bodenbrüter keinen Platz mehr für ihre Nester fanden.

Aber dann war Thorge ganz glücklich, als er auf einem der Entwässerungsgräben zwischen den Wiesen ein Schwanenpaar entdeckte. Hoffentlich lassen sie die in Ruhe ihren Nachwuchs großziehen und sie zusammen alt werden. Schade, dass lebenslange Treue bei den Menschen nicht genauso gut funktioniert wie bei den Schwänen, bedauerte er.

Nach weiteren drei Kilometern kam er an dem Ortsschild von Middels-Möhlen vorbei. Er solle in Richtung Mühle abbiegen, hatte Janne gesagt. Nach ihrer Beschreibung fand er ihr Haus sofort, eben das schönste im Ort, wie Janne gesagt hatte. Thorge musste schmunzeln.

»Kaffee, Tee oder vielleicht einen Pharisäer?«, fragte Janne, als Thorge von draußen aus der Kälte in ihre warme Wohnstube trat.

»Oh, Pharisäer? Sag bloß, ihr Ostfriesen seid auch auf den Geschmack gekommen? Ich will nicht hoffen, dass ihr jetzt behauptet, das sei ein typisch ostfriesisches Inselgetränk. Es ist nämlich nordfriesisch und kommt von der Insel Nordstrand.«

Er wird's wohl wissen, dachte Janne. Er kommt ja aus der Gegend von Husum. Ob die Stadt wohl so grau war wie Theodor Storm sie in seinem Gedicht beschrieb?

»Es gibt eine lustige Anekdote darüber, warum das Getränk Pharisäer heißt«, sagte Thorge.

»Ja? Erzähl doch mal. Ich höre gerne Geschichten.« Janne war neugierig.

»Es war zu der Zeit«, begann Thorge, und seine Stimme klang dabei so tief und ruhig, wie man sich die eines Märchenerzählers vorstellt. »Es muss so um 1870 gewesen sein, als die Kirchengemeinde auf Nordstrand einen neuen Pastor bekam. Der war sehr streng und er wetterte jeden Sonntag von der Kanzel, dass die Menschen nicht so viel sündigen sollten. Vor allem sollten sie das Alkoholtrinken unterlassen, besonders bei Beerdigungen und Taufen. Eine Zeitlang haben sich die Nordstrander auch daran gehalten, bis der reichste Bauer der Insel endlich seinen heiß ersehnten Hoferben bekam.«

»Ich kann's mir schon denken«, sagte Janne. »Das musste natürlich ausgiebig begossen werden. In Ostfriesland gibt es dann immer Kinnertöhn.«

»Was ist das denn?«

»Das sind in Branntwein eingelegte Rosinen. Die sind dann aufgequollen und so rund und weich wie kleine Kinderzehen, auf Platt eben Kinnertöhn. Für Touristen wird das Getränk mit den Rosinen auch als Ostfriesische Bohnensuppe verkauft.«

»Bei dem reichen Bauern auf Nordstrand musste es bei der Tauffeier statt billigem Branntwein aber schon etwas Besseres sein, ein Fass mit echtem Rum«, erklärte Thorge. »Da aber auch der Pastor eingeladen werden musste, verfiel der Bauer auf eine List. Er wies das Küchenpersonal an, unten in die Kaffeetassen zu dem Zucker eine ordentliche Portion Rum zu geben, den Kaffee darüber zu gießen und das Ganze oben mit einer großen Haube Schlagsahne abzudecken. So konnte das Rumaroma nicht entweichen. Die Tasse vom Pastor enthielt natürlich keinen Rum und war entsprechend gekennzeichnet.«

»Das nennt man Bauernschläue«, stellte Janne fest.

»Eine Zeitlang ging bei der Feier alles gut und die Gäste wurden immer lustiger. Der Pastor freute sich, dass seine Schäfchen auch ohne den Teufel Alkohol fröhlich sein konnten, bis das Malheur in der Küche passierte. Das Personal hatte natürlich auch dem köstlichen Getränk tüchtig zugesprochen und es kam, wie es kommen musste.«

»Die Tasse des Pastors wurde vertauscht«, erriet Janne.

»Richtig! Und als der Pastor merkte, welch falsches Spiel man mit ihm getrieben hatte, hob er mahnend seinen Zeigefinger und rief: ›Oh, ihr Pharisäer!‹«

»Und jetzt gibt es sogar Tassen, auf denen *Pharisäer* gedruckt steht«, bemerkte Janne.

»Das ist ein wahrer Stilbruch«, stellte Thorge fest. »Es geht doch gerade darum, zu verheimlichen, was in der Tasse ist. Darum darf man die Sahne oben auch nie umrühren, weil man sonst den Rum riecht. Man führt den Löffel behutsam seitlich an der Sahnehaube vorbei und rührt dann ganz vorsichtig den Zucker unten in der Tasse um.«

»Das ist ja eine schöne Geschichte«, sagte Janne. »Hast du noch mehr davon?

»Ja, eine Pharisäer-Geschichte von Nordstrand hab ich noch.«

»Erzähl!«, forderte Janne ihn auf.

»Auf Nordstrand gab es mal einen Wirt. Der hieß Edu Dook und er war ein Original. Ihm gehörte das Café Halligblick. Das stand auf dem Deich und von dort hatte man bei gutem Wetter eine wunderbare Sicht auf die nordfriesischen Halligen Gröde, Habel, Nordstrandischmoor und die Hamburger Hallig.

Wenn man es bei Edu Dook schaffte, sieben Pharisäer zu trinken, durfte man anschließend die Tasse mit nach Hause nehmen. Das waren richtig schöne antike Tassen mit einem handgemalten Muster. Strohblumen oder Indisch-Blau heißt das und weil es ein bisschen wie das Meißner Zwiebelmuster aussieht, bloß dass es billiger ist, sagte man auch Küchenmeißen dazu. Meine Oma hat zwei Tassen davon in ihrer Vitrine stehen, die erb ich mal.«

»Dann war dein Opa wohl Stammgast im Café Halligblick!«

»Ja, und das fand Oma gar nicht so lustig, vor allem an dem Abend, als Opa im Suff die Türen verwechselte und statt ins Badezimmer in den Kleiderschrank stieg.«

»Na, mal schauen, was so ein echter Nordfriese heute noch schafft.« Janne ging an die Buddelei und holte zwei von den acht schönen, blau gemusterten Tassen heraus.

»Oh«, sagte Thorge und lachte. »Dein Opa war wohl auch ein paar Mal bei Edu Dook auf Nordstrand.«

Der Nachmittag war vergnüglich. Der gusseiserne Ofen strahlte eine behagliche Wärme aus, während vor den Fenstern Schneeflocken tanzten und der Rum seine Wirkung tat.

»Noch einen Pharisäer?«, fragte Janne. Thorge nickte. »Aber die Tasse bleibt hier!«, fügte sie lachend hinzu. »Und du darfst dich nicht mehr ans Steuer setzen. Dein Auto kannst du morgen Abend abholen!«

Kurz bevor Thorge sich ein Taxi bestellte, um nach Hause zu fahren, fiel Janne ein, dass er ihr noch etwas hatte sagen wollen.

»Was war das denn, was du mit mir besprechen wolltest.«

Thorge zögerte einen Augenblick und Janne wartete gespannt auf seine Antwort.

»Ach, das Gerede über Franziska und mich finde ich ärgerlich.«

»Aber das kann doch jeder sehen, dass sie hinter dir her ist. Du bist ja auch ein verdammt gut aussehender Mann.« Janne merkte, dass sie ein bisschen rot wurde, als sie das sagte.

Thorge war etwas jünger als sie, so um die Vierzig, groß und schlank. Seine Haut war leicht gebräunt.

Er hatte ein fein geschnittenes Gesicht, das Sensibilität, aber auch innere Stärke ausstrahlte. Sein dunkelblondes Haar war ein bisschen wellig und eine vorwitzige Strähne fiel ihm immer ins Gesicht, wenn er den Kopf schüttelte. Es gefiel Janne, wie er sich das Haar mit einer lässigen Bewegung aus der Stirn strich. Das helle Blau seiner Augen wurde durch sein himmelblaues Leinenhemd noch betont. Er weiß sehr gut, was ihm steht, dachte sie, ein Ästhet. Seinen marineblauen Kaschmirpullover hatte er ausgezogen und sich über die Schultern gelegt. Es war ihm offenbar ein wenig warm von dem Rum geworden. Janne hatte ja auch den guten 74-prozentigen Lemon Hart genommen.

»Die Sache ist nur die«, bemerkte Thorge und machte eine kleine Pause, »dass ich mir nichts aus Frauen mache. Hast du das denn nicht gemerkt?«

»Oh«, sagte Janne, »da bin ich wohl ein bisschen blind gewesen. Nicht gerade ein gutes Zeichen für eine Kriminalhauptkommissarin. Das habe ich nicht gewusst.«

»Dann weißt du es jetzt!«

Gut, dass sich das so schnell geklärt hat, dachte Janne, bevor ich noch auf die Idee gekommen bin, mich in ihn zu verlieben. Sie war einen Augenblick unsicher, wie sie reagieren sollte. Am liebsten hätte sie gesagt: »Wie schade, dass so ein toller Mann den Frauen verloren geht.« Stattdessen umarmte sie ihn und küsste ihn auf die Wange.

15. November

Franziska stand gerade oben an ihrem Bürofenster und schaute nach unten in den Hof, als ein Taxi mit Schwung auf den Personalparkplatz bog. Es fuhr in einem großen Bogen zur Eingangstür des

Polizeigebäudes und stoppte dort. Erstaunt registrierte sie, dass Thorge ausstieg.

Sie fing ihn oben an der Treppe ab.

»Wieso kommst du denn mit dem Taxi?«, fragte sie. »Wenn dein Auto kaputt ist, kann ich dich heute Abend gern wieder nach Hause fahren«, bot sie an.

»Danke für das Angebot« , antwortete Thorge höflich. »Ist aber nicht nötig. Das Auto ist in Ordnung, es steht nur bei Janne.« Thorge registrierte das kurze Zucken um Franziskas Mund, ersparte sich aber weitere Erklärungen.

Nachdem Janne die wichtigen Aufzeichnungen der Vortage durchgesehen hatte, fuhr sie wieder nach Heidland, um das Ehepaar Mettjes befragen. Vorher wollte sie aber noch bei Edda vorbei und von ihr wissen, wer in dem Haus neben ihr wohnte. Außerdem war es ihr ein Bedürfnis, noch mal nach ihrem Vater schauen.

Als sie an der Kreuzung in Heidland ankam, fiel ihr zum ersten Mal das Plakat auf, das etwas zurückgesetzt neben der Fahrbahn stand. In großen Lettern prankte darauf: Keine Schweinerei in Heidland.

Hier scheint es eine Bürgerbewegung zu geben, die sich um die Lebensqualität im Dorf Gedanken macht, dachte Janne. Da muss ich gleich mal Edda fragen, wer die Aktivisten sind.

Als sie dort angekommen war, führte Edda sie ins Wohnzimmer. Jannes Vater saß in seinem Sessel. Edda hatte das Fernsehgerät für ihn eingeschaltet. Es lief gerade ein Tierfilm. Den wird er hoffentlich noch verstehen, dachte Janne. Den Spielfilmen und den schnellen Szenenwechseln der neuen Kriminalfilme konnte selbst sie manchmal schwer folgen. Ihr Vater drehte sich in seinem Sessel zu ihr. Sie betrachtete voller Sorge seine blassen eingefallenen Wangen.

»Janne«, sagte er und lächelte. Gott sei Dank, er erkennt mich noch. Janne war erleichtert. Dann wandte sie sich an Edda.

»Sag mal, wem gehört denn jetzt das Haus rechts neben euch?«

»Da wohnen Hillrichs, schon seit über sechzehn Jahren. Herr Hillrichs ist leider vor zwei Jahren an einem Herzinfarkt gestorben, aber der Sohn Bernd wohnt noch bei seiner Mutter«

»Ist das die Frau, die bei Krämers den Haushalt gemacht hat?«

»Ja, genau die!«

»Du weißt doch sicher auch, wer das Protestplakat an der Kreuzung aufgestellt hat? Worum geht es denn da?«

»Am Ortsrand von Heidland soll ein großer Schweinemastbetrieb entstehen. Dagegen gibt es eine sehr aktive Bürgerinitiative. Und rate mal, wer da vorneweg marschiert?«

»Doch nicht etwa du, Edda!«

»Nee, ich nicht, obwohl ich mich da auch gerne mehr engagieren würde. Aber du siehst ja«, Edda blickte zu ihrem Schwiegervater, »ich kann hier schlecht weg.«

»Und wer ist da so aktiv? Mach's nicht so spannend!«

»Na, Tante Leni natürlich! Die Altachtundsechzigerin ist wieder unter die Protestler gegangen.«

»Ach nee, Tante Leni! Naja, mit Berufsverbot kann man ihr ja jetzt nicht mehr drohen!

Danke Edda, für die Informationen, und danke, dass du dich so liebevoll um Papa kümmerst.« Janne nahm Edda in den Arm.

»Seine Demenz schreitet leider schnell fort, aber ich kümmere mich gerne um ihn«, sagte Edda. »Er hat uns früher auch immer geholfen, als er noch gesund und kräftig war. Den ganzen Umbau hier für uns hat er fast alleine gemacht. Dadurch haben wir viel Geld gespart, und ich bin ihm sehr dankbar dafür.«

Janne verabschiedete sich und machte sich auf den Weg zu Mettjes.

Vorher trieb sie die Neugier aber noch bei Tante Leni vorbei.

»Na, du alte Revoluzzerin?«, begrüße Janne sie, als Leni die Tür öffnete.

»Das will ich aber überhört haben!« Leni tat empört. »Das alte, meine ich«, und dann lachten beide.

»Wusste ich gar nicht, dass du eine Bürgerinitiative gegründet hast. Hat Edda mir eben erzählt.«

»Ich kann doch unser Dorf nicht so vor die Hunde, genauer gesagt, vor die Schweine gehen lassen.«

»Das musst du mir nachher mal erzählen. Janne schaute auf die Uhr. Jetzt will ich erst mal zu Mettjes, aber danach komme ich wieder.«

Das kleine Schuhgeschäft beim Denkmal kannte Janne noch aus ihrer Jugend. Schön, dass es sich hier immer noch halten kann, dachte sie. Für die beiden Bäcker, die es zu der Zeit noch gegeben hatte, waren keine Nachfolger gekommen. Auch Kaufmann Schriever, bei dem sie als Kind noch eingekauft hatte, war nicht mehr da. Stattdessen gab es dort, wo früher das traditionsreiche Textilgeschäft gewesen war, einen Supermarkt.

Als Janne den Schuhladen betrat, stieg ihr der Geruch von Leder in die Nase.

Sie erkannte Frau Mettjes, die gerade eine ältere Kundin bediente, gleich wieder. Donnerwetter, dachte Janne, die hat sich in den letzten zwanzig Jahren ja kaum verändert. Das runde Gesicht war nahezu faltenfrei und ihre Figur war schon immer so rundlich gewesen.

Die Kundin suchte ein paar bequeme Schuhe für ihre im Laufe der Jahre breit getretenen Füße. Fachkundig und geduldig beriet Frau Mettjes sie und holte einen Karton nach dem anderen hervor. Janne schaute sich in der Zeit das Regal mit den Damenschuhen an. Ich sollte mir auch mal wieder etwas Schickes kaufen, dachte sie. Es müssen ja nicht gerade Highheels sein. Sie nahm ein Paar dunkelblaue Stiefeletten mit einem kleinen Absatz in die Hand. Die passen gut zu Jeans und sehen bedeutend eleganter aus als meine flachen Halbschuhe, auch wenn ich darin besser hinter einem Flüchtenden herrennen kann. Zum Glück musste sie das nicht so oft.

Frau Mettjes sah zu ihr herüber.

»Ich komme gleich zu Ihnen.«

»Bedienen Sie gerne in Ruhe weiter«, sagte Janne und musterte die Kundin. Sie überlegte, ob sie die Frau wohl noch von früher kennen könnte. Aber zu ihrer Enttäuschung wollte sich keine Erinnerung einstellen.

»Die nehme ich, die passen wie angegossen«, sagte die Kundin. »Ich behalte sie gleich an.«

Schön, dachte Janne, dass man hier immer noch so gut beraten wird und deswegen nicht extra nach Leer fahren muss.

Auch sie hatte früher ihre Schuhe in diesem Laden gekauft. Sie erinnerte sich noch genau an ihre Abiballschuhe. Es waren schlichte weiße Pumps gewesen, die wunderbar zu ihrem hellblauen Ballkleid mit weißer Perlenstickerei gepasst hatten, das Tante Leni ihr genäht hatte. Es waren die elegantesten Schuhe, die ich jemals besessen habe, dachte sie. Frau Mettjes gab sich immer viel Mühe mit der Beratung, und das wussten offenbar besonders die älteren Menschen zu schätzen. Durch das Schaufenster sah Janne schon den nächsten Kunden auf das Schuhgeschäft zusteuern. Sie öffnete die Ladentür und half dem alten Herrn mit seinem Rollator die kleine Stufe hoch. Der braucht wohl auch ein bisschen länger für die Beratung, dachte Janne, als sie den gebrechlichen Mann ansah. Mit der Befragung wird das jetzt wohl nichts mehr.

Sie ging zu Frau Mettjes, die gerade ihre Kundin verabschiedet hatte.

»Ich bin Kriminalhauptkommissarin Winkelmann und ermittle in dem Tötungsdelikt Krämer«, stellte Janne sich vor. »Ich würde gerne mit Ihnen sprechen, aber ich sehe, dass es im Moment ungünstig ist. Ihr Kunde möchte sicher bedient werden.«

»Kommen Sie doch in der Mittagsstunde wieder. Von zwölf bis zwei schließe ich den Laden. Dann können wir uns ungestört unterhalten«, schlug Frau Mettjes vor.

Da es sich für Janne nicht lohnte, in der Zwischenzeit nach Leer zu fahren, stattete sie Tante Leni noch einmal einen Besuch ab.

»He Janne, da bist du ja schon wieder! Das ging aber schnell.«

Tante Leni stand in einem bunt bekleckten Malerkittel in der Tür.

»Frau Mettjes hatte Kundschaft und jetzt keine Zeit. Ich gehe in der Mittagsstunde noch einmal hin. Sorry, störe ich dich gerade beim Malen, Tante Leni?«

»Du störst nie, Janne. Ich freue mich immer, wenn du kommst. Aber lass bitte endlich die Tante weg. Da komme ich mir so alt vor. Es reicht mir, wenn alle großen und kleinen Kinder im Dorf mich Tante nennen, seit ich mal vertretungsweise im Kindergarten ausgeholfen habe.«

»Hast ja Recht, Ta… Leni. Inzwischen hab ich dich altersmäßig ja auch schon fast eingeholt und mit Mitte vierzig muss man nicht mehr Tante sagen.«

»Komm mit nach hinten, ich arbeite gerade an einem Bild. Kannst mir ja mal sagen, was du davon hältst.«

Helene Siefkes, Leni genannt, war Kunstlehrerin gewesen. Nach ihrer Pensionierung hatte sie sich einen Traum erfüllt und in dem kleinen Backhaus hinter dem Wohngebäude ein Atelier eingerichtet. An der Nordseite hatte sie ein großes Dachschrägenfenster einbauen lassen. Auf diese Weise fiel ausreichend Licht auf ihre Staffeleien.

Janne setzte sich auf die Holzbank neben der Tür und sah sich in dem kleinen Atelier um. Auf dem Tisch lagen Farbtuben, Spachtel und Mallappen. Pinsel und Palettmesser standen nach Größen sortiert in alten Blechdosen. Auf dem Regal und auf der Fensterbank befand sich ein Sammelsurium von Gegenständen: zwei braune Tonkrüge mit abgeschlagenen Henkeln, ein zerbeulter Kupferkessel, eine rostige Milchkanne, eine Puppe, die einen Arm verloren hatte. Leni hatte offenbar ein Faible für Vergängliches und Morbides.

»Schön kuschelig warm hast du es hier«, stellte Janne fest.

»Ja, du warst schon immer ein Frostködel und hättest früher am liebsten im Backofen gesessen.«

»Hast du hier auch einen Torfofen?«

»Nee, das ging nicht. Der alte Schornstein funktioniert nicht mehr. Ich hab mir einen Werkstattofen besorgt, der wird mit Gas betrieben.«

»Der verbraucht aber viel Sauerstoff. Sorg mal gut dafür, dass immer ausreichend frische Luft hereinkommt.«

»Ja, Kindchen!«

»Ach, nee! Du darfst Kindchen zu mir sagen, aber ich nicht Tante zu dir!« Janne tat empört.

Leni arbeitete gerade an einem großformatigen Wolkenbild und die Bilder an der Giebelwand hatten alle dasselbe Motiv: Wolkenformationen in unterschiedlichen Variationen. Ein bisschen erinnerten Janne die Bilder an das Wolkenbild von Heiner Altmeppen, das sie von den Hinweisplakaten auf die Kunsthalle Emden kannte. Aber Lenis Wolken spiegelten sich alle im Wasser, einige im Meer, andere in einem Fluss oder einem See, manche in einem breiten Graben oder auch in einer kleinen Pfütze.

»Du hast dir ja den Himmel auf Erden geholt«, sagte Janne.

»Oh, das ist ein guter Titel! Der Himmel auf Erden, darf ich den benutzen? Vielleicht hast du ja noch mehr so gute Vorschläge. Dann wirst du meine Titelheldin.«

»Ja gerne, so eine Hauptrolle hatte ich noch nie.« Janne lachte.

»Was findest du denn so reizvoll daran, Wolken zu malen?«

»Ich liebe den Himmel über Ostfriesland. Nirgends sonst ist er so hoch wie hier.«

»Aber auf manchen Bildern sieht's bei dir richtig düster aus«, stellte Janne fest.

»Das scheint so, aber siehst du nicht auch den hellen Lichtsaum am Rand der dunklen Wolken?«

»Na, das ist nun fast philosophisch, Leni!«

»Kunst soll ja auch nicht nur schön anzusehen, sondern auch schön zu denken sein«, dozierte Leni.

»Und was hast du dir bei den Häusern hier gedacht?«

Janne hatte neben den Wolkenbildern auch Bilder mit Gebäuden entdeckt.

»Du weißt doch, dass ich alte Häuser liebe«, antwortete Leni.

»Ja, das habe ich mit dir gemeinsam. Das ist ja mein Elternhaus, so wie es in meiner Kindheit aussah!«, rief Janne plötzlich und zeigte begeistert auf ein kleines querformatiges Bild mit satten Rottönen und erdigem Grün. Und da ist auch noch der alte Apfelbaum. Oh, Leni, verkaufst du mir bitte das Bild?«

»Na, hör mal! Du musst das Bild doch nicht kaufen. Aber erst brauche ich es noch für eine Ausstellung.«

»Du machst eine Ausstellung? Wo denn und was ist das Thema?«

»Ich porträtiere das Dorf, bevor die alten Häuser modernen Neubausiedlungen Platz machen müssen.«

Janne entdeckte zwei Bilder mit großen Gulfhäusern. Solche Gebäude mit ihren wuchtigen roten Ziegeldächern und dem typischen hinteren Giebel, der seitlich von einem großen, grünen Scheunentor dominiert wurde, prägten lange Zeit das ostfriesische Landschaftsbild. Jetzt verschwanden immer mehr von diesen einst so stolzen Anwesen, und mit ihnen ging auch ein Stück Ostfriesland verloren.

»Der eine Hof steht doch in der Nähe der Kirche!« Janne zeigte auf ein halbfertiges Bild auf der zweiten Staffelei.

»Ja, der prachtvolle Hof verfällt langsam. Er steht schon seit langem leer. Niemand will ihn kaufen. Es ist auch wirklich schwierig, so ein großes Haus zu unterhalten. Ich muss mich beeilen mit dem Malen, bevor das Gebäude abgerissen wird oder von alleine zusammenbricht.«

»Und das hier ist doch die Villa. Die wird doch wohl nicht abgerissen, oder?«

»Ich hoffe nicht!«, antwortete Leni, »aber man munkelt viel.«

Das Haus, das Leni gemalt hatte, war ein Gebäude aus dem Jugendstil. Etliche Ostfriesen, die um die Jahrhundertwende zu Wohlstand gekommen waren, hatten den schmalen Wohntrakt vor dem ausladenden Stallteil ihrer Gulfhäuser abgerissen und durch ein repräsentatives Wohngebäude ersetzt. In den fruchtbaren Marschgebieten des Rheiderlandes zwischen Ems und niederländischer Grenze, wo man durch Gemüseanbau und Tulpenfelder Vermögen angesammelt hatte, gab es viele solcher Prachtbauten.

In der ärmeren Geestregion waren solche Häuser eher selten und nahmen eine exponierte Stellung zwischen den einfachen Landarbeiterhäusern ein. So hieß das Haus, das Leni gemalt hatte, auch nur »die Villa« und alle wussten, welches Gebäude in Heidland gemeint war.

»Als Kind habe ich mir immer vorgestellt, wie ich als Prinzessin im rosa Kleid das Treppenportal hinunterschreite«, sagte Janne.

»Na, von Rosa bist du ja wohl inzwischen ab.« Leni betrachtete Jannes schwarze Lederjacke.

»Wohnen denn Jeltens noch da?«

»Nein, Karl Jelten ist vor ein paar Monaten gestorben und seine Frau ist schon lange tot.«

»Und wer hat das Haus geerbt?«, fragte Janne. »Jeltens hatten doch keine Kinder.«

»Ich meine, da gibt es einen Neffen.«

»Ach ja, richtig. An den erinnere mich. Der war früher öfter mal in den Sommerferien hier. Netter Junge, ein bisschen vorlaut vielleicht, typisch Berliner Schnauze. Ich glaube, ich war sogar ein bisschen verliebt in ihn. Mit dem haben wir als Kinder öfter in Parks Busch gespielt, Räuber und Gendarm.«

»Und was warst du?«, wollte Leni wissen.

»Räuber natürlich!«

»Ach nee, ich dachte, du warst die geraubte Prinzessin.«

»Nein, da war ich schon aus dem Prinzessinnenalter raus. Da wollte ich lieber cool sein und die Jungs beeindrucken.«

Vom Glockenturm der Marienkirche erklang das Zwölf-Uhr-Geläut.

»Wolltest du nicht in der Mittagsstunde zu Mettjes?«, fragte Leni.

»Oh ja, da hätten wir uns fast verquatscht! Aber das mit der Bürgerinitiative musst du mir beim nächsten Mal erzählen. Ich komme wieder!«

»Das will ich hoffen«, sagte Leni.

Kurz nach Zwölf betrat Janne noch einmal das Schuhgeschäft. Frau Mettjes schloss hinter ihr die Tür ab und führte sie durch den Laden in ihre Wohnung, die sich im rückwärtigen Teil des Hauses befand. Janne nahm in einem Sessel Platz und begann gleich mit der Befragung:

»Sie waren doch an Martini mit Scherbellenskoppen unterwegs.«

»Wie kommen Sie denn darauf?«, Frau Mettjes war sichtlich überrascht.

»Ein paar Leute haben Sie erkannt.«

»So«, sagte Frau Mettjes gedehnt. »Woran wollen die mich denn erkannt haben?«

Janne wollte Frau Mettjes nicht verletzen und zögerte einen Augenblick:

»Nun ja, an ihrer Statur.«

»Sie meinen, weil ich so klein und dick bin? Von der dicken Sorte gibt es hier im Dorf aber noch ein paar mehr.«

»Ja sicher«, sagte Janne schnell. »Wir Frauen kämpfen ja immer mit unseren Pfunden, das heißt, eigentlich eher dagegen.«

Das Thema war ihr unangenehm und sie befürchtete, dass Frau Mettjes gekränkt schweigen würde.

Aber die lachte.

»Sie haben Recht. So eine kleine runde Kugel gibt es hier nur einmal, und das bin ich.«

Janne war erleichtert. Frau Mettjes hatte ihren Humor nicht verloren.

»Ja, ich war mit meinem Mann an Martini mit Scherbellenskoppen unterwegs, als Teufel und Engel. Das bringt immer so viel Spaß mit dem Verkleiden. Ich hatte mein altes weißes Hochzeitskleid angezogen. Das hatte ich zum Glück noch aufbewahrt. Es ist jetzt zwar unmodern, aber mit einem goldenen Gürtel und ein paar aufgeklebten Sternen konnte ich es gut zum Engelsgewand umfunktionieren. Und dann hatte ich noch eine lange blonde Lockenperücke aufgesetzt. Aber leider erkennen mich die Leute immer schnell wegen meiner Figur.«

»Und ihr Mann, was hatte der an?«

»Der hatte eine gruselige rote Teufelsmaske auf und einen schwarzen Umhang um. Und dann hatte er noch eine rote Strumpfhose an. Die haben wir extra gekauft. Sowas trage ich ja nicht. Außerdem würden ihm meine Strumpfhosen ohnehin nicht passen, bei meinen kurzen und seinen langen Beinen.«

»Wo waren Sie denn überall?«, wollte Janne wissen.

»Ich war nur in wenigen Häusern. Mir ging es nicht so gut.«

»Waren sie krank?«

»Na ja, so richtig krank nicht, aber ich hatte mir bei dem nasskalten Wetter eine Erkältung zugezogen, und eine Schniefnase unter einer Maske ist ausgesprochen lästig. Darum bin ich früh nach Hause gegangen.«

»Und Ihr Mann? Ist er mit Ihnen heimgegangen?«

»Nein, dem ging es ja gut und ich wollte ihm den Spaß nicht verderben.«

»Also ist er alleine weitergegangen. Wann kam er denn nach Hause zurück?«

»Ich denke, es war so eine Stunde nach mir, vielleicht gegen zehn.«

»Ihr Mann hat doch eine leichte Gehbehinderung?«

»Ja, er hatte vor zwei Jahren einen schweren Motorradunfall. Dabei hat er sich innere Verletzungen und einen komplizierten Beinbruch zugezogen. Seitdem zieht er das linke Bein etwas nach.«

»Wo ist denn der Unfall passiert?«

»Das war im Moorpadd, aber das ist ja jetzt egal«, sagte Frau Mettjes. Offenbar wollte sie das Thema schnell abtun.

»Ich muss Ihren Mann auch noch zu Martini befragen. Wo kann ich ihn denn erreichen?«, fragte Janne.

»Er arbeitet im Außendienst und ist viel unterwegs. Von diesem Schuhgeschäft alleine können wir nicht leben. Morgen Mittag kommt er aus Leipzig zurück.«

»Gut, dann soll er morgen Nachmittag aufs Revier kommen. Die Adresse der Polizeiinspektion in Leer ist sicher bekannt.«

Frau Mettjes nickte. »Ja, Georgsstraße!«, sagte sie.

Als Janne das Schuhgeschäft verließ, blickte Frau Mettjes durch das Schaufenster hinter ihr her. Irgendetwas verschweigt sie mir. Da war Janne sich sicher.

Sie setzte sich wieder ins Auto und fuhr noch einmal zu Leni.

»So, nun erzähl mal«, forderte Janne sie auf. »Wie groß ist denn deine Bürgerinitiative?«

»Bei der letzten Protestaktion waren wir so um die zwanzig Leute.«

»Immerhin zwei Prozent der Dorfbevölkerung.« Janne hatte schnell nachgerechnet. Heidland hatte knapp über zweitausend Einwohner.

»Danke für die Hochrechnung.« Leni lachte. »Du warst schon immer ein As in Mathe!«

»Ach so, ja. Nur ein Prozent. Und wer war nun dabei?« Janne wollte schnell von ihren Rechenkünsten ablenken.

»Edda und Hannes natürlich«, sagte Leni. »Eine Reihe junger Leute haben auch mitgemacht, aber die kennst du nicht. Krämers waren übrigens auch dabei. Die hatten sich das Haus hier doch extra gekauft, weil sie für die dörfliche Idylle und die frische ostfriesische Luft schwärmten. Das sahen sie nun beides bedroht. Herr Krämer hat deswegen mehrere böse Leserbriefe an die Ostfriesen-Zeitung verfasst.«

»Hattest du sonst noch näheren Kontakt zu Krämers?«, wollte Janne wissen.

»Nein, eigentlich nur über die BI, also die Bürgerinitiative. Herr Krämer war ein bisschen anstrengend. Er witterte anscheinend überall Gefahr für seine Idylle. Er sprach auch davon, dass hier ein Discountermarkt errichtet werden soll.«

»Und?«, hakte Janne nach. »Ist da was dran?«

»Möglich, aber mir ist nichts zu Ohren gekommen und du weißt ja, ich habe große Ohren.« Leni lachte.

Kurz vor Dienstschluss fuhr Janne nach Leer. Sie wollte Thorge nach Middels-Möhlen mitnehmen, damit er sein Auto zurück bekam.

Franziska stand wieder am Fenster, als Thorge in Jannes Volvo stieg. Sie tat einen tiefen Seufzer. Eilert, der sie beobachtete, trat zu ihr und legte väterlich seinen Arm um sie.

16. November

Da Janne noch einige Fragen zu der Bürgerinitiative hatte, fuhr sie gleich morgens wieder nach Heidland. Als sie ihren Wagen geparkt und den kleinen Weg zu Lenis Haus lief, stieg ihr ein penetranter Geruch in die Nase.

»Sag mal, was stinkt denn hier so infernalisch?«, fragte sie, als Leni die Tür öffnete.

»Ach, da wollte mich wohl jemand ärgern. Ich hab mich noch nicht darum gekümmert, weil ich mir das Frühstück nicht verderben lassen wollte. Aber komm mal mit und sieh dir das an!«

Leni öffnete den Briefkasten. Eine braune, stinkende Masse quoll hervor. Dazwischen klebten durchfeuchtete Blätter, deren Schrift unleserlich verschmiert war.

»Das ist ja eine Schweinerei!«, entfuhr es Janne

»Das kann man wohl so nennen«, bestätigte Leni.

Janne trat schnell einen Schritt zurück, damit der Schmutz nicht auf ihre neuen Stiefeletten platschte.

»Hast du einen Verdacht, wer das gewesen sein könnte?«

»Na, das ist doch offensichtlich! Das waren bestimmt die Söhne von Akkermanns. Die sind im wahrsten Sinne des Wortes stinksauer auf mich. Sie haben mich schon auf der Straße beschimpft.«

»Nun klär mich mal auf! Welche Akkermanns?« Es gab mehrere Familien in Heidland mit dem Namen Akkermann.

»Das sind die Bauern, die hier den Schweinemastbetrieb aufziehen wollen.«

»Und wogegen du die Bürgerinitiative gegründet hast«, fügte Janne hinzu.

»So ist es«, antwortete Leni knapp.

»Der Familie werde ich nachher mal einen kleinen Besuch abstatten«, beschloss Janne.

»Wann hast du denn diese Schweinerei entdeckt?«

»Heute Morgen, als ich Brötchen holen war. Gestern Abend war hier noch alles sauber.«

Janne half Leni, den Dreck zu beseitigen. Zum Glück war keine wichtige Post dazwischen, sondern nur Reklameblätter, die gleich mit entsorgt werden konnten.

»Den Briefkasten kannst du aber nicht mehr benutzen«, sagte Janne und holte den Akkuschrauber aus Lenis Werkstatt. Dann schraubte sie den Kasten schnell ab.

»Ich besorge dir morgen einen neuen«, versprach sie.

Nachdem der Platz vor der Haustür einigermaßen gereinigt war, wuschen Janne und Leni ihre Hände kräftig mit Seife und rieben sie anschließend mit Sterilium ein. Das roch zwar ein bisschen nach Krankenhaus, aber immer noch besser, als den Gestank von Schweinemist lange in der Nase zu haben, fand Janne.

»Ich glaube, ich brauche jetzt erst einmal einen starken Tee«, sagte Leni. Sie füllte den Wasserkocher und schüttete Teeblätter in die Kanne.

»Wolltest du nicht mit mir frühstücken?«

»Ja, stimmt!« Janne machte es sich auf dem Ostfriesensofa gemütlich und schaute aus dem Fenster. Es hatte angefangen zu schneien.

Kleine vereinzelte Flocken schwebten zur Erde und verharrten eine kurze Zeit in Lenis Garten, bevor sie sich auflösten.

»Es sieht so aus, als müsstest du eine ziemlich große Fläche beackern«, stellte Janne fest und drehte sich wieder zu Leni um. »Hast du Hilfe dabei?«

»Bis jetzt habe ich es immer noch alleine geschafft, aber ich muss mir sicher bald mal Unterstützung suchen.«

»Wie weit geht denn überhaupt dein Grundstück?«

»Vermutlich bis an den Graben, aber das weiß ich, ehrlich gesagt, nicht so genau. Und eigentlich will ich es auch gar nicht so genau wissen«, antwortete Leni.

»Weshalb willst du das denn nicht wissen?«

»Ach, hier auf dem Land hat man es früher oft nicht so genau genommen mit den Grundstücksgrenzen und das hat schon häufiger zu Streitigkeiten geführt.«

»Bei wem denn? Erzähl mal!« Janne war neugierig geworden.

»Zwischen Meyers und Jeltens gab es mal Ärger und mein Nachbar Baumann lag jahrelang im Streit mit dem nächsten Nachbarn, weil der behauptete, dass Baumanns Hühnerstall auf seinem Grundstück stünde. Schließlich platzte Baumanns der Kragen und sie haben die Grenze neu ausmessen lassen.«

»Und«, hakte Janne nach, »mussten Baumanns den Stall abreißen?«

»Nein, der Schuss ist für den Nachbarn nach hinten losgegangen. Es stellte sich nämlich heraus, dass das Grundstück von Baumanns sogar größer war als angenommen und der Nachbar musste dann einen anderthalb Meter breiten Streifen von seinem Grundstück an Baumanns abtreten.«

»Da haben wohl einige Leute gefeixt, oder?«, vermutete Janne.

»Ja, haben sie, zumal der Nachbar ohnehin schon oft als Querulant aufgefallen war.

Inzwischen hat er sein Haus aber verkauft und es wohnen jetzt sehr nette junge Leute darin.«

»Lassen sich die Häuser in Ostfriesland denn gut verkaufen?«

»Ja, das läuft im Moment ganz gut, besonders im Grenzbereich zu Holland. In den Niederlanden sind Immobilien sehr viel teurer als bei uns. Und viele Nordrhein-Westfalen kaufen ihre Häuser hier. Oft haben sie ihren Urlaub in Ostfriesland verbracht und weil es ihnen so gut gefällt, ziehen viele hierher, wenn sie in Rente gehen.«

»Und die Ostfriesen suchen ihr Glück dann außerhalb Ostfrieslands«, bemerkte Janne.

»Nee, die Ostfriesen sind ja eher heimatverbunden, wie du weißt. Obwohl es einigen von ihnen ganz gut tun würde, sich mal den Wind außerhalb Ostfrieslands um die Ohren wehen zu lassen.«

»Und danach kommt man ja gerne wieder nach Ostfriesland zurück, wie man an mir sieht.«

»Und du hast Glück gehabt, dass das Haus deiner Großeltern gerade wieder zum Verkauf stand.«

»Ja, darüber freue ich mich sehr.«

»Ich bin mir sicher, dass deine Oma und dein Opa sehr glücklich gewesen wären, wenn sie gewusst hätten, dass du eines Tages dort einziehen würdest.«

»Wie war das denn mit dem Haus von den alten Meyers. Wollte das niemand hier aus Heidland haben?«

»Doch, da gab es sogar mehrere Interessenten. Hillrichs wollten das Haus gerne für ihren Sohn Bernd kaufen und Markus Hafer war auch sehr interessiert, aber Krämers haben mehr Geld geboten.«

Was treibt sich die Kommissarin bloß die ganze Zeit bei der alten Siefkes rum? Die war früher immer schon so neugierig. Hoffentlich weiß die nicht zu viel und plaudert. Vielleicht braucht die noch mal eine kleine Warnung.

Kurz nach Mittag machte Janne sich auf den Weg zu Familie Akkermann. Die Jungen müssten jetzt von der Schule zu Hause sein.

Der alte Gulfhof befand sich am südlichen Ortsrand von Heidland. Früher hatte das Gebäude alleine gestanden, umgeben von großen Weide- und Ackerflächen. Inzwischen war ein beträchtliches Stück der Ländereien als Bauland ausgewiesen worden, wie Leni erzählt hatte. Normalerweise verkauften Bauern ungern ein Stück ihres Grundbesitzes, aber wirtschaftliche Gründe zwangen sie bisweilen dazu. Allein von der Landwirtschaft zu leben, war schwierig geworden.

Es waren bereits mehrere Einfamilienhäuser in dem Neubaugebiet errichtet worden. Gleich zu Beginn prangte unübersehbar die gleiche Protesttafel, wie sie an der Kreuzung der B 72 stand. »Keine Schweinerei in Heidland!«

Das würde mir auch stinken, dachte Janne, wenn in der Nähe meines Hauses der Geruch von Schweinemist wabern würde. Sie konnte die Protestaktion gut nachvollziehen. Und Leni als Galionsfigur. Das passte. Als Vegetarierin hatte sie doppelten Grund zu dem Aufstand.

Janne fuhr die breite Auffahrt hinauf. Treckerreifen hatten dort tiefe Rillen hinterlassen, in denen sich eine dünne Eisschicht gebildet hatte. Janne stieg vorsichtig aus, um nicht auszurutschen. Kaum stand sie draußen, schlug der Hofhund an und stürmte auf sie zu. Es war ein Respekt einflößender schwarzer Mischlingshund mit einer bräunlichen Maske. Zu seinen Vorfahren zählte bestimmt ein Schäferhund und eine gute Prise Rottweiler war wohl auch dabei. Janne blieb vorsichtshalber bei ihrem Auto stehen und bewegte sich keinen Schritt mehr vorwärts. Seit sie als Kind einmal gebissen worden war, hatte sie immer noch ein bisschen Angst vor Hunden. Aber es war ja schließlich die Aufgabe eines Hofhundes, dafür zu sorgen, dass kein Unbefugter das Gelände betrat. Zu ihrer Erleichterung öffnete sich nach ein paar Minuten die Stalltür. Eine stämmige Frau mittleren Alters in grünem Overall und Gummistiefeln kam heraus. In der Hand hielt sie eine Mistforke.

»Hasso, aus!«, rief sie und umgehend trottete der Hund zurück zu seiner Hütte.

»Sie wollen mich doch wohl nicht aufspießen«, scherzte Janne, als die Frau auf sie zusteuerte.

»Ach so, Sie meinen wegen der Forke.« Frau Akkermann lachte. »Nein, ich war nur gerade beim Ausmisten.«

»Ich bin Janne Winkelmann von der Kripo in Leer«, stellte Janne sich schnell vor und zeigte ihren Dienstausweis.

»Zu dem Mord an Martiniabend kann ich Ihnen nichts sagen«, erklärte Frau Akkermann schnell. »Wir haben davon nichts mitgekriegt. Der war ja am anderen Ende des Dorfes.«

»Nein, deswegen bin ich auch nicht hier. Ich möchte gerne ihre beiden Söhne sprechen.«

»Und worum geht es dabei?«, fragte Frau Akkermann. »Die beiden sind nämlich noch minderjährig. Da ist es mein Recht als Mutter zu wissen, weshalb sie Dirk und Carsten befragen wollen.«

»Ja, selbstverständlich«, sagte Janne freundlich. »Sind die beiden zuhause?«

»Nein, sind sie nicht.«

»Wann kann ich denn mit ihnen sprechen?«, wollte Janne wissen.

»Um drei Uhr heute Nachmittag«, antwortete Frau Akkermann knapp. »Und jetzt muss ich weiterarbeiten.« Dabei drehte sie sich abrupt um.

»Ja, dann bis später«, rief Janne ihr noch hinterher, aber da war Frau Akkermann schon wieder im Stall verschwunden. Die war ja nicht gerade freundlich, als ich nach ihren Söhnen fragte, dachte Janne. Vielleicht ahnt sie etwas.

Gerd Mettjes lief bereits unruhig auf dem Flur hin und her, als Janne ankam. Sie hatte ihn nach Eddas Beschreibung sofort erkannt: groß, hager und er zog ein Bein nach.

Janne bat ihn in ihr Büro. Thorge wartete auch schon auf sie und Janne überließ ihm die Befragung.

»Sie waren an Martini mit ihrer Frau als Scherbellenskoppen unterwegs«, begann er.

»Ja, das ist richtig«, bestätigte Gerd Mettjes. »Wir hatten uns als Teufel und Engel verkleidet.«

»Wo sind Sie denn überall gewesen?«

»Wir waren nur in wenigen Häusern.«

»Waren Sie auch bei Krämers?«, wollte Janne wissen.

»Da bestimmt nicht!«, antwortete Gerd Mettjes.

»Sind Sie die ganze Zeit mit Ihrer Frau zusammen unterwegs gewesen?«

Gerd Mettjes zögerte kurz.

»Nein«, sagte er dann. »Meiner Frau ging es nicht so gut, und darum ist sie vor mir nach Hause gegangen. Sie wollte aber nicht, dass ich mitgehe.«

»Wo sind Sie denn anschließend noch gewesen?«

»Ich bin dann nur noch zu meinem Bruder gegangen, der wohnt in unserer Nähe, und wir haben zusammen Karten gespielt.«

»Sie haben eine Verletzung am Bein?«, lenkte Janne das Thema auf den Motorradunfall und registrierte ein leichtes Zucken in Gerd Mettjes Mundwinkel.

»Das ist schon lange her«, wehrte er die Frage schnell ab.

Merkwürdig, dachte Janne, dass sowohl seine Frau als auch er versucht, das Thema zu umgehen.

»Wir werden Ihr Alibi selbstverständlich überprüfen«, sagte Janne, als sie sich von Gerd Mettjes verabschiedete.

»Sie glauben doch wohl nicht, dass ich Krämers umgebracht habe«, entrüstete er sich, aber dann schien er über etwas nachzudenken.

Gerda Hillrichs zog die Bettwäsche ab und legte sie zu den schmutzigen Handtüchern in den Wäschekorb. Dann bezog sie die Federbetten frisch und schüttelte sie auf. Jedes Mal beim Wäschewechsel bezog sie auch das Bett ihres Mannes neu, obwohl er schon seit zwei Jahren tot war. Sie hatte sich noch nicht dazu überwinden können, das Ehebett abzubauen und durch ein Einzelbett zu ersetzen. Ihr Mann fehlte ihr sehr. Nun war sie mit Bernd alleine, mit seinem sonderbaren Verhalten, das sie nicht einordnen konnte.

»Ach Theo, wie soll ich das alles ohne dich schaffen?« Frau Hillrichs tat einen tiefen Seufzer.

Dann ging sie in das Zimmer ihres Sohnes, um dort zu putzen. Sie nahm seine Kleidung, die er auf dem Stuhl liegen gelassen hatte, und legte sie in den Korb mit der Schmutzwäsche. Als sie auf dem Fußboden hinter dem Stuhl noch einen bunten Rock entdeckte, erschrak sie.

Dass ihr Sohn gerne heimlich Frauenkleider trug, wusste sie. Einmal hatte er sie sogar gebeten, für ihn ein langes Abendkleid zu kaufen. Er selbst hatte sich nicht getraut, in eine Damenabteilung zu gehen oder ein Kleid im Internet zu bestellen, denn der Postbote würde nach einem nur scheinbar anonymen Päckchen sicher mit den Nachbarn über ihn lästern. Sie hatte tatsächlich ein Kleid in Größe 52 gefunden, bei »Klamotten Dodi«. So nannten die Leute den Billigladen auf dem Fehn, wo man günstig an Sonderposten kam. Bernd hatte beim Anblick des glänzenden roten Satinkleides gestrahlt und ihr war ganz warm ums Herz geworden, als er mit Tränen in den Augen:

»Danke Mama!«, geflüstert und sie auf die Wange geküsst hatte.

Aber wie war er an Frau Krämers bunten, weiten Sommerrock gekommen? Hatte er heimlich den Schlüssel aus ihrer Handtasche genommen und war bei Krämers ins Haus gedrungen? Frau Hillrichs wurde plötzlich übel vor Angst.

Sie lief schnell zur Garderobe und suchte in ihrer Handtasche. Krämers Haustürschlüssel war weg. Hatte Bernd ihn vielleicht schon öfter aus ihrer Tasche genommen? Und wann war das gewesen? Frau Hillrichs traute sich nicht, darüber nachzudenken.

Gegen drei Uhr machte Janne sich wieder auf den Weg zu dem Hof von Akkermanns. An der doppelflügeligen Eingangstür aus dunkler Eiche befand ein großer Türklopfer in Form eines Löwenkopfes. Kurz nachdem Janne den schweren Messingring gegen die Tür geschlagen hatte, erschien Frau Akkermann. Sie führte Janne durch die repräsentative Diele, deren Wände rundherum mit Jagdtrophäen dekoriert waren. Mächtige Hirschgeweihe dominierten den Raum zwischen den Türen, darüber Gehörn von mehreren Rehböcken. Ein ausgestopfter Fuchs und ein Dachs, die auf dekorativen Baumstümpfen fixiert waren, schienen Janne aus ihren Glasaugen anzustarren.

»Wer ist denn der erfolgreiche Schütze hier im Haus?«, fragte sie.

»Mein Schwiegervater, er ist Jäger«, antwortete Frau Akkermann kurz. »Aber keine Sorge, die Gewehre und Pistolen sind sicher im Waffenschrank verschlossen«, ergänzte sie schnell und kam Jannes Frage zuvor. Dann führte sie Janne in die Wohnküche.

Die Familie saß gerade um den großen Esstisch versammelt bei Tee und Rosinenstuten. Ein älterer Herr in einem Lehnstuhl am Kopfende des Tisches begrüßte sie mit einem lauten »Moin!«

Janne vermutete, dass es der Senior der Familie war. Der Mann daneben war unverkennbar sein Sohn. Die beiden Enkel hockten auf der langen Holzbank hinter dem Tisch. Sie sahen sich verstohlen an, als Janne sich vorgestellte. Dann warfen sie ihr einen misstrauischen Blick zu.

Janne wandte sich an Frau Akkermann, die gerade dabei war, weitere Scheiben Rosinenstuten dick mit Butter zu bestreichen. Stallarbeit machte offenbar hungrig.

»Kann ich Sie und Ihre Söhne mal in Ruhe alleine sprechen?«

»Opa kann gerne alles mithören und mein Mann sowieso, wir haben keine Geheimnisse voreinander.«

»Gut«, sagte Janne, und wandte sich an die beiden etwa zwölf und dreizehn Jahre alten Jungen. »Wo wart ihr heute Morgen?«

»Da waren wir in der Schule«, antworte der jüngere der beiden schnell. Der andere senkte den Kopf und sah auf den Boden.

»Und davor?«, hakte Janne nach.

»Was ist denn eigentlich passiert?«, wollte Frau Akkermann wissen.

»Das können Ihre Söhne Ihnen am besten selbst erzählen«, sagte Janne. Das schlechte Gewissen der beiden Jungen war unübersehbar.

»Raus mit der Sprache!«, herrschte der Vater die Kinder an. »Was habt ihr angestellt?«

»Wir wollten doch bloß, dass sie damit aufhört«, sagte der Ältere.

»Wer soll womit aufhören?« Nun mischte sich auch der Opa ein.

»Die mit den Plakaten, die gegen unseren Mastbetrieb demonstriert.«

»Und was habt ihr gemacht?« Frau Akkermann sah ihre Söhne forschend an.

»Wir haben bloß ein bisschen Schweinemist in ihren Briefkasten getan«, antwortete der jüngere Sohn.

Opa Akkermann fing plötzlich so schallend an zu lachen, dass seine Enkel sich erschrocken zu ihm umdrehten. Er zwinkerte ihnen anerkennend zu.

»Das ist doch nur ein Dummejungenstreich!« Frau Akkermann stellte sich schützend vor ihre Söhne.

»So harmlos ist das nicht«, sagte Janne. »Immerhin handelt es sich um groben Unfug und Sachbeschädigung. Wenn Sie Glück haben, wird Frau Siefkes von einer Anzeige absehen.« Dann wandte sie sich an die beiden Jungen: »Und ihr könnt euch schon mal etwas für eine Wiedergutmachung überlegen!«

Nachdem Janne den Hof von Familie Akkermann verlassen hatte, fuhr sie an das andere Ende von Heidland in den Moorpadd zu Frau

Hillrichs. Janne wollte sie nach dem Scherbellenskopp fragen, den Frau Becker dort gesehen hatte. Es dauerte eine ganze Weile, bis auf ihr Klingeln die Tür geöffnet wurde.

»Ich habe nur ein paar Fragen«, sagte Janne schnell, als sie merkte, wie verstört Frau Hillrichs auf ihren Besuch reagierte.

»Kommen Sie herein«, sagte sie, nachdem sie sich etwas gefangen hatte und führte Janne ins Wohnzimmer.

»Hier ist an Martini abends gegen halb sechs Uhr jemand auf Ihr Grundstück gelaufen«, begann Janne die Befragung. »Haben Sie davon etwas mitbekommen?«

»Nein, ich habe niemanden gesehen.«

»Es soll ein Scherbellenskopp gewesen sein, als Hexe verkleidet.«

Frau Hillrichs wurde blass und nestelte an den Knöpfen ihrer Bluse herum. »Hier war keine Hexe«, sagte sie. »Nur die Lehrerin mit den beiden Schulmädchen und eine Oma mit Opa. Aber das war später, erst nach acht.«

Aus den Augenwinkeln sah Janne einen Schatten an der Glastür zum Flur vorbeihuschen.

»Ist Ihr Sohn zuhause?«, fragte Janne.

»Nein!«, antwortete Frau Hillrichs kurz.

»Ich muss ihn aber sprechen«, sagte Janne.

Frau Hillrichs fing an zu weinen.

»Er ist ein guter Junge und tut niemandem etwas Böses«, sagte sie und es klang so, als müsse sie sich selbst Mut zusprechen.

»Ich komme morgen noch einmal vorbei«, sagte Janne. »Ist ihr Sohn dann da?«

Frau Hillrichs nickte nur.

Gar nicht so dumm, diese Kommissarin, klapperte alle Leute in der Nachbarschaft ab. Würde vielleicht nicht mehr lange dauern, bis sie bei ihm aufkreuzte. Er müsste sich kooperativ geben, dann würde sie keinen Verdacht schöpfen.

17. November

Als Janne in den Moorpadd einbog, sah sie vor der Villa einen 7er BMW in Silbermetallic mit Berliner Kennzeichen stehen. Ein Mann, nach ihrer Schätzung etwa Ende vierzig, stieg aus und steuerte auf das Haus zu. Das könnte der Neffe sein, dachte sie. Altersmäßig würde das passen. Janne fuhr auf die Auffahrt und hielt an. Ihr in die Jahre gekommener Volvo, bei dem der blaue Lack schon etwas matt geworden war, nahm sich neben der hochglänzenden Edelkarosse bescheiden aus. Aber sie liebte ihre »Trutzburg«, wie eine Autozeitschrift den 240er GL Kombi einmal genannt hatte. Der große Kofferraum hatte ihr schon oft gute Dienste geleistet. Sie dachte an das schöne Jugendstilbett, das sie beim Sperrmüll am Straßenrand entdeckt hatte und das nun mit frischer weißer Farbe und einer schönen pastellfarbenen Patchworkdecke das Prunkstück in ihrem kleinen, gemütlichen Gästezimmer unter dem Dach war.

In zwei Jahren würde ihr Volvo zu den Oldtimern gehören. Dafür hat er sich gut gehalten, dachte Janne stolz.

»Warte mal einen Augenblick, ich bin gleich wieder da«, sagte sie zu Franziska, die mit im Auto saß und sie bei den Befragungen begleiten sollte. Janne stieg aus und lief auf den Mann zu, der gerade die steinernen Treppenstufen zur Haustür hinaufgehen wollte.

»Moin, ich bin Janne Winkelmann. Ich glaube, wir kennen uns von früher.«

Der Mann schaute sich etwas verwundert nach ihr um.

»Möglich, ich bin Jens Jelten«, stellte er sich vor und reichte ihr freundlich die Hand.

Er sieht immer noch gut aus, registrierte Janne. Sein dunkles Haar war an den Schläfen ein wenig ergraut. Er hatte eine klassisch gerade Nase und ein kräftiges Kinn, ein ausdrucksvolles Gesicht, das auf Willenskraft und Entschlussfreudigkeit hindeutete.

»Ich war früher öfter in den Sommerferien hier bei meinem Onkel und meiner Tante«, sagte er. »Ganz schön lange her!«

»Und erinnerst du dich – ich darf doch noch du sagen – dass wir in Parks Busch zusammen immer Räuber und Gendarm gespielt haben?«, fragte Janne.

»Warst du die freche Göre, die immer Räuber sein wollte und die wir nie geschnappt haben?«

Janne freute sich, dass er sich noch an sie erinnerte.

»Ja, das war ich wohl. Aber jetzt habe ich die Seiten gewechselt.«

»Wie das?« Jens Jelten schaute irritiert.

»Jetzt bin ich Gendarm!«

»Bist du etwa bei der Polizei?«, fragte er und schüttelte ungläubig den Kopf.

»Richtig geraten! Ich bin bei der Kripo und ermittle in dem Tötungsdelikt Krämer. Du hast doch sicher davon gehört!«

»Ja klar, es sind, ähm, waren ja meine Nachbarn. Aber ich hatte keinen Kontakt zu ihnen. Ich hab die Villa ja erst vor zwei Monaten von meinem Onkel geerbt und bin seitdem nicht mehr hier gewesen. Ich komme geradewegs von zuhause .«

»Wo wohnst du denn?«

»Mein Hauptwohnsitz ist in Berlin und da habe ich viel mit meiner Firma zu tun.«

»Was für eine Firma ist das denn? Sorry, ich bin immer ein bisschen neugierig, Berufskrankheit sozusagen.«

»Kein Problem, Janne. Ich arbeite in der Immobilienbranche.«

Janne musterte ihn von oben bis unten. Sie sah seinem anthrazitfarbenen Jackett aus feiner Wolle an, dass es teuer gewesen war, und auch seine schwarzen Lederschuhe stammten offensichtlich von einer Edelmarke. Janne fand sie allerdings etwas zu spitz und verzog unbewusst das Gesicht. Jens Jelten entging ihr missbilligender Blick nicht und er lenkte das Gespräch schnell wieder auf das Verbrechen.

»Weiß man denn schon, warum Krämers umgebracht wurden?

Hoffentlich geht es jetzt nicht so weiter von Haus zu Haus. Dann wäre ich ja das nächste Opfer.«

»Das wollen wir mal nicht annehmen, aber wir wissen noch nichts über das Motiv.«

Das mit dem Motiv war Janne etwas unbedacht rausgerutscht. Sie ärgerte sich über sich selbst, aber für einen Augenblick hatte sie in Jens' Gegenwart ihre Rolle als Kommissarin vergessen.

»Dann fahre ich am besten gleich wieder nach Berlin zurück. Da ist es zurzeit anscheinend sicherer.« Jens lachte. »Aber vorher könnten wir uns doch noch auf einen Kaffee treffen oder trinkst du als Ostfriesin nur Tee? Ich würde dich gerne einladen, zur Feier unseres Wiedersehens sozusagen.«

Er ist immer noch so nett wie damals, dachte Janne und freute sich über die Einladung.

»Nein, Kaffee ist gut«, sagte sie schnell. »In Leer gibt es ein schönes Café in der Fußgängerzone. Die rösten ihren Kaffee immer frisch.«

»Das hört sich gut an. Wie ist es mit morgen? Vielleicht können wir uns dort zum Frühstück treffen. Mittags muss ich mich leider schon wieder auf den Weg nach Berlin machen.«

»Schade«, sagte Janne, »ich meine, dass du schon so bald wieder los musst. Das mit dem gemeinsamen Frühstück finde ich eine nette Idee.«

»Na, dann bis morgen«, sagte Jens. »Ich freu mich! Ist halb neun zu früh?«

»Nein, passt gut«, antwortete Janne. Als sie wieder in ihr Auto stieg, klopfte ihr Herz ein bisschen schneller. Ist doch bloß ein Treffen zum Kaffeetrinken, kein Grund zur Aufregung, schalt sie sich selbst.

»Das war aber ein langer Augenblick«, murrte Franziska. Janne spürte, dass sie rot wurde. Zu ihrem eigenen Ärger passierte ihr das immer wieder, wenn sie verlegen war. Franziska registrierte es mit einem Grinsen.

Janne fuhr schnell los, um die Befragung der Anwohner im Moorpadd fortzusetzen.

Sie begannen bei dem Haus rechts neben Leni. Janne erkannte es wieder. In ihrer Schulzeit war sie oft dort gewesen.

»Waren bei Ihnen auch Scherbellenskoppen, Frau Lüken?«, fragte sie gleich an der Tür.

»Nun kommt doch erst mal rein. Lange her, Janne, dass wir dich zuletzt gesehen haben. Wie geht es dir? Mögt ihr eine Tasse Tee?«

Wenn das so weitergeht, kommen wir heute nicht mehr allzu weit, dachte Janne. Einige Bewohner im Moorpadd freuten sich anscheinend, wenn sie an deren Haustür klingelte. An manche Gesichter konnte sie sich noch erinnern, auch wenn im Laufe der letzten Jahre ein paar Falten hinzugekommen und Haare grau geworden waren. In vielen Häusern war Janne schon als Kind gewesen und die Eltern einiger Mitschülerinnen wohnten immer noch hier.

Nach der dritten Tasse Tee - drei Tassen sind Ostfriesenrecht - hatte ihre Oma immer gesagt, konnte Janne endlich ihre Befragung fortsetzen. Franziska zog ihren Schreibblock aus der Tasche und machte sich eifrig Notizen.

»Ja, hier waren an Martini mehrere Scherbellenskoppen«, sagte Frau Lüken.

»Können Sie sich noch an alle erinnern?«, wollte Janne wissen.

»Ich glaub, ich krieg sie noch zusammen. Also zuerst kam die Lehrerin mit den zwei Schülerinnen, danach der Teufel und der Engel, dann das Piratenpaar und zum Schluss Oma und Opa oder vielleicht auch umgekehrt.« Frau Lüken war sich in Bezug auf die Reihenfolge nicht mehr ganz sicher.

»War auch eine Hexe bei Ihnen?«

»Nein, die nicht. Aber beinahe hätte ich etwas vergessen.

Da waren ja noch die drei alten Omas.«

»Das ist ja interessant. Von denen habe ich bisher noch nichts gehört. Können Sie die drei beschreiben?«

»Sie hatten alle die gleichen Masken, das fiel mir sofort auf. Sie erklärten, sie seien Drillinge. Die waren sehr gut drauf.«

»Wie meinen Sie das?«

»Ach, die erzählten eine lustige Geschichte, über die wir uns amüsiert haben. Sie behaupteten, dass sie im Altersheim aus dem Fenster getürmt seien, weil es da so langweilig wäre und sie dort keinen Schnaps bekämen. Und dann holten sie auch gleich ihre Strohhalme aus den Taschen und deuteten damit auf die Flasche Korn, die ich auf dem Tisch stehen hatte. Aber ich glaube, es war nicht das erste Glas Schnaps, das sie an dem Abend getrunken haben.« Frau Lüken lachte.

»Können Sie sich erinnern, was die drei anhatten?«

»Ja, ich hab sie mir ziemlich genau angeschaut, weil sie so witzig aussahen in ihren altmodischen, geblümten Flanellnachthemden.«

»Hatten die drei auch Kopfbedeckungen oder konnten Sie die Haare sehen?«

»Nein, die Haare waren bedeckt. Die drei trugen Duschhauben, aber bei einer guckten darunter ein paar Haare raus. Das war eine Rothaarige. Das ist mir aufgefallen.«

»Das ist ja schon mal ein guter Hinweis. So viele Rothaarige gibt es hier ja nicht. Wissen sie noch, was die Frauen an den Füßen hatten oder waren das vielleicht Männer?«

»Das waren jetzt zwei Fragen auf einmal«, bemerkte Frau Lüken. »Also ich glaub nicht, dass das Männer waren. Das waren frauliche Figuren, auch wenn Männer sich natürlich an entsprechenden Stellen aufpolstern können. Aber sie haben doch eine andere Statur. Und wenn Männer Frauenstimmen nachmachen, hört man das. Sie sprechen dann immer so unnatürlich hoch.«

»Haben die Frauen denn viel gesprochen? Die meisten Scherbellenskoppen bleiben ja lieber stumm, damit sie sich nicht durch ihre Stimmen verraten.«

»Am meisten hat die Rothaarige gesprochen und viel gelacht. Die anderen beiden haben so getan, als seien sie schwerhörig und haben immer alles falsch verstanden. Das gab witzige Missverständnisse. Ich glaube, die drei könnten auch im Theater auftreten.«

»Ja, wer weiß? Vielleicht müssen wir da mal suchen. Gibt es denn hier noch eine Laienbühne?«

»Nee, hier in Heidland nicht mehr, aber in Moormerland. Das ist ja nicht weit.«

»Ist Ihnen sonst noch etwas aufgefallen, Frau Lüken?«

»Nein, leider nicht.«

»Was hatten die drei denn an den Füßen?«

»Darauf hab ich nicht so genau geachtet. Ich glaube, irgendetwas Gelbes, aber vielleicht hat Ulrike das gesehen.«

»War Ihre Tochter denn an Martini hier bei Ihnen?«

»Ja, sie ist nach ihrer Scheidung wieder zu uns gezogen und hat auch ihren Mädchennamen wieder angenommen. Aber heute ist sie nicht da. Sie besucht ihren Sohn in Bremen und ist morgen wieder zurück.«

»Dann komme ich in den nächsten Tagen noch mal vorbei. Danke für den Tee und die Informationen.

»Da nicht für«, sagte Frau Lüken.

Anschließend gingen Janne und Franziska weiter zum nächsten Haus. Die Bewohner waren neu hinzugezogen und sie kannten Janne nicht. Das hatte den Vorteil, dass sie die Befragung zügig durchführen konnten, ohne sich erst setzen und Tee trinken zu müssen. Bis auf die drei Scherbellenskoppen mit den Omagesichtern und die Hexe waren alle anderen dort gewesen und es gab keine neuen Informationen.

»Ich muss noch mal mit meiner Schwägerin sprechen«, sagte Janne. »Dann siehst du auch gleich, wo ich aufgewachsen bin.« Sie nahm Franziska mit zu Edda.

»Welche Familien wohnen denn noch hier im Moorpadd, die ich von früher kenne oder die mich noch kennen?« Es waren noch fünf Familien, die schon lange hier wohnten und die Janne noch kannte. Alle anderen waren entweder verstorben oder weggezogen.

»Dann überlasse ich Thorge mal die Befragung der fünf«, sagte Janne, sonst sind wir bis Weihnachten noch nicht damit durch, wenn ich erst mit allen Tee trinken muss.«

»Na, jetzt übertreibst du aber«, meinte Edda. »Möchtet ihr eine Tasse Kaffee?«

»Das ist die zweitbeste Idee des Tages!«, antwortete Janne und dachte dabei versonnen an die Einladung und das bevorstehende Frühstück mit Jens Jelten, während Franziska sich Hoffnung auf eine gemeinsame Befragung mit Thorge machte.

18. November

Als Janne aufwachte, war es schon halb acht. Sie hatte am Abend vorher vergessen, den Wecker zu stellen und hatte verschlafen. Obwohl sie noch ziemlich müde war, fühlte sie eine fröhliche Leichtigkeit in sich, deren Ursache sie sich zunächst nicht erklären konnte. Als sie in den Spiegel schaute und ihre zerzausten Haare und die müden Augen sah, fiel es ihr siedend heiß ein. Sie hatte ein Date. Das erste seit langer Zeit. Und ausgerechnet heute hatte sie verschlafen. Sie schaute auf die Uhr. Noch eine halbe Stunde, um sich anzuziehen und zu schminken. Das müsste reichen. Auf das Frühstück zu Hause konnte sie verzichten. Das würde sie mit Jens in Leer genießen. Janne ging an ihren Kleiderschrank und suchte sich ihren weichen Rollkragenpullover in hellem Wiesengrün heraus. Es war gerade eine angesagte Modefarbe, die zudem besonders gut mit ihren dunklen Haaren harmonierte. Sie zog eine eng sitzende Jeans an, legte ein dezentes Make up auf und steckte ihre Haare zu einer lockeren Frisur auf. Ein paar lose wellige Strähnen umrahmten ihr Gesicht. Beim letzten Blick in den Spiegel war sie mit ihrem Aussehen zufrieden.

Sie schnappte sich schnell ihre Autoschlüssel, schloss die Haustür ab und ging zu ihrem Volvo. In der Nacht hatte es wieder gefroren. Eine dicke Eisschicht bedeckte die Fensterscheiben und das Türschloss war vereist. Janne versuchte vergeblich, den Schlüssel ins Schloss zu schieben. Den Enteiser, den sie sich vor ein paar Wochen vorsorglich gekauft hatte, hatte sie dummerweise im Handschuhfach liegen gelassen. »Mist!«, schimpfte sie laut und hoffte, dass ihre Nachbarn das nicht gehört hatte. Dann rieb sie ihre Hände aneinander bis sie warm wurden und hielt sie auf das Schlüsselloch. Es klappte, das Eis schmolz und Janne gelang es, die Tür zu öffnen. Sie ergriff den Eiskratzer und mühte sich anschließend damit ab, die Fenster von der hartnäckigen Eisschicht zu befreien. Da sie sich unter Zeitdruck fühlte, natürlich wollte sie Jens nicht gleich bei ihrem ersten Treffen warten lassen, gab sie sich damit zufrieden, nur ein paar kleine Gucklöcher zu kratzen. Dann stieg sie ein. Nur mit Mühe konnte sie die Straße erkennen. Es ist wohl so früh noch kein Kollege unterwegs, der mich anhält, hoffte sie und drehte die Heizung voll auf. Bis Hilkenborg würden die Fenster von der Wärme eisfrei sein und den Weg bis dorthin würde sie auch mit geschlossenen Augen finden. Sie schaute noch mal auf die Uhr, schon fünf vor halb. Sie würde es nicht mehr rechtzeitig bis Leer schaffen.

Hoffentlich fühlt Jens sich nicht versetzt und ist weggegangen, dachte sie. Aber das akademische Viertel wird er wohl noch abwarten.

»Tut mir leid«, entschuldigte sie sich, als sie mit zwanzig Minuten Verspätung in das Café hastete.

»Kein Problem, Janne«, Jens lächelte sie an. »Ich hab schon mal die erste köstliche Tasse Kaffee genossen, Jamaica blue Mountain.«

Janne hatte den Namen noch nie gehört. Sie bestellte sich einen Milchkaffee und dazu ein Croissant. Jens begann, von seinen Sommerferien früher in Heidland zu schwärmen.

»Ich war gerne dort«, erinnerte er sich. »Mein Onkel Karl und meine Tante Wilma haben sich immer viel Zeit für mich genommen. Das kannte ich von zuhause gar nicht. Wir hatten nicht viel Geld und meine Eltern waren beide berufstätig. Darum war ich meistens alleine in unserer kleinen Wohnung. Die lag im vierten Stock. Da bin ich nicht viel rausgekommen.«

»Dann hab ich es wohl besser gehabt«, sagte Janne. »Ich bin in Heidland aufgewachsen. Wir hatten viel Freiheit. Für uns Kinder war es immer spannend, durch die Gegend zu strolchen und die Natur zu erforschen.«

»Das hab ich auch gerne gemacht, wenn ich nach Heidland kam. Besonders Parks Busch war für mich ein Abenteuer. Ich fand es nett, dass ihr Dorfkinder mich immer habt mitspielen lassen.«

»Normalerweise sind wir Ostfriesen Fremden gegenüber ja auch eher zurückhaltend, aber dich mochten wir. Und wenn die Ostfriesen erst einmal jemanden ins Herz geschlossen haben, lassen sie ihn da nicht so schnell wieder raus.«

»Und? Bist du eine Ostfriesin?«, fragte Jens augenzwinkernd.

»Ja, bin ich.«

Hoffentlich hat er nicht gemerkt, dass ich rot geworden bin. Sie bückte sich schnell weg, um in ihrer Handtasche nach einem Taschentuch zu suchen.

»Wenn ich von der Kälte in die Wärme komme, fängt meine Nase immer gleich an zu laufen«, sagte sie entschuldigend.

»Das kenn ich.« Jens zog ein sauberes weißes Tuch mit Monogramm aus seiner Tasche und reichte es ihr. »Du kannst es behalten.«

»Erinnerst du dich noch an den großen Schäferhund, vor dem wir alle solche Angst hatten«, fragte Janne.

»Ja, ich glaube, der hieß Asta. Der Besitzer hatte doch ein so großes Schild an der Pforte befestigt: Vorsicht, bissiger Hund! In Wirklichkeit war der Hund aber ganz harmlos. Das Schild sollte nur zur Abschreckung dienen.«

»Das wusste ich als Kind ja nicht«, sagte Janne. »Deswegen war ich dir sehr dankbar, dass du mich vor ihm beschützt hast, als er einmal durch die offene Pforte entwischt ist und hinter mir hergelaufen kam.«

»Ach, ich hab einfach nur mal kräftig ›Aus‹ gerufen und dann ist er mit eingekniffenem Schwanz wieder nach Hause getrottet. Auf eigenem Terrain, wo sie sich sicher fühlen, gebärden sich die Hunde oft besonders aggressiv. Ist ja auch ihre Aufgabe, ihr Revier vor Eindringlingen zu verteidigen. Außerhalb sind sie zum Glück meistens ganz harmlos.«

»Aber ich habe damals deinen Mut bewundert. Für mich warst du ein Held«, erinnerte sich Janne.

»So leicht kann ich dich heute wahrscheinlich nicht mehr beeindrucken.« Jens lachte.

»Kommt auf einen Versuch an«, sagte Janne und mahnte sich anschließend selbst.

Halt dich zurück, sonst denkt er noch, ich will ihn anbaggern oder will ich das vielleicht sogar? Während sie ihren Kaffee trank, beobachtete sie Jens unauffällig.

Ob er verheiratet war? Sie schaute verstohlen auf seine Hände. Einen Ehering trug er zumindest nicht. Suchte er vielleicht eine Affäre mit ihr?

Als hätte er ihre Gedanken erraten, fragte Jens:

»Wie wäre es mit einer Einladung nach Berlin, Janne? Kleines Kontrastprogramm zu Ostfriesland!«

»Das ist eine Überlegung wert. Ich denk darüber nach.«

Nach einer Stunde wurde Jens unruhig und erklärte, er müsse allmählich aufbrechen, um pünktlich zu einer Besprechung in Berlin zu sein. Er erwarte einen großen Deal mit einer Investorengruppe.

»Das Berliner Szeneviertel Friedrichshain boomt immer noch«, erklärte er. »Ein großer Teil der vorhandenen Altbauten ist bereits saniert und das ehemalige Arbeiterviertel wird zunehmend attraktiv für Gutverdiener. Die Nachfrage nach Miet- und Kaufobjekten ist überdurchschnittlich hoch.« Er redete auf Janne ein, als wäre sie eine potenzielle Interessentin. Janne, der Geld nie viel bedeutet hatte, sah ihn nur erstaunt an. Aber mit einem sicheren Beamtengehalt braucht man sich ja auch keine finanziellen Sorgen zu machen, dachte sie. In der freien Wirtschaft muss man da sicher mehr kämpfen und profitorientiert denken. Sie versuchte, für Jens Verständnis aufzubringen.

Bevor er die Rechnung bezahlte und ein großzügiges Trinkgeld gab, reichte er Janne eine edle Visitenkarte.

»Wenn du Lust hast, kannst du mich ja mal anrufen, am besten auf dem Handy. Hast du auch eine Telefonnummer für mich?«, fragte er lächelnd. Janne gab ihm ihre nicht ganz so glänzende Karte. Dann stand er auf und ließ sich am Tresen noch ein halbes Pfund Jamaica blue Moutain einpacken.

»Den nehme ich mit nach Hause«, wandte er sich an Janne. »Dann kann ich mich schon beim Frühstück an dich erinnern.«

Er bezahlte die 25 Euro für 250 Gramm ohne mit der Wimper zu zucken. So teuren Kaffee habe ich noch nie getrunken, dachte Janne.

Mit einer Umarmung und einem flüchtigen Kuss auf die Wange verabschiedete sich Jens von ihr.

»Komm gut heim!«, rief Janne ihm noch hinterher, bevor er in der Ledastraße verschwand, wo er sein Auto geparkt hatte. Dann fuhr sie noch einmal nach Heidland. Leni konnte ihr bestimmt etwas über den Motorradunfall erzählen, um den Mettjes ein Geheimnis machten.

»Ich hab dich gestern mit einem attraktiven Mann vor Jeltens Haus gesehen«, begrüßte Leni sie.

»Ach nee, stehe ich jetzt unter deiner Beobachtung?«

»Nein, das war wirklich Zufall. Ich kam gerade mit dem Fahrrad vom Einkaufen zurück. Und ...?« Leni sah Janne auffordernd an.

»Wie, und ...?

»Besteht die Aussicht, dass du doch noch als Prinzessin die Stufen der Villa hinunterschreitest?«

»Nun hör aber auf mit der Spinnerei, Leni!« Janne gab ihr einen freundschaftlichen Knuff.

»Wir waren nur zusammen frühstücken und haben uns über unsere Abenteuer als Kinder unterhalten.«

»Das war alles?« Leni schien ein bisschen enttäuscht.

»Du musst ja nicht alles wissen, aber wenn es etwas Wichtiges gibt, werde ich dich als erste informieren«, versprach Janne.

»Sag mal, Leni, weißt du etwas von dem Motorradunfall, den Herr Mettjes vor zwei Jahren im Moorpadd hatte?« Janne versuchte, das Thema zu wechseln.

»Ja, ich erinnere mich gut. Es war an dem Tag, an dem Krämers nach Heidland zogen. Eine schlimme Geschichte. Herr Mettjes hat sich schwere innere Verletzungen und einen komplizierten Beinbruch zugezogen. Ein paar Tage ging es um Leben oder Tod. Er hat monatelang in Oldenburg im Krankenhaus gelegen«

»Und wie ist es zu dem Unfall gekommen?«

»Er ist nach einer Vollbremsung mit seinem Motorrad gestürzt und unter den Möbelwagen geschliddert. Herr Mettjes hat ausgesagt, dass der Wagen einfach nach links abgebogen sei, ohne den Blinker zu setzen. Aber das konnte er nicht beweisen. Deshalb bekam er kein Schmerzensgeld und nach dem langen Krankenhausaufenthalt verlor er auch noch seine Arbeit.«

»Gab es denn keine Zeugen?«

»Nein, und der Fahrer des Möbelwagens hat behauptet, er habe geblinkt. Und Krämers, die den Wagen in den Weg zu ihrem Grundstück eingewiesen hatten, haben nicht widersprochen.«

»Und wie sind die Familien danach damit umgegangen?«

»Ich weiß es nicht, aber ich glaube nicht, dass Krämers ihre Schuhe bei Mettjes gekauft haben und wahrscheinlich hätte Frau Mettjes sie auch nicht bedient.«

»Danke Leni«, sagte sie dann. »Jetzt muss ich aber rüber zu Lükens. Vielleicht weiß Ulrike noch etwas, das mich weiter bringt.«

Sie lief zum Nachbarhaus. Auf ihr Klingeln öffnete Ulrike die Tür.

»Hallo Janne«, sagte sie. »Wie schön, dass du wieder in Ostfriesland bist.«

»Hast du eine Idee, wer die drei Omas gewesen sein könnten, die an Martini bei euch waren?«, fragte Janne, als sie bei Ulrike im Wohnzimmer saß.

»Nein, ich habe keine Ahnung, wer die drei waren.«

»Es muss einen Grund haben, weshalb die nur in vier Häuser gegangen sind und nicht in die anderen.«

»Wo waren sie denn?«

»Außer bei euch waren sie noch bei Schulzes, Bremers und Frankens«, zählte Janne auf.

»Nein, das kann ich mir auch nicht erklären«, sagte Ulrike.

»Gibt es vielleicht eine Verbindung zwischen den vier Familien?«

Ulrike überlegte. »Ja klar!« Plötzlich fiel es ihr ein. »Dass ich da nicht gleich drauf gekommen bin. Jürgen, Marie, Lisa und ich. Wir waren alle in einer Klasse, zumindest in der Grundschule. Nur wir vier wohnen noch hier. Alle anderen sind inzwischen weggezogen.«

»Könnten die drei als Omas verkleideten Frauen ehemalige Mitschülerinnen von euch gewesen sein?«

»Wenn du das so fragst. Ja, das könnte sein. Die drei haben zwar ein nettes Theater gespielt und sich gut verstellt, aber die eine mit den roten Haaren könnte Andrea gewesen sein, Andrea Hoops. Sie hatte immer so ein typisches Lachen. Aber die wohnt gar nicht mehr in Ostfriesland. Und wie sie jetzt heißt, weiß ich auch nicht.«

»Das werden wir herausfinden«, sagte Janne. Sie war froh, dass sie wieder ein Stück in ihren Ermittlungen vorangekommen war.

Anschließend suchte sie das Haus von Lisa Franken auf und hoffte, dort Auskunft über Andrea Hoops zu bekommen. Meistens pflegten Frauen Kontakte mehr, als Männer es taten. Aber Lisa wusste den neuen Namen von Andrea auch nicht. Auch bei Marie Bremer erfuhr

Janne nichts Neues und der Schulfreund Jürgen konnte auch keine Auskunft zu Andrea geben.

»Tut mir leid«, sagte er. »Ich habe seit dem Ende der Schulzeit keinen Kontakt mehr zu ehemaligen Mitschülern, außer zu Ulrike, Marie und Lisa. Die wohnen ja noch hier in Heidland.«

»Welche Scherbellenskoppen waren denn an Martini bei euch? Ich hab zwar gestern schon deine Frau danach gefragt, als du bei der Arbeit warst, aber vielleicht fällt dir noch etwas ein.«

Jürgen überlegte kurz und zählte dann auf:

»Außer den drei Omas kamen noch die Lehrerin mit den beiden Schulmädchen, eine Oma mit Opa, der Teufel und ein Engel.«

»Der Pirat und die Piratin waren doch auch noch da«, ergänzte seine Frau.

»Ja, richtig. Hätte ich fast vergessen. Dabei weiß ich sogar, wer die waren.«

»Ach, das ist ja mal eine gute Nachricht«, sagte Janne. »Wer war das denn?«

»Das waren Petra und Markus Hafer.«

»Bist du sicher? Woran hast du die beiden denn erkannt?«

»An der Pistole!«

»Das ist ja interessant. Gab es daran denn ein besonderes Kennzeichen?«

»Ja«, antwortete Jürgen Schulze. »Ich hab die Spielzeugpistole wiedererkannt, die sich Markus letztes Jahr von mir zum Fasching ausgeliehen und mir immer noch nicht zurückgegeben hat. Da ist er als Ganove gegangen. Ich hatte die Pistole neben anderem Spielzeug von früher noch in einer alten Kiste auf dem Dachboden liegen. Markus wusste das, weil wir da manchmal noch hinaufklettern und mit meiner alten Eisenbahn spielen.«

»Ja, kleine Jungs eben«, Jürgens Frau lachte.

»Hast du denn von den anderen Scherbellenskoppen auch noch jemanden erkannt?«

»Nein, da kann ich dir leider nicht weiterhelfen.«
»War hier auch eine Hexe?«
»Nein, die war nicht hier.«

Janne ging noch einmal zu ihrem Elternhaus. Edda war gerade damit beschäftigt, ihrem Vater das Essen anzureichen. Es fiel ihm zunehmend schwerer, den Löffel zu halten.

»Möchtest du etwas Suppe mitessen?«, fragte Edda und stellte einen weiteren Teller auf den Tisch. Der Anblick ihres Vaters beim Essen, dem ein Teil der Suppe wieder aus dem Mund floss, war für Janne kaum zu ertragen. Er war so ein starker Mann gewesen, von dem sie sich immer beschützt gefühlt hatte. Jetzt saß er hilflos in seinem Sessel und seine Augen blickten unruhig suchend im Zimmer umher.

»Ich bring dich jetzt zu Bett, Papa«, sagte Edda, nahm liebevoll den Arm ihres Schwiegervaters und geleitete ihn aus dem Zimmer.

»Es ist ein Jammer, dass seine Demenz so schnell fortschreitet«, sagte sie, als sie zurückkam. »Aber jetzt habe ich ein bisschen Zeit für dich. Warum bist du denn gekommen?«

»Ich muss wissen, wo man heute noch Scherbellenskoppen kaufen kann?«

»Hier in Heidland zumindest nicht«, antwortete Edda, »vielleicht in Leer. Früher gab es die dort im Spielwarenladen Haak in der Mühlenstraße.«

»Ja, an den Laden kann ich mich gut erinnern. Der war ein Paradies für uns Kinder. Mama ging da immer vor Weihnachten mit uns hin, und dann durften wir unsere Wunschzettel an den Weihnachtsmann übergeben.«

»Das Geschäft gibt es aber schon seit ein paar Jahren nicht mehr. Ich glaube, da ist jetzt ein Drogeriemarkt drin.«

»Oh, schade«, sagte Janne. »Ich wäre gerne noch mal ins Paradies gegangen. Wo kauft man denn heute Spielzeug?«

»Ich glaube, in der Brunnenstraße ist noch ein kleines Geschäft, und die Supermärkte haben inzwischen ja auch fast alle eine Spielzeugabteilung.«

»Dann werde ich mich mal in Leer umsehen.«

»Da fällt mir gerade ein«, sagte Edda, »Florian hat mir erzählt, dass er seine Scherbellenskoppen in Hesel gekauft hat, in einem Haushaltswarenladen.«

»Na, was hast du denn herausbekommen?«, fragte Thorge, als Janne wieder in Leer war.

»Ich weiß jetzt, wer das Piratenpaar war«, antwortete Janne.

»Und wer war es?«

»Es waren Petra und Markus Hafer.«

»Wer hat dir das denn verraten?«

»Ein Freund von Markus Hafer hat die Spielzeugpistole wiedererkannt, die er ihm geliehen hatte«, erklärte Janne.

»Dann werden wir Hafers mal einen Besuch abstatten«, sagte Thorge. »Aber damit müssen wir wohl bis heute Abend warten. Soviel ich weiß, sind beide berufstätig.«

»Was ist denn eigentlich mit Krämers Sohn?«, fragte Janne. »Hat er sich inzwischen bei seiner Schwester gemeldet?«

»Nein, hat er nicht. Ist doch eigenartig, dass er nicht auftaucht. Ich denke, Eilert sollte versuchen, sein Handy zu orten.«

»Ja, gute Idee. Dabei kann er Franziska gleich mal zeigen, wie das geht«, schlug Janne vor.

»Wenn ein Smartphone oder Handy ausgeschaltet wird, kann keine Datenübertragung oder Positionsbestimmung mehr erfolgen«, dozierte Franziska kurze Zeit später.

»Ja, das weiß ich«, sagte Janne genervt. »Was hast du denn sonst noch herausgefunden?«

»Das Handy von Peter Krämer ist ausgeschaltet. Deshalb ist eine GPS-Ortung des Gerätes nicht möglich.«

»Mist!«, entfuhr es Janne.

»Aber ...«, Franziska machte eine bedeutungsvolle Pause und schaute zu Thorge, »eine GPS-Ortung ist bis zum Ausschalten des Handys möglich.«

»Und das heißt ...«, Janne wurde langsam ungeduldig.

Eilert nickte Franziska aufmunternd zu.

»Der letzte bekannte Standort wird auf den genutzten Servern gespeichert«, erklärte sie weiter.

»Nun mach schon! Was hast du rausgefunden?«

»Peter Krämer hat sich am 8. November in der Nähe von Heidland zum letzten Mal in eine Zelle eingewählt«, sagte Franziska strahlend, als habe sie soeben einen komplizierten Fall gelöst. Dann verließ sie Jannes Büro, nicht ohne vorher noch einmal mit Blick auf Thorge ihren Kopf in den Nacken zu werfen und ihre blonde Mähne zu schütteln.

Eilert grinste.

»Auf nichts ist der Mensch so stolz wie auf etwas, was er seit zwei Minuten weiß.«

»Kluge Erkenntnis!«, sagte Janne. »Ist die von dir?«

»Nee, von Tucholsky«, gab Eilert achselzuckend zu, »aber trotzdem gut!«

Dann folgte er Franziska zurück in sein Büro.

Thorge sah Janne an: »Wenn Peter Krämer sich am 8. November in der Nähe von Heidland in eine Zelle eingewählt hat, hat er vermutlich mit seinen Eltern telefoniert.«

»Aber warum hat er anschließend sein Handy ausgeschaltet?«, fragte Janne.

Darauf wusste Thorge auch keine Antwort.

Gegen halb sechs Uhr fuhren Janne und Thorge nach Heidland. Es war schon dunkel, als sie bei Hafers ankamen. Das Haus an der Dorfstraße war schon etwas älter, aber es wirkte sehr gepflegt.

Lichterketten umrahmten den Giebel und definierten die Konturen. Im Vorgarten leuchteten eine Reihe aus Lichtschläuchen geformte Figuren: Rentiere mit Schlitten, große und kleine Tannenbäume und ein Schneemann. Auf allen Fensterbänken hinter den weißen Sprossenfenstern befanden sich Schwippbögen aus dem Erzgebirge. Die grüne Haustür, die mit einem Kranz aus silbernen Kugeln und einer dicken roten Schleife geschmückt war, machte einen einladenden Eindruck. Hafers hatten viel Mühe darauf verwandt, ihr Haus in eine weihnachtliche Kulisse zu verwandeln.

Nachdem Janne geklingelt hatte, öffnete Petra Hafer die Tür. Sie war Ende dreißig, hatte ein hübsches Gesicht und eine schlanke Figur. Janne konnte sie sich gut als rassige Piratin mit einem wilden Lockenkopf vorstellen. Jetzt hatte sie ihre Haare jedoch mit einer Spange im Nacken gebändigt.

»Guten Abend. Ich bin Janne Winkelmann von der Kripo Leer und das ist mein Kollege Thorge Paulsen.«

Bei diesen Worten erschien auch Markus Hafer an der Haustür.

»Worum geht es denn?«, fragte er mürrisch. »Wenn Sie was wegen der Morde an Martini wissen wollen, wir haben nichts gesehen«, beeilte er sich zu ergänzen.

»Dürfen wir vielleicht erst einmal hereinkommen«, fragte Thorge freundlich.

»Wenn es denn unbedingt sein muss«, nörgelte Markus Hafer.

Petra Hafer führte sie ins Wohnzimmer. Auch dort war es adventlich geschmückt.

»Schöne Gestecke haben Sie hier«, sagte Janne anerkennend. Petra Hafer freute sich sichtlich über das Kompliment.

»Hab ich alle selbst gestaltet, ich bin nämlich Floristin.«

»Ja, für Dekoration hat meine Frau ein Händchen«, ergänzte Markus Hafer nun weniger unfreundlich. In seiner Stimme schwang sogar ein bisschen Stolz mit.

»Wir sind tatsächlich wegen Martini hier«, begann Janne die Befragung.

»Sie waren doch an dem Abend beide mit Scherbellenskoppen unterwegs.«

»Woher wissen Sie das?«, wollte Petra Hafer wissen. »Ich dachte, wir hätten uns so gut verkleidet.«

»Ja, als Piratenpaar, ich weiß«, sagte Janne.

»Aber das macht uns doch nicht verdächtig?«

»Nein, natürlich nicht!«, sagte Janne.

»Ach, Sie kommen wegen der Pistole?« Markus Hafer sprang auf, ging kurz hinaus und kam mit einer Spielzeugpistole zurück.

»Hier, überzeugen Sie sich selbst. Die ist nur für Knallplättchen, damit kann man niemanden erschießen!«

Janne kannte die harmlosen Pistolen. Ihr kleiner Bruder hatte auch so eine gehabt, um am Neujahrsmorgen laut knallend um die Häuser zu rennen und das Neue Jahr zu begrüßen. Es gab dafür Rollen mit Knallplättchen oder auch kleine Schächtelchen mit einzelnen Plättchen. Meistens funktionierten die Dinger aber nicht und sie erinnerte sich daran, wie frustriert Hannes gewesen war, wenn die Pistole nur ein leises Klick von sich gab anstatt eines lauten Knalls.

Mit so einer Spielzeugpistole hätte Jürgen Hafer das Ehepaar Krämer allenfalls erschrecken, aber nicht umbringen können.

»Wo sind Sie denn überall gewesen?« Thorge setzte die Befragung fort.

»Zuerst waren wir bei unseren direkten Nachbarn hier an der Dorfstraße«, sagte Petra Hafer und dann sind wir quer durch das kleine Waldstück auf die andere Seite zum Moorpadd gegangen.«

»Waren Sie die ganze Zeit zusammen?«, hakte Janne nach.

»Anfangs waren wir ...«, begann Petra Hafer, aber bevor sie zu den Satz zu Ende sprechen konnte, fiel Markus Hafer ihr ins Wort.

»Ja, wir waren den ganzen Abend zusammen.«

»Können Sie das bestätigen, Frau Hafer?«

»Ja, das kann ich!«

»Wie hatten Sie sich denn verkleidet?« Thorge blickte zu Markus Hafer.

»Ich hatte eine Piratenmaske mit einer Augenklappe auf, ein schwarzes Hemd, eine schwarze Lederweste und eine schwarze Hose an und einen Piratenhut auf.«

»Und Lederstiefel an«, ergänzte seine Frau.

»Und Sie, Frau Hafer?«

Petra Hafer beschrieb ihr Kostüm exakt so, wie Janne es schon von Frau Hartmann gehört hatte.

»Haben Sie Ihre Verkleidungssachen noch?«, wollte Janne wissen.

»Ja, aber im Moment sind meine weiße Bluse und die schwarze Hose in der Reinigung. Übermorgen kann ich sie abholen«, erklärte Petra Hafer.

»Hast du den Blick gesehen, den Markus Hafer seiner Frau zugeworfen hat, als sie die Reinigung erwähnte?«, fragte Janne hinterher im Auto.

»Da stimmt etwas nicht. Und mir ist noch etwas aufgefallen. Frau Hartmann hat gesagt, er habe eine blaue Jeans getragen an Martini. Er behauptet aber, er habe eine schwarze Hose angehabt. Außerdem ist er später als seine Frau zu Hartmanns gekommen. Die beiden waren zumindest am Anfang des Abends nicht zusammen. Wir bestellen sie noch mal aufs Revier und befragen sie getrennt.«

»Immerhin haben wir jetzt schon mal sieben Scherbellenskoppen identifiziert«, sagte Thorge. »Die Lehrerin und die beiden Schülerinnen waren Florian und die Söhne von Akkermanns, Teufel und Engel waren Mettjes und das Piratenpaar waren Petra und Markus Hafer.«

»Fehlen aber immer noch sechs«, stellte Janne fest. »Wir wissen noch nicht, wer das Paar war, das sich als Oma und Opa verkleidet hatte, wer die Hexe und wer die drei mit den gleichen Oma-Masken waren.«

»Wenn jemand drei gleiche Masken kauft, muss das doch auffallen, und wenn wir herausfinden, wo sie gekauft wurden, erhalten wir vielleicht auch einen Hinweis darauf, wer sie gekauft hat«, sagte Thorge. »Dann bekommen wir auch heraus, wer damit an Sünner Marten rumgelaufen ist.«

Janne musste schmunzeln, als Thorge das plattdeutsche Wort für Sankt Martin benutzte. Er versucht sich anzupassen, dachte sie, wie nett!

»Verkäufer können sich sicherlich nicht jeden einzelnen Kunden merken, aber wenn jemand drei gleiche Oma-Masken kauft, wird man sich doch wohl daran erinnern können«, sagte Janne. »Ich fang gleich morgen mit dem Spielwarenladen in der Brunnenstraße an.«, beschloss sie.

19. November

Janne saß mit ihrem Team der SoKo Heidland, wie sie sich nannten, in ihrem Büro beim Kaffee. Während sie in ihren Unterlagen blätterte, unterhielten sich die anderen über Sinn und Unsinn von Elektroautos im Dienst.

»Stell dir vor, du jagst hinter einem Dealer auf der A 31 her und dir geht der Saft aus!«, bollerte Franziska.

»Hast du überhaupt schon einen Führerschein?«, neckte Eilert sie.

»Na, du könntest das Auto sicher mit einer deiner Powerbanks aufladen oder wie die Dinger heißen«, konterte Franziska. Sie hatte damit die Lacher auf ihrer Seite. Janne schaute hoch.

»Wir haben herausgefunden, wer das Piratenpaar war«, unterbrach sie die Unterhaltung.

»Es waren Petra und Markus Hafer. Bei der Befragung in Heidland sind uns allerdings Unstimmigkeiten aufgefallen. Deshalb haben wir die beiden hierher aufs Revier bestellt, um sie noch einmal getrennt zu befragen.«

Janne ging an das Whiteboard, wischte die beiden Fragezeichen hinter Pirat und Piratin weg und notierte stattdessen die Namen Petra und Markus Hafer.

»Außerdem haben wir herausgefunden, dass noch drei weitere Personen mit Scherbellenskoppen unterwegs waren. Sie hatten sich als Omas verkleidet. Alle drei trugen eine gleiche Maske. Eine von den dreien könnte Andrea, geborene Hoops sein. Ihre ehemalige Mitschülerin meint, sie erkannt zu haben.

In die Zeile unter Pirat und Piratin schrieb sie Oma-Drillinge und fügte in die Spalte mit den Namen Andrea Hoops mit Fragezeichen hinzu. In diesem Augenblick öffnete die Direktionssekretärin mit Schwung die Tür.

»Polizeidirektor Martens bittet Sie zum Gespräch, sofort«, tönte sie und reckte wie üblich voller Wichtigkeit ihr Kinn. Janne erhob sich langsam und widerwillig.

»Nein, Sie!«, sagte die Vorzimmerdame mit Blick auf Thorge. Verwundert sahen sich die anderen an. Thorge stand auf, wobei er darauf achtete, nicht zu schnell und nicht zu langsam zu sein. Dabei ging er die letzten Tage durch und überlegte, was er falsch gemacht haben könnte. Das Geplauder erstarb an dem Tisch, bis Thorge endlich wieder auftauchte. Er wirkte niedergedrückt.

»Ich werde vorübergehend von diesem Fall abgezogen, ebenso Franziska und Eilert. Vermisstenfall in Bunde ...«

»Die haben selbst Leute«, empörte sich Janne. »Was ist denn los?«

»Ein 18-jähriges Mädchen, Schülerin des Ubbo-Emmius-Gymnasiums, ist seit drei Tagen verschwunden. Zuerst dachte man, sie sei bei einer Freundin oder einem Freund. Sie war aber auch nicht in der Schule, Abiturklasse! Die Eltern sagen, sie sei schon manchmal über Nacht weggeblieben. Dann ist sie aber trotzdem immer zur Schule gegangen. Die Kollegen in Bunde haben schon das übliche Programm durchgezogen: Befragung der Freundinnen und deren Eltern, der Nachbarn, der Mitschüler.«

»Man sollte sich mal in der Disko umhören«, schlug Franziska vor.

»Was ist mit Handy und Laptop?« Natürlich dachte Eilert als erstes daran.

»Die sind nicht in ihrem Zimmer und ihr Ford Fiesta steht in der häuslichen Einfahrt. Hundestaffeln und Suchmannschaften wurde gestern auch schon ohne jeden Erfolg eingesetzt. Videoüberwachungen gibt es in Bunde natürlich nicht. Die Dienststelle dort hat sich wirklich bemüht. Viele kannten sie ja persönlich. Inzwischen geht man von einem Verbrechen aus. Daher ist jetzt unsere Dienststelle eingeschaltet worden. ›Die Suche nach Lebenden hat Vorrang‹, predigt Martens. Eilert und Franziska, kommt bitte mal mit! Martens sagt, du sollst mal im Internet forschen, Eilert. Twitter, Facebook und was es da sonst noch geben mag. Suche nach Stalkern. Du weißt schon. Die Vermisste hat ein Prepaid-Handy. Scheint abgeschaltet. Franziska, du kommst mit mir.«

Franziska sah Thorge mit unverhohlener Freude an und sprang auf.

»Tut mir leid, Janne«, sagte Thorge. »Hast du vielleicht einen Tipp für uns?«

Janne schüttelte den Kopf. Thorge angelte nach dem Schlüssel eines Dienstwagens. Die drei zogen sich zurück und ließen Janne allein. Wütend zerknüllte sie ihren Notizzettel und warf ihn Richtung Papierkorb. Wie sollte sie so nur weiterkommen?

Eine Mordkommission, die aus nur einer Kommissarin bestand! Das wäre doch mal eine Schlagzeile für die Ostfriesen Zeitung: »Kommissarin allein im Dienst« oder so ähnlich wäre nett. Das ›im Dienst‹ könnte man auch noch weglassen.

Nach dem Mittagessen verließ sie die Dienststelle. Sie suchte als erstes das Spielwarengeschäft in der Brunnenstraße auf. Janne konnte sich erinnern, dass dort früher einmal ein Laden für Sämereien und Tierfutter gewesen war. Im Schaufenster hatte es einen Käfig mit Meerschweinchen gegeben. Als Kind hatte sie sich die Nase an der Scheibe plattgedrückt und ihren Eltern mit dem Wunsch in den Ohren gelegen, ihr zu Weihnachten so ein wuscheliges Tier zu schenken.

Jetzt waren im Schaufenster Plüschtiere, Puppen und Playstation ausgestellt. Als Janne die Eingangstür öffnete, schepperte eine alte Ladenglocke. Sofort kam eine Verkäuferin nach vorne in den Verkaufsraum.

»Moin, was kann ich für Sie tun?«

»Haben Sie Scherbellenskoppen?«, fragte Janne.

»Wie bitte? Was?« Die junge Verkäuferin sah Janne ratlos an.

»Ich meine Masken für Martini.«

»Kenn ich nicht, tut mir leid. Wir haben nur die Gruselmasken für Halloween, aber dafür ist es ja jetzt schon zu spät«, erklärte die junge Frau. Trotzdem holte sie auf Jannes Bitte einen Karton, in dem sich Totenköpfe, bluttriefende Vampirgesichter und graugrünliche Monstermasken aus gummiartigem Material befanden.

»Meinten Sie vielleicht sowas?«

»Nein, sowas meinte ich nicht«, sagte Janne, bedankte sich und verließ enttäuscht das Geschäft. Dann ging sie zu ihrem Auto und machte sich auf den Weg nach Hesel.

Sie fand den Haushaltswarenladen, von dem Edda gesprochen hatte, nicht gleich, da er etwas abseits der Hauptstraße lag. Janne hielt in einer Parkbucht und erkundigte sich bei einer älteren Frau, die ihr auf dem Fußweg mit Einkaufstüten entgegen kam, nach dem Weg.

»Da komm ich grad weg«, sagte sie. »Hier den Karkpadd langs und dann bei der Kirche umzu.«

Janne musste schmunzeln. In Ostfriesland ging man nicht um etwas herum, sondern umzu. Nach der Beschreibung fand sie den kleinen Laden mühelos.

Nachdem sie sich vorgestellt und ihr Anliegen vorgetragen hatte, gab ihr der Inhaber bereitwillig Auskunft.

»Ich habe zu Martini nur drei Scherbellenskoppen verkauft.«

»Können Sie mir beschreiben, welche das waren, und erinnern Sie sich vielleicht auch noch an die Kunden?«

»An den jungen Mann kann ich mich noch gut erinnern. Ich habe mich gewundert, dass er sich für Scherbellenskoppen interessierte. Früher war das viel mehr, aber heute wird der Brauch ja nicht mehr sehr gepflegt.«

»Und welche Scherbellenskoppen hat er sich ausgesucht?«

»Er wollte eine Frauenmaske und zwei Masken mit Mädchengesichtern haben. Die hatte ich zum Glück noch im Lager. Es ist nicht mehr so einfach, noch Lieferanten dafür zu finden.«

»Wie sah denn der junge Mann aus? Können Sie ihn beschreiben?«

»Sein Gesicht habe ich mir nicht so genau angesehen, aber er war sehr groß, mindestens einen Kopf größer als ich, wahrscheinlich über 1,90.«

Das wird dann wohl Florian gewesen sein, dachte Janne.

»War sonst noch jemand da und hat nach Scherbellenskoppen gefragt?«

»Ja, da war noch ein Mann. Der wollte eine Oma-Maske, aber davon habe ich vergangenes Jahr meine letzten verkauft und auch keine neuen mehr bestellt. Die Nachfrage ist ja nicht mehr so groß, und nächstes Jahr geh ich in Rente und gebe meinen Laden auf.«

»Gibt es denn keinen Nachfolger?«

»Nee, der kleine Laden rentiert sich nicht mehr seit wir hier mehrere Discounter haben.«

»Haben Sie denn jetzt noch Scherbellenskoppen?«, fragte Janne.

»Ich glaube, da sind noch ein paar im Lager. Warum fragen Sie?«

»Ach, ich hatte gerade die Idee, dass ich nächstes Jahr auch mal damit zu Martini einen Rundgang machen könnte.« Der Gedanke gefiel Janne. Bestimmt würde sie niemand erkennen und alle würden herumrätseln, wer wohl hinter der Maske steckte.

»Zeigen Sie doch mal, was Sie noch haben!«

Der Ladenbesitzer begab sich nach hinten ins Lager und kam mit drei Scherbellenskoppen zurück.

»Früher waren die ja aus Pappmaché.«

»Ja, daran kann ich mich noch erinnern«, sagte Janne. »Die waren angenehmer zu tragen als die heutigen aus Plastik. Unter denen schwitzt man immer so sehr.«

»Aber die alten Masken weichten leicht auf von dem feuchten Atem. Wenn dann der Strohhalm nicht ganz dicht war und der Schnaps vorbeilief, verlor der Mund seine Form. Dann war er nur noch ein ausgefranstes schiefes Loch«, erinnerte sich der Ladenbesitzer.

Janne betrachtete die Scherbellenskoppen. Es waren zwei Männermasken mit schmalen, schwarzen Oberlippenbärtchen. Sie sahen so aus, wie man sich Banditen aus den zwanziger Jahren vorstellte. Die dritte Maske hatte ein Frauengesicht mit auffallend roten Lippen und einer aufgemalten Zigarette im Mundwinkel. Das passt ja, dachte sie: Macki Messer und die fesche Lola. Mal schauen, wen ich nächstes Jahr zum Mitlaufen überreden kann. Vielleicht wird sich Thorge noch für ostfriesische Bräuche erwärmen.

»Ich nehme alle drei«, sagte Janne. Bevor sie den Laden mit ihrer Beute verließ, erkundigte sie sich, wo es sonst noch in der Gegend Scherbellenskoppen zu kaufen gäbe.

»Vor einiger Zeit gab es noch welche in dem Laden an der Auricher Straße, aber jetzt nicht mehr. Aber in Stikelkamp gibt es noch ein Geschäft für Dekorationsartikel. Ich glaube, die könnten noch welche haben.«

Janne bedankte sich für die Auskunft und stieg wieder in ihren Volvo.

Hinter der Ampelkreuzung mitten in Hesel bog sie nach links in Richtung Stikelkamp ab. Sie entdeckte den Dekoladen gleich am Ortsanfang. Die beiden hell erleuchteten Schaufenster konnte man nicht übersehen. Sie waren über und über mit weihnachtlichem

Schmuck dekoriert. Herrenhuter Weihnachtssterne in mehreren Farben und Größen hingen von der Decke, kleine niedrige und hohe mehrstöckige Pyramiden aus dem Erzgebirge drehten sich, Schwippbögen mit filigran gestalteten Landschaften säumten die Fensterfront und dickbäuchige Weihnachtsmänner aus Keramik standen auf Sockeln neben glitzernden pausbäckigen Engeln. Dagegen ist meine Weihnachtsdekoration eher spärlich, dachte Janne. Sie hatte es immerhin gerade noch geschafft, für den ersten Advent ein weißes Holztablett mit vier roten Kerzen zu bestücken und mit ein paar Tannenzweigen und Buchsbaum aus ihrem Garten zu dekorieren. Aber nächstes Jahr mach ich ... Janne verfolgte den Gedanken lieber nicht weiter, weil Edda immer lästerte, wenn sie »nächstes Jahr« sagte.

»Da muss das Jahr mindesten doppelt so viele Tage haben, wenn du das alles schaffen willst, was du dir für nächstes Jahr vorgenommen hast«, hatte ihre Schwägerin gesagt und wahrscheinlich hatte sie Recht damit.

Als Janne den Laden betrat, wurde sie freundlich von einer Verkäuferin begrüßt.

»Moin, was wünschen Sie?«

»Haben Sie Scherbellenskoppen?«, fragte Janne.

»Die haben wir weggepackt. Martini ist ja schon vorbei.«

»Haben Sie denn dieses Jahr welche verkauft?«

»Ja, selbstverständlich. Unser Laden ist einer der wenigen, die noch Scherbellenskoppen im Angebot haben. Da kommen die Leute auch von weiter her.«

»Können Sie sich vielleicht an die Kunden erinnern, die hier waren und Scherbellenskoppen gekauft haben? Das wäre wichtig für uns.« Janne stellte sich vor und zeigte ihren Dienstausweis.

»Na ja, das ist ja schon einige Tage her. Das weiß ich nicht mehr. Außerdem bin ich nicht jeden Tag im Laden, nur montags und donnerstags.«

»Ich bin auf der Suche nach Scherbellenskoppen mit Omagesichtern. Haben Sie solche im Angebot gehabt?«, fragte Janne.

»Ja, die hatten wir. Vielleicht sind sogar noch ein paar im Lager. Das ist eine der beliebtesten Masken, besonders bei jungen Männern. Da können sie mal in eine ganz andere Rolle schlüpfen, in ein anderes Geschlecht und sich alt und gebrechlich geben und herumtapern. Das macht ihnen Spaß.«

»Ja, solange man jung ist, kann man sich gut über die Alten lustig machen, die sich nur mühsam am Stock vorwärts bewegen können. Aber wenn es soweit ist, findet man es nicht mehr so spaßig.« Janne dachte an ihren Vater.

»Die Omagesichter werden oft zusammen mit einem Opagesicht gekauft«, unterbrach die Verkäuferin Jannes Gedanken. »Meistens läuft man ja nicht alleine Scherbellenskopp, sondern man geht mit jemandem zusammen als Paar.«

»Können Sie mal nachschauen, ob sie noch Oma-Masken am Lager haben?«, bat Janne.

Die Verkäuferin lief nach hinten und kam erst nach einer Viertelstunde zurück.

»Es tut mir leid, dass es so lange gedauert hat. Ich musste erst den Karton suchen. Er stand ganz weit weg auf dem hintersten Regal in der Ecke. Wir brauchen ihn ja erst in einem Jahr wieder. Eine habe ich noch gefunden, hier!«

Sie hielt Janne die Oma-Maske hin. Das Gesicht sah freundlich aus. Um die Augenschlitze herum waren Lachfalten gemalt und ein lächelnder Mund erweckte den Eindruck eines gütigen Menschen. Solche Scherbellenskoppen hätte ich vermutlich auch bedenkenlos hereingelassen. Sie musste an Krämers denken.

»Wir hatten fünf davon bestellt. Dies ist die letzte.«

»Haben Sie selbst die anderen vier verkauft?«

»Nein, keine davon.«

»Wer verkauft hier denn sonst noch?«

»Ich habe eine Kollegin, die an den Tagen im Laden arbeitet, an denen ich nicht da bin, und der Chef hilft auch manchmal, wenn viel los ist.«

»Wo kann ich die beiden denn erreichen?«

»Meine Kollegin ist morgen wieder hier. Sie wohnt in Hesel und unser Chef, Herr Albers, hat seine Wohnung hier über dem Laden. Den könnte ich gleich anrufen.«

»Das wäre nett, wenn Sie das machen würden.«

Die Verkäuferin ging ans Telefon und nach kurzer Zeit kam der Ladenbesitzer herunter.

»Ja, ich habe drei Scherbellenskoppen mit Omagesichtern verkauft«, antwortete er auf Jannes Frage. »Ich kann mich sogar daran erinnern, wer sie gekauft hat.«

»Das ist ja sehr gut.« Janne freute sich und zückte ihren Notizblock. »Erzählen Sie mal!«

»Es waren drei Frauen. Die kamen in einem flotten Schlitten vorgefahren, einem schwarzen BMW-Cabrio.«

»Können Sie sich an das Nummernschild erinnern?«

»Nein, nur an das H für Hannover. Die Fahrerin war eine sehr schick gestylte Dame mit roten Haaren. Sah man ihr gleich an, dass sie aus der Großstadt kam. Hut, Blazer mit Pelzbesatz, hohe Pumps und rot lackierte Fingernägel.«

»Und die beiden anderen Frauen? Haben Sie die auch so genau betrachtet?«

»Die sahen etwas alltäglicher aus.«

»Wie meinen Sie das?«

»Na ja, Alltagskleidung eben, Jeans und Jacke. Zumindest nicht so, dass sie mir besonders aufgefallen wären.«

»Können Sie sich sonst noch an etwas erinnern? Alter? Sprache?«

»Die waren etwa gleichaltrig, um die Fünfzig. Sie waren sehr vertraut miteinander. Vielleicht alte Freundinnen. Zwei waren auf jeden Fall von hier. Die redeten platt miteinander. Mit der aus Hannover haben sie aber hochdeutsch gesprochen.«

»Und die Frauen haben Scherbellenskoppen gekauft?«

»Ja, aber sie brauchten ziemlich lange, um sich zu entscheiden. Die aus Hannover wollte gerne eine Ganovenmaske haben, mit so einem Bärtchen. Aber die beiden anderen wollten lieber als Omas gehen. Na ja, so doll mussten sie sich dafür dann ja auch nicht verkleiden.« Herr Albers grinste.

»Und worauf haben sie sich geeinigt?«

»Na, raten Sie mal!«

»Auf Oma-Masken!«, tippte Janne.

»Ja, die aus Hannover wurde überstimmt und zum Schluss haben sie dann drei gleiche Oma-Masken genommen.«

»Ihre Verkäuferin sagte, dass Sie fünf davon bestellt hatten. Jetzt hat sie nur noch eine im Lager gefunden. Können Sie sich vielleicht erinnern, wer die vierte Maske gekauft hat?«, fragte Janne.

»Nein, das weiß ich nicht. Vielleicht hat meine andere Angestellte sie verkauft.«

»Wie kann ich sie erreichen?«, fragte Janne.

»Ich glaube, Frau Brunken ist heute nicht zuhause. Sie wollte zu ihrer Schwester nach Emden. Aber morgen ist sie wieder im Geschäft«, gab Herr Albers bereitwillig Auskunft.

Da Janne auf dem Rückweg von Stikelkamp ohnehin durch Heidland fahren musste, machte sie noch einen kleinen Abstecher zu Leni. Sie war in ihrem Atelier und hatte ein neues Wolkenbild in Arbeit.

»Hallo Janne, rate mal, wer mich gestern besucht hat.« Leni schaute kurz von ihrer Staffelei hoch und gab sich betont gelassen. Aber Janne spürte, dass sie am liebsten sofort mit der Neuigkeit herausgeplatzt wäre.

»Ich schätze mal, du wirst es mir gleich erzählen.«

»Dein neuer Freund Jens war hier?« Leni strahlte.

»Er ist nicht mein Freund. Ich war nur mal mit ihm Kaffee trinken«, sagte Janne abwehrend.

Leni gab nicht auf. »Was nicht ist, kann ja noch werden.«

»Nun hör aber auf mit deinen Spekulationen, Leni!«

»Ich mach mir eben Gedanken um dich.«

»Ach weißt du«, sagte Janne, »man wird umgekehrt proportional anspruchsvoller zu verschwindender Attraktivität.«

»Wo hast du denn den schlauen Satz aufgegabelt?« Leni lachte.

»Hab ich neulich in einer Frauenzeitschrift gelesen und ich finde, da ist was dran!«

»Na hör mal! Du bist doch noch jung und hübsch. Was soll ich denn sagen? Wenn man so alt ist wie ich, dann wachsen einem Barthaare und man bekommt einen Putenhals.« Leni nestelte unwillkürlich an ihrem Seidentuch. Sie hatte es sich seit ein paar Jahren angewöhnt, einen Schal um den Hals zu tragen, um ihre Falten zu kaschieren.

»Und außerdem ist Jens Jelten ein attraktiver Mann, der deinen Ansprüchen genügen könnte«, argumentierte Leni weiter.

»Was wollte er denn?«, fragte Janne

»Siehste! Es interessiert dich doch! Er hat mich in meinem Atelier besucht. Und ...«, Leni machte eine bedeutungsvolle Pause.

»Was und ...?« Janne wurde nun doch neugierig.

»Er hat das Bild von der Villa gekauft«, sagte Leni freudestrahlend.

»Glückwunsch!« Janne freute sich mit ihr. Ein Bild zu verkaufen war immer eine Bestätigung für eine Künstlerin. Leider kam das viel zu selten vor. Zum Glück war Lenis Einkommen durch ihre Pension gesichert und sie musste nicht vom Bilderverkauf leben.

»Ich dachte, du brauchst das Bild für deine Ausstellung«, fiel es Janne wieder ein.

»Ja, brauch ich auch. Ich kann es so lange behalten. Aber er wollte unbedingt schon eine Anzahlung machen, damit ich es keinem anderen verkaufe. Ein sehr netter Mann!«

»Ja, ja, Leni, hab schon verstanden!«

»Er hat sich sehr interessiert in meinem Atelier umgeschaut und meine Bilder betrachtet. Vielleicht kauft er noch eins.«

»Aber er bekommt nicht das von meinem Elternhaus.«

»Nein, Kind, das bleibt für dich.« Janne war jedes Mal gerührt, wenn Leni sie Kind nannte.

»Wir haben uns übrigens angeregt unterhalten über früher, als seine Tante und sein Onkel noch lebten«, ergänzte Leni.

»Schön, wenn du eine nette Unterhaltung gehabt hast«, sagte Janne.

»Aber jetzt mal etwas anderes. Was weißt du über Frau Hillrichs Sohn?«

»Er wird gemieden von den Nachbarn, kaum einer hat Kontakt zu ihm.«

»Und warum nicht?«

»Ach, Heidland ist ein kleiner Ort und kleine Orte produzieren kleine Geister.«

»Wie meinst du das?«

»Irgendjemand hat Bernd Hillrichs mal in Frauenkleidern gesehen. Seitdem wird über ihn getratscht. Du weißt ja, wie die Leute sind. Alles, was von der Norm abweicht, ist den meisten suspekt.«

Als Janne ihren Wagen wieder auf dem Parkplatz der Polizeiinspektion in Leer abstellte, registrierte sie, dass der Dienstwagen von Thorge an seinem Platz stand. Hoffnungsvoll ging sie in ihr Büro und tatsächlich: Da saßen Thorge und Franziska und verfassten offensichtlich ihren Bericht für Martens und die Akten.

»Soll ich Kaffee machen«, fragte sie betont normal und versuchte, ihre Neugier und ihre Freude zu verbergen, indem sie den beiden den Rücken zukehrte. Kaffee war immer gut. Der Vermisstenfall war offensichtlich abgeschlossen. Janne brauchte nicht lange zu fragen.

»Das Mädchen ist abgehauen! Eilert hat im Internet Buchungen einer Bahnfahrt von Groningen nach Barcelona entdeckt. Für zwei Personen auf den Namen des Mädchens. Und Franziska hat mehrere Stunden Videoaufzeichnungen vom Groninger Bahnhof angesehen. Über dreißigtausend Fahrgäste pro Tag! Glücklicherweise gehen die Fernzüge meist vom selben Gleis ab. So wurde sie relativ schnell fündig. Wir kannten ja auch die Bahnverbindung. Offensichtlich ist die Deern mit einem Freund durchgebrannt«, sagte Thorge. »Und weil sie über 18 Jahre alt ist, wird die Suche eingestellt. Die Eltern müssen auf eine Nachricht ihrer Tochter warten. Hoffentlich nicht so lange!«

20. November

Janne rief gleich morgens in dem Deko-Geschäft in Stikelkamp an. Herr Albers war am Apparat.

»Meine Verkäuferin hat gerade Kundschaft, aber die kann ich übernehmen. Ich hole Frau Brunken mal ans Telefon.« Er legte den Hörer beiseite und kurz darauf meldete sich seine Verkäuferin. »Nein, leider kann ich mich nicht mehr genau erinnern, an wen ich die Oma-Maske verkauft habe«, sagte Frau Brunken bedauernd auf Jannes Frage nach dem Scherbellenskopp. »Aber ich glaube, es war ein Mann.«

Kaum hatte Janne den Hörer aufgelegt, klingelte das Telefon.

»In das Haus ist eingebrochen worden!« Die Stimme der aufgeregten Frau am anderen Ende der Leitung überschlug sich fast.

»Nun beruhigen Sie sich erst einmal«, sagte Janne, »wo ist eingebrochen worden und wer sind Sie denn?«

»Sie haben mir doch Ihre Telefonnummer gegeben, dass ich Sie anrufen soll, wenn mir was auffällt.«

Jetzt erkannte Janne die Stimme. Es war Frau Hillrichs.

»Als ich heute Morgen nach der Heizung sehen wollte, hab ich gemerkt, dass die Scheibe von der Terrassentür zerbrochen war, und da hab ich mir schon gedacht, dass da jemand eingebrochen ist.«

»Danke, Frau Hillrichs, dass Sie Bescheid geben. Fassen Sie nichts an, wir kommen gleich.«

»Du kannst gleich mitkommen«, sagte Janne zu Thorge, als sie den Hörer aufgelegt hatte. Sie war froh, dass der Vermisstenfall aufgeklärt war und Thorge sie wieder bei den Ermittlungen unterstützen konnte.

»Wir müssen nach Heidland.«

»Doch wohl keine weiteren Toten!«

»Nein, ein Einbruch«, sagte Janne.

»Seit wann sind wir denn dafür zuständig?« Thorge blickte Janne fragend an.

»Es ist in Krämers Haus eingebrochen worden«, klärte Janne ihn auf. »Und das hat möglicherweise mit dem Tötungsdelikt zu tun.«

Eine halbe Stunde später waren Janne und Thorge in Heidland, zusammen mit zwei Kolleginnen von der Spurensicherung.

Frau Hillrichs stand schon in der Tür und erwartete sie.

»Im Wohnzimmer war es«, informierte sie die beiden gleich beim Eintreffen. »Der Einbrecher ist wohl über die Terrasse gekommen und hat die Tür eingeschlagen.«

»Wann haben Sie denn den Einbruch festgestellt?«

»Heute Morgen«, sagte Frau Hillrichs. »Als ich gestern Abend nachgeschaut habe, war hier noch alles in Ordnung.«

»Haben Sie etwas angerührt«, fragte Thorge.

»Nein, ich hab Sie sofort angerufen, als ich die Bescherung hier gesehen habe. Nur die Glasscherben hab ich zusammengefegt.«

Janne schüttelte etwas verärgert den Kopf.

»Das hätten Sie lieber nicht tun sollen. Es könnten dadurch wichtige Spuren vernichtet worden sein.«

»Aber ich wollte doch nicht, dass da jemand reintritt und sich verletzt«, versuchte Frau Hillrichs, sich zu rechtfertigen.

Janne blickte auf das Durcheinander im Raum. Alle Schubläden waren herausgerissen und deren Inhalt auf dem Boden verstreut.

»Offenbar hat hier jemand nach etwas gesucht, vermutlich nach Wertsachen oder Bargeld. Hatte Frau Krämer wertvollen Schmuck?«, wollte Janne wissen.

»Ja, sie hatte ein paar goldene Ringe und Halsketten. Aber die hat ihre Tochter Birgit schon mitgenommen«, gab Frau Hillrichs Auskunft.

»Wieso waren Sie eigentlich heute hier?«, fragte Janne.

»Birgit hat mich gebeten, so lange auf das Haus aufzupassen, bis es verkauft ist. Ich komme jeden Tag und sehe nach dem Rechten. Es muss ja kontrolliert werden, ob die Heizung läuft. Wär ja schlimm, wenn jetzt bei der Kälte Rohre einfrieren und keiner merkt was. Staub wischen und lüften tu ich dann natürlich auch. Aber es wird ja nichts mehr dreckig, wenn niemand mehr hier wohnt.« Frau Hillrichs kämpfte mit den Tränen.

Thorge versuchte, sie abzulenken.

»Wir sehen uns mal die anderen Räume an. Kommen Sie doch bitte mit. Sie können uns sicher sagen, ob dort etwas weggekommen ist.«

»Nein, in den anderen Zimmern ist niemand gewesen«, sagte Frau Hillrichs, nachdem sie zusammen mit Janne und Thorge durch das Haus gegangen war.

»Merkwürdig, dass die anderen Zimmer nicht durchsucht wurden«, sagte Janne. »Wenn der Dieb es auf Wertgegenstände abgesehen hatte, hätte er doch zumindest oben im Schlafzimmer die Schränke durchwühlt, um nach Schmuck zu suchen. Man weiß doch, dass Frauen ihn immer zwischen der Wäsche verstecken.«

»Dass der Eindringling sich nur auf das Wohnzimmer beschränkt hat, könnte bedeuten, dass er dort schon fündig geworden ist«, meinte Thorge.

»Im Arbeitszimmer war auch jemand«, sagte Frau Hillrichs plötzlich.

»Woran haben Sie das gemerkt?«, fragte Janne. »Es ist doch nichts durcheinander und es sieht so aus, als stünde alles an Ort und Stelle.«

»Die Leselampe vor dem Bücherregal steht anders als sonst«, sagte Frau Hillrichs. »Herr Krämer wollte, dass ich die Lampe immer genau neben seinen Sessel stelle. Dort hatte er seine Lieblingsbücher und die Akten.«

»Und Sie sind sicher, dass Sie die Lampe zuletzt auch wieder an dieselbe Stelle gerückt haben?«

»Ja, ganz sicher!«, sagte Frau Hillrichs. »Das hab ich schon aus Gewohnheit gemacht, und jetzt steht sie vor dem Fenster.«

Janne sah sich die Buchtitel auf dem Bücherbord im Arbeitszimmer an. Die obersten Reihen waren gefüllt mit Klassikern, darunter standen mehrere aktuelle Romane. Weiter unten befanden sich Aktenordner. Sie waren sorgfältig beschriftet mit »Versicherungen«, »Familie«, »Auto« und »Haus«.

»Ach du meine Güte!«, rief Frau Hillrichs plötzlich aus dem Wohnzimmer. »Dass ich das nicht gleich gesehen habe. Aber ich war so geschockt, als ich den Einbruch bemerkt habe.«

»Was ist denn?«, fragte Janne.

»Der Fernseher fehlt, ein großer Flachbildschirm. Den hatten Krämers sich gerade neu gekauft, als sie hierher gezogen sind.«

»Dann hatte der Dieb es wohl auf technische Geräte abgesehen«, vermutete Thorge.

21. November

Als Thorge morgens in sein Auto stieg, entdeckte er Marvins Turnbeutel. Er war offenbar unter den Sitz gerutscht, als Thorge Marvin in der Woche zuvor von der Schule abgeholt hatte. Den muss ich ihm unbedingt heute hinbringen, sonst bekommt er bestimmt Ärger, dachte Thorge. Er hätte den erneuten Besuch bei Familie Brandt gerne Janne überlassen, aber inzwischen war er schon mit Frau

Brandts aufbrausendem Temperament vertraut und konnte ganz gut damit umgehen. Deshalb fuhr er nachmittags selbst nach Heidland. Marvin begrüßte ihn an der Tür. Seine Augen strahlten, als er Thorge sah. Er scheint sich über meinen Besuch zu freuen, dachte Thorge und war gerührt. Frau Brandt saß wieder auf dem Sofa und sah fern. Thorge stutzte, als er anstelle des alten Gerätes einen großen Flachbildschirm sah.

»Oh, ein neuer Fernseher!«

»Hat Patrick mitgebracht«, sagte Frau Brandt.

»Und woher hat er den?«, fragte Thorge.

»Weiß ich nich!«, antwortete Frau Brandt barsch. »Aber bestimmt nich geklaut!« Sie wurde schon wieder laut. Das werden wir überprüfen, dachte Thorge, sagte aber erst einmal nichts dazu.

»Was wollen Sie denn schon wieder hier?«, fragte Frau Brandt unwirsch.

»Ich wollte nur Marvin seinen Turnbeutel vorbeibringen. Den hat er in meinem Auto vergessen.«

»Der lässt aber auch immer alles liegen«, schimpfte Frau Brandt.

»Ach«, sagte Thorge beschwichtigend, »Kinder vergessen schon mal etwas. Das passiert uns Erwachsenen doch auch.«

»Ja, aber ich muss dann wieder alles neu kaufen. Wissen Sie, wie teuer so Turnschuhe sind?«

Marvin schaute ängstlich zu seiner Mutter hinüber. Dann zog er schuldbewusst seinen Kopf ein und ging schnell aus dem Zimmer, als erwarte er eine Tracht Prügel.

Armer kleiner Kerl, dachte Thorge. Wie oft hab ich als Kind wohl etwas vergessen und ich kann mich nicht erinnern, dass meine Mutter deswegen jemals mit mir geschimpft hätte. Ihm fiel die japanische Weisheit ein, die er kürzlich irgendwo gelesen hatte:

»Erst wenn man eigene Kinder hat, weiß man, wie groß die Liebe der Eltern war.« Er hatte zwar selbst keine, aber er hatte oft mit Kindern zu tun und wusste, wie anstrengend sie sein konnten. Das war er als Junge sicher auch gewesen, aber seine Eltern hatten es ihn nie spüren lassen. Sie hatten ihm immer das Gefühl gegeben, richtig zu sein, so wie er war, auch als er sein Coming-out hatte. Das hatte ihm Sicherheit und innere Stärke gegeben, und dafür war er ihnen zutiefst dankbar.

»Wo kann ich Patrick denn finden?«, fragte Thorge.

»Aufe Arbeit.« Frau Brandt sah kurz hoch und blickte dann wieder auf den Fernseher. Thorge blieb höflich.

»Sagen Sie mir doch bitte noch, wo seine Arbeitsstelle ist.«

»Logabirum, bei Vosse«, antwortete Frau Brandt knapp und wandte sich wieder dem Bildschirm zu.

Als Thorge das Haus verließ und sich noch einmal kurz umdrehte, sah er Marvin am Fenster stehen und ihm nachwinken. Hoffentlich bekommt er jetzt keinen Ärger, dachte Thorge.

Nach einigem Suchen fand Thorge die Autowerkstatt Vosse im Gewerbegebiet in Logabirum. Der Meister steckte gerade mit dem Kopf unter einer Kühlerhaube und schraubte am Motor. Als Thorge ihn nach Patrick fragte, kam er kurz hoch und deutete nach hinten. Dort ragten unter einem alten Renault ein paar Männerbeine hervor, die offenbar zu Patrick gehörten. Thorge bückte sich und schaute in ein ölverschmiertes Gesicht.

»Ich muss Sie sprechen«, sagte Thorge. Langsam kroch Patrick unter dem Auto hervor und sah ihn fragend an.

»Thorge Paulsen von der Kriminalpolizei Leer«, stellte Thorge sich vor.

»Kripo? Wieso das denn? Ich hab nix verbockt.«

Patrick ging sofort in Verteidigungsstellung und verschränkte abwehrend die Arme vor der Brust.

»Was wollen Sie denn von mir?«

»Ich möchte gerne wissen, woher Ihre Mutter den Flachbildfernseher hat.«

»Den hab ich ihr geschenkt.«

»Verdient man denn hier so viel, dass man so großzügige Geschenke machen kann?«

»Nein, ich hab den gewonnen!«

»Wo kann man denn so etwas gewinnen?«, fragte Thorge nach.

»Bei der Weihnachtslotterie in Leer in der Altstadt. Unsereiner muss doch auch mal Glück haben.«

»Ja, das gönn ich Ihnen«, sagte Thorge. »Wir müssen das aber trotzdem überprüfen.«

»Tun Sie, was Sie nicht lassen können!« Patrick wirkte gekränkt.

»Wo waren Sie in der Nacht vom 19. auf den 20.?«, hakte Thorge nach.

»Wie soll ich das denn noch wissen?«

»Es wäre aber wichtig.«

»Und wofür?«

»Das kann ich Ihnen nicht sagen. Also wo waren Sie?«

»Brauch ich ein Alibi?«

»Das kann man so sagen«, antwortete Thorge geduldig.

»Also, ich war bestimmt bei meiner Freundin.«

»Und die könnte bestätigen, dass Sie bei ihr waren?«

»Na, logisch!«

»Wir werden das selbstverständlich überprüfen. Wie heißt sie?«

»Sie heißt Meike, Meike Mahler«, sagte Patrick zögerlich.

»Und wie ist die Adresse?«

»Sie wohnt in Leer, aber jetzt arbeitet sie. In einer Apotheke. Sie ist pharmazeutisch-technische Assistentin.« Thorge hörte ein wenig Stolz in Patricks Stimme.

»Bitte suchen Sie sie nicht während ihrer Dienstzeit auf«, bat er. »Ich möchte nicht, dass sie Ärger bekommt.«

Soviel Feingefühl hätte ich ihm gar nicht zugetraut, dachte Thorge. So kann man sich täuschen. Als er die Werkstatt verließ und sich noch einmal umdrehte, sah er, dass Patrick mit seinem Handy telefonierte.

Da wird er jetzt wohl schnell seiner Freundin ein paar Instruktionen geben, vermutete Thorge.

Patricks Freundin Meike bewohnte in der Annenstraße in Leer eine kleine Wohnung im Dachgeschoss. Thorge wartete bis 19:00 Uhr. Wenn Meike bis 18:00 Uhr Dienst hatte, müsste sie jetzt zu Hause sein. Er stieg die drei Treppen zum Obergeschoss hoch. Das Treppenhaus wirkte gepflegt und es roch angenehm nach Orangenreiniger. Ostfriesinnen mögen es ordentlich und sauber, dachte Thorge, zumindest die meisten. Frau Brandt schien eine Ausnahme zu sein.

Kurz nachdem er an der Wohnungstür geklingelt hatte, öffnete ihm eine junge blonde Frau in Jeans und Ringelshirt. Hübsches Mädchen, dachte Thorge.»Ich bin Thorge Paulsen von der Kripo Leer«, stellte er sich vor. »Darf ich kurz hereinkommen?« Meike machte eine einladende Handbewegung.

»Womit kann ich Ihnen dienen?«, fragte sie freundlich.

Den Satz sagt sie bestimmt mehrere Male am Tag, dachte Thorge.

»Ich habe eine Frage zu Ihrem Freund Patrick.«

Thorge sah sich in der kleinen Wohnung um. Ein großes Boxspringbett dominierte den Raum. An der gegenüberliegenden Wand gab es einen Fernsehschirm in XXL-Größe, auf dem Thorges Blick haften blieb. Meike merkte es und war sichtlich aufgebracht, als Thorge nach der Herkunft des Gerätes fragte.

»Einmal Dieb, immer Dieb, nicht wahr! Aber Patrick hat sich geändert, seit wir zusammen sind. Er macht keine krummen Dinger mehr. Das hat er mir versprochen.«

»Und woher hat er nun den Fernseher?«

»Den hat er letzten Monat gekauft. Das Geld dafür hat er sich durch Überstunden verdient. Aber das hätte er sich sparen können.«

»Wie meinen Sie das?«

»Er hat in der Weihnachtslotterie einen Fernseher gewonnen.«

»Und hat er den seiner Mutter geschenkt?«

»Ja, obwohl ich ihm geraten habe, das Gerät zu verkaufen. Das Geld hätte er gut gebrauchen können. Er möchte sich nämlich gerne einen gebrauchten Renault kaufen. Aber er wollte den Fernseher unbedingt seiner Mutter schenken. Dabei hat die ihn nie gut behandelt und so ein wertvolles Geschenk gar nicht verdient. Aber ich hab ihn gelassen.«

Das bestätigt mal wieder, dachte Thorge, dass die Kinder, die sich am wenigsten geliebt fühlen, am meisten um die Liebe und Aufmerksamkeit ihrer Eltern buhlen. Auch in einer scheinbar abgebrühten Männerbrust schlummert häufig ein kleines verletztes Kinderherz. Man muss es nur erkennen.

Meike hatte es offenbar entdeckt.

»Können Sie mir sagen, wo Sie in der Nacht vom 19. auf den 20. waren?« Thorge nahm seine Befragung wieder auf.

Meike dachte kurz nach.

»Ich frag jetzt nicht, warum Sie das wissen wollen. Vermutlich werden Sie es mir ohnehin nicht verraten. Patrick und ich waren auf dem Geburtstag meiner Freundin. Und es waren noch viele andere Gäste da, die Sie fragen können. Anschließend haben wir zusammen hier übernachtet, falls Sie das auch noch wissen wollen, und am nächsten Morgen bis um elf geschlafen. Da hatten wir beide nämlich frei.«

»Okay, danke«, sagte Thorge. An dem Morgen war er schon in aller Frühe mit Janne in Heidland gewesen und hatte die Einbruchspuren dort gesichtet.

»Und wo waren Sie an Martini?« Es war Thorges letzte Frage, bevor er sich verabschiedete. Er glaubte zwar nicht ernsthaft daran, dass Patrick etwas mit Krämers Tod zu tun hatte, aber er fragte trotzdem nach dem Alibi. Janne würde ihn bestimmt darauf ansprechen.

»Anfang November waren Patrick und ich im Urlaub, zwei Wochen Mallorca. Ein bisschen Sonne tut gut in der trüben Herbststimmung. Sollten Sie auch machen. Sie sehen ein bisschen überarbeitet aus.«

22. November

»Wo warst du denn gestern Nachmittag?«, fragte Janne, als Thorge seinen Dienst antrat.

»Ach, tut mir leid. Ich hab vergessen, dich anzurufen und zu informieren.«

Thorge lieferte die Information nach und berichtete Janne von Marvins vergessenem Turnbeutel, der Entdeckung des großen Flachbildfernsehers bei Frau Brandt und seinen Verdacht gegen Patrick.

»Und«, fragte Janne, »hast du etwas herausbekommen?«

»Zumindest war mein Verdacht falsch. Patricks Freundin hat seine Aussage bestätigt, dass er den Fernseher in der Weihnachtslotterie gewonnen hat. Sie hat auch ausgesagt, dass er in der Nacht von Freitag auf Samstag bei ihr war und ihm somit ein Alibi für die Zeit des Einbruchs gegeben.«

»Und, ist sie glaubwürdig? Für die Liebe ist ja so manche bereit, das Blaue vom Himmel herunterzulügen.«

»Nein, ich bin mir sicher, dass sie die Wahrheit sagt. Sie hat nichts zu verbergen. Eine kluge und hübsche junge Frau übrigens. Hoffentlich vermasselt Patrick es nicht.«

Als das Telefon klingelte, nahm Thorge ab.

»Da möchte dich jemand sprechen.« Er reichte den Hörer an Janne weiter.

»Hallo Janne, bist du's?« Die Stimme klang etwas unsicher. »Ich wusste gar nicht, dass du wieder im Lande bist. Hab dich zufällig an Martini bei deinem Bruder gesehen.«

Jetzt fiel es Janne ein. Daher also war ihr die Stimme des alten Mannes so vertraut vorgekommen! Es war ihre frühere Schulfreundin Anne gewesen!

»Janne un Anne, de köönt nich ohn een anne«, hatte ihre Oma immer gesagt. Nein, sie konnten damals nicht ohne einander. Sie waren unzertrennliche Freundinnen gewesen und doch hatten sie sich aus den Augen verloren. Und jetzt war Anne mit ihrer schönen tiefen Stimme am anderen Ende der Leitung.

»Mensch, Anne, warum hast du dich denn nicht zu erkennen gegeben. Ich hätte mich doch so gefreut?«

»Konnt ich doch nicht! Frag jetzt nicht, warum!«

»Okay, jetzt nicht am Telefon, aber wir müssen trotzdem darüber reden. Wo wollen wir uns treffen?«

Sie verabredeten sich für 15 Uhr in der Teestube in der Altstadt. Von dort hatte man einen herrlichen Blick auf den malerischen Hafen mit den Museumsschiffen und der historischen Waage. Zusammen mit dem alten Rathaus war das Bauwerk im Niederländischen Barockstil das bekannteste Postkartenmotiv von Leer.

Janne war schon um halb drei Uhr in der Altstadt. Deshalb bummelte sie noch durch die Rathausstraße und die Brunnenstraße mit den vielen kleinen Spezialgeschäften. Vor dem Weinhaus Wolf verweilte sie ein paar Minuten und betrachtete die schöne Fassade mit dem Perückengiebel. Dieses Haus von der gegenüberliegenden Schmiedestraße zu zeichnen, hatte zur Pflichtübung des Kunstunterrichts der beiden Gymnasien gehört. Wahrscheinlich bringen die vielen Schmuckelemente, Winkel und Ecken noch heute so manchen zeichnerisch unbegabten Schüler zur Verzweiflung, dachte Janne. Auf dem Weg zurück zur Teestube kam Janne an einer Losverkäuferin der Weihnachtslotterie vorbei. Leeraner Geschäftsleute hatten dafür zugunsten des Kinderschutzbundes Preise gestiftet. Als Hauptgewinne gab es Autos zu gewinnen und andere wertvolle Preise. Außerdem gab es mehrere kleine Sofortgewinne. Janne kaufte fünf Lose für zehn Euro. Es waren vier Nieten. Für das fünfte Los durfte sie ein weiteres ziehen und gewann zwei Handtücher, die sie sich in einem Kaufhaus in der Mühlenstraße abholen konnte. Immerhin etwas, dachte sie. Ein großer Flachbildschirm hätte mein kleines Wohnzimmer sowieso gesprengt und meinen Volvo würde ich nie gegen ein anderes Auto austauschen. Außerdem kam das Geld Kindern zugute, da waren zehn Euro ohnehin nicht viel. Die hätte sie auch so gespendet.

Janne schaute auf die Uhr. Es war fünf Minuten vor drei. Sie lief schnell zurück zum Hafen und betrat pünktlich um drei Uhr die Teestube. An den meisten Tischen saßen schon Gäste, es war ja auch gerade Teetied, Teezeit in Ostfriesland. Ganz hinten in der Ecke entdeckte sie noch einen kleinen freien Tisch. Das passt gut, dachte sie. Der Abstand zu den anderen Tischen ist groß genug. So bekommen die anderen Gäste nichts von unserer Unterhaltung mit.

Mittlerweile war es Ende November, am kommenden Sonntag würde schon der erste Advent sein. Die Vorbereitungen für den historischen Weihnachtsmarkt hinter der Waage waren in vollem Gange.

Wie in jedem Jahr hatte das Schipperklottje, der Verein, der sich um den Erhalt der Traditionsschiffe im Museumshafen kümmerte, den »Wiehnachtsmarkt achter de Waag« organisiert.

Der hohe Eingangsbogen aus Tannengrün war schon aufgestellt und die Elektriker mühten sich gerade damit ab, die Kabel der Lichterketten zwischen den Zweigen zu verstecken. Zwei Arbeiter hielten unten die Leiter fest, während einer auf den oberen Stufen balancierte. Die ersten Beschicker der Holzbuden richteten sich ein, und Zimmerleute waren dabei, die Bretter für die Bühne zusammenzuschrauben. Dort würden an den Adventssonntagen Kinder stehen und Gedichte aufsagen, der Shantychor aus Bingum von Fern- und Heimweh singen und der Posaunenchor aus Loga »Stille Nacht« spielen. Der Weihnachtsmann würde mit einem Schiff über die Leda kommen und im Museumshafen anlegen, von kleinen Kindern sehnlichst erwartet. Das ganze Weihnachtsprogramm eben. Janne liebte es!

Am meisten freute sie sich auf Speckendicken, das traditionelle fette Gebäck aus dem Rheiderland. Das hatten die Mägde und Knechte früher zu Silvester gegessen, um für die Feier am Abend eine gute Grundlage für Korn und Bier zu schaffen.

Janne hatte sich der Magen umgedreht, als sie zum ersten Mal die Liste der Zutaten für das Rezept gelesen hatte: Waffelteig aus Roggenschrot und Buchweizen mit Rübensirup, Mettwurst und Speck, gewürzt mit Zimt und Kardamom. Inzwischen fand sie die süß salzigen Speckendicken köstlich! Am besten schmeckten sie am Stand der Landfrauen und waren eine wunderbare Grundlage für ein paar Gläser Eiergrog, unvergleichlich lecker, wenn die Luft knackig kalt und klar war.

Anne kam mit zehn Minuten Verspätung und genoss wie früher ihren Auftritt. Mit ihrer gebräunten Haut sah sie aus, als wäre sie gerade eben aus dem Sommerurlaub gekommen. Sie hatte ihr immer noch tiefschwarzes dichtes Haar zu einem Bauernzopf geflochten, der hinreißend mit ihrer knallroten Lederjacke kontrastierte. Zwei silberne Haarspangen rechts und links hielten ein paar vorwitzige Haarsträhnen im Zaum. Zu ihren engen Jeans trug sie knielange schwarze Lackstiefel mit hohen Absätzen. Einige Männer blickten ihr verstohlen hinterher und auch ein paar Frauen drehten sich nach ihr um. Anne ist mit Mitte vierzig immer noch ein verdammt attraktives Mädchen, dachte Janne.

Sie schloss ihre alte Freundin in die Arme und ein wohlig warmes Gefühl durchströmte sie.

»Ach Anne, wie geht es dir? Ich freu mich so, dich zu sehen. Wo wohnst du denn jetzt?«

»In Leerort. Weiter bin ich nicht gekommen.« Anne lachte. »Komm doch mal vorbei.«

»Gerne. Wir müssen uns unbedingt mal in Ruhe treffen, wenn ich nicht mehr so tief in den Ermittlungen stecke. Du hast sicher von dem Fall Krämer gehört.«

»Hab ich. Die Presse war ja voll davon. Und wenn ich bedenke, dass ich an dem Abend, als es passiert ist, ganz in der Nähe war, kriege ich jetzt noch eine Gänsehaut.« Anne schüttelte sich.

»Mit wem warst du denn an Martini unterwegs und wo bist du überall gewesen?«

»Oh, so offiziell? Musst du das unbedingt wissen?«

»Ja, das ist wichtig! Wir müssen herausfinden, wie viele Scherbellenskoppen unterwegs waren und welche Personen das waren.«

»Meinst du, einer davon war der Mörder?«, flüsterte Anne. »Enno und ich zumindest nicht!«

»Enno? Mit welchem Enno bist du denn auf Tour gewesen?«

»Hm, ja...«, Anne druckste herum.

»Nun lass dir nicht alles aus der Nase ziehen!« Janne wurde resolut.

»Ich bin mit Enno Onken unterwegs gewesen«, sagte Anne leise.

»Doch wohl nicht mit *dem* Enno!«, entfuhr es Janne. Enno Onken, der Sohn von Doktor Onken. Hinter dem waren früher alle jungen Mädchen her.

»Ist der nicht verheiratet? Der hatte doch die große Auswahl, der Hallodri!«

»Doch ja, er ist mit Iris verheiratet.«

»Und du bist mit ihm mit Scherbellenskoppen rumgelaufen? Nein, das glaub ich jetzt nicht! Anne, du spinnst wohl! Aber du warst ja schon immer so übermütig. Wenn euch jemand erkannt hätte!«

»Ach, Enno war doch als alte Frau verkleidet und hat sowieso nichts gesagt und ich hab meine Stimme verstellt. Nicht einmal du hast mich erkannt! Ist doch mal spannend, sich inkognito in fremden Wohnzimmern umzuschauen. Sei bloß nicht so spießig, Janne. Du hast doch früher auch nichts anbrennen lassen!«

»Ja, früher ...«

»Sag nur nicht, dass du jetzt jenseits von Gut und Böse bist! Ich wette, dass du im Hamburger Großstadtrevier auch ein bisschen rumgewildert hast.« Anne lachte. Viele Männer fanden Annes tiefes, kehliges Lachen erotisch und Janne konnte das gut verstehen.

Ach Anne, was weißt du denn noch von mir, dachte sie. Früher hatten beide alles voneinander gewusst. Vielleicht würden sie wieder an alte Zeiten anknüpfen können. Janne ließ sich Annes Adresse und ihre Telefonnummer geben. »Ich ruf dich an, ganz bestimmt!«

Nachdem sie sich von ihrer Jugendfreundin verabschiedet hatte, fuhr sie zu ihrem Büro. Thorge war noch da und Janne berichtete ihm von dem Treffen mit Anne. Dann ging sie an das Whiteboard, wischte hinter den Scherbellenskoppen Oma und Opa die beiden Fragezeichen weg und ergänzte die Namen Anne van Loo und Enno Onken.

»Damit hätten wir jetzt die Identität von neun Scherbellenskoppen herausgefunden«, stellte sie fest.

»Fehlen aber noch vier«, sagte Thorge. »Wir wissen immer noch nicht, wer die Hexe war und von den drei alten Omas haben wir auch noch keine ausreichende Spur.«

»Ich fahre noch mal nach Heidland. Vielleicht kriege ich doch noch was raus«, hoffte Janne.

»Und was ist mit deiner Freundin Anne und ihrem Freund? Sind die über jeden Verdacht erhaben, nur weil du mit ihnen befreundet bist?«, fragte Thorge.

»Nein, natürlich nicht, aber Anne sagt, sie sei den ganzen Abend mit Enno zusammen gewesen und die Nacht vermutlich auch, so wie ich sie kenne.«

»Wir müssen sie aber trotzdem noch mal aufs Präsidium bestellen, alle beide«, sagte Thorge.

»Kannst du morgen früh mal bei ihr vorbeifahren und sie herbestellen? Sie wohnt in Leerort. Das liegt doch auf deinem Weg.«

»Mach ich!«

23. November

»Und?«, fragte Janne, als Thorge ins Büro kam, »hast du Anne angetroffen?«

»Hab ich! Sie kam in einem seidenen Morgenmantel an die Tür und hatte nichts drunter als ihre Haut.« Thorge verkniff sich ein Grinsen.

»Ja, Kriminalkommissare haben es schwer«, bemerkte Janne, »und Anne ist immer noch so ein kleines Luder wie früher.«

Es klopfte und Franziska steckte ihren Kopf zur Tür herein.

»Draußen wartet das Ehepaar Hafer. Ihr habt sie herbestellt?«

»Ja, bring Petra Hafer bitte zu mir und führe ihren Mann in den Vernehmungsraum«, bat Janne.

Petra Hafer betrat zögernd Jannes Büro.

»Was soll ich denn hier? Sie haben uns doch schon wegen Martini befragt.«

»Es gibt noch ein paar Ungereimtheiten bezüglich des Alibis Ihres Mannes«, konfrontierte Janne sie gleich mit dem Widerspruch zwischen Frau Hartmanns Aussage und der von Hafers.

»Wie meinen Sie das?«

»Sie haben behauptet, den ganzen Abend mit Ihrem Mann zusammen gewesen zu sein. Wir haben aber eine Zeugin, die etwas anderes ausgesagt hat. Wie war das denn nun wirklich am Martiniabend?«

Petra Hafer fingerte nervös an ihrem Ehering herum und drehte ihn hin und her.

»Dazu sage ich jetzt nichts mehr«, antwortete sie und schwieg. Als Ehefrau hatte sie das Recht zur Zeugnisverweigerung und Janne musste es akzeptieren. Sie entließ Petra Hafer und ging hinüber zum Vernehmungsraum, wo Thorge vor der Tür auf sie wartete.

Sie hatten Markus Hafer absichtlich ein bisschen zappeln lassen.

Als die beiden den Raum betraten, sprang Markus Hafer auf. Die halbe Stunde, die er dort in dem kahlen Zimmer hatte warten müssen, hatte sichtlich an seinen Nerven gezerrt. Er wischte sich den Schweiß von der Stirn.

»Nun setzen Sie sich erst einmal wieder«, sagte Thorge freundlich. »Möchten Sie ein Glas Wasser?« Markus Hafer nickte.

Thorge sprach die obligatorischen Angaben ins Aufnahmegerät und schlug den Aktenordner vor sich auf.

»Sie haben behauptet, dass Sie an Martini den ganzen Abend mit Ihrer Frau zusammen unterwegs waren.«

»Ja, das stimmt.«

»Nein, das tut es nicht!« Jannes Stimme klang hart. »Wir haben eine Zeugin, die ausgesagt hat, dass Ihre Frau eine zeitlang alleine unterwegs war.«

»Ja, richtig. Jetzt fällt es mir wieder ein. Ich war kurz Pinkeln«, sagte Hafer etwas verlegen.

»Und wohin sind Sie gegangen?«

»In Parks Busch.«

»Wie lange hat das gedauert?«

»Na, ja, so lange wie man eben zum Pinkeln braucht.«

»Und, was meinen Sie, wie lange Sie gebraucht haben? Drei Minuten?«

»Ja, höchstens fünf. Aber was soll diese Fragerei?«

»Ich stelle hier die Fragen«, sagte Janne streng. »Die Zeugin hat ausgesagt, dass Sie erst eine halbe Stunde nach Ihrer Frau gekommen sind. Was haben Sie in der Zeit gemacht?«

»Ja, dann hat das eben ein bisschen länger gedauert.«

»Sie sind noch jung und ich gehe nicht davon aus, dass sie schon an Harnverhalten leiden«, warf Thorge ein. »Also, wozu haben Sie dreißig Minuten gebraucht?«

»Weiß ich nicht, kam mir nicht so lange vor.« Markus Hafer rutschte auf dem Stuhl hin und her, blickte abwechselnd auf seine Armbanduhr und zu Thorge.

»Kann es sein, dass Sie in der Zeit zu Krämers Haus gelaufen sind? Das kommt genau mit der Zeit hin, in der die beiden erschossen wurden.« Janne übernahm wieder die Befragung. »Dann haben Sie entdeckt, dass ihre Hose Blutflecken abbekommen hat, sind schnell durch den Wald nach Hause gelaufen und haben sich eine saubere

Jeans angezogen. Danach sind Sie zu Hartmanns gegangen, wo Sie Ihre Frau vermuteten.« Janne riskierte einen Schuss ins Blaue.

»Woher wissen Sie das?« Markus Hafer klang überrascht.

»Sie geben also zu, dass Sie bei Krämers waren!«

»Nein, nein! Das war ich nicht!«

»Haben Sie das nicht eben zugegeben?«, fragte Janne.

»Ich mein doch nur das mit der Hose.«

»Dann erklären Sie uns doch mal, warum sie behauptet haben, Sie hätten eine schwarze Hose getragen, obwohl Zeugen Sie in einer blauen Jeans gesehen haben?«

Markus Hafer sah etwas verlegen zu Janne hinüber und knetete seine Hände.

»Zuerst hatte ich ja auch eine schwarze Hose an, aber dann musste ich sie wechseln.«

»Weil sie Blutspritzer abbekommen hatte!«, sagte Janne.

»Nein, so war das nicht!«

»Und wie war es dann?«, bohrte Janne weiter.

»Ich, ähm, ich hatte mir in die Hose gepinkelt«, sagte er nach kurzem Zögern. »Deshalb!«, ergänzte er trotzig.

»Und warum haben Sie das nicht gleich gesagt?«

»Sowas Peinliches gibt man als erwachsener Mann doch nicht gerne zu und schon gar nicht vor einer Frau.«

Das konnte Thorge gut nachvollziehen.

»Dann erzählen Sie jetzt mal genau, wie das war!«, forderte Janne ihn auf.

»Ich hatte mir doch für meine Piratenverkleidung Petras schwarze enge Caprihose ausgeliehen. Und als ich dann so dringend pinkeln musste, bin ich in den Wald gelaufen. Aber ich konnte den Reißverschluss nicht so schnell finden. Das war doch eine Damenhose ohne Schlitz und der Reißverschluss saß an der Seite. Als ich das gemerkt habe, war es schon zu spät.« Markus Hafer atmete tief durch.

»Es ist doch richtig, dass Sie das Haus von Meyers kaufen wollten, bevor Krämers Sie überboten haben?«, sagte Janne unvermittelt. »Jetzt ist es ja wieder frei.«

»Aber deswegen habe ich Krämers doch nicht umgebracht!« Markus Hafer sprang empört vom Stuhl hoch. »Es waren doch auch noch andere an dem Haus interessiert. Fragen Sie doch mal Bernd Hillrichs, diesen komischen Vogel. Der läuft in Frauenkleidern rum und wohnt immer noch bei seiner Mutter.«

»Glaubst du ihm das mit der nassen Hose«, fragte Janne, nachdem sie das Ehepaar Hafer entlassen hatte und sie mit Thorge alleine war.

»Also, ich würde das nicht freiwillig erzählen, und wenn es nicht wahr ist, ist es zumindest gut erfunden«, antwortete Thorge.

»Wir werden auf jeden Fall die Hose von der KTU untersuchen lassen«, beschloss Janne. »Blut lässt sich auch noch nachweisen, nachdem die Hose in der Reinigung war.«

Dann blätterte sie in ihrem Notizbuch.

»Wir müssen unbedingt herausfinden, wer die drei als Omas verkleideten Scherbellenskoppen waren. Der Besitzer des kleinen Dekoladens in Stikelkamp hat etwas von einer Rothaarigen erzählt, die mit einem BMW-Cabrio aus Hannover gekommen ist. Das könnte doch diese Andrea gewesen sein, von der Ulrike Lüken gesprochen hat. Sie war mit zwei weiteren Frauen in dem Laden und sie haben Scherbellenskoppen mit Omagesichtern gekauft.«

»Eilert soll mal bei der KFZ- Zulassungsstelle nachforschen«, schlug Thorge vor. »Es gibt bestimmt nicht so viele Autofahrerinnen mit dem Vornamen Andrea in Hannover, die ein schwarzes BMW-Cabrio fahren.«

Es dauerte nicht lange, bis Eilert sich meldete. Er lehnte am Türrahmen und machte es spannend:

»Alsooo, Frauen mit BMW-Cabrio scheint es in Hannover und umzu wie Sand am Meer zu geben. Und fast alle Wagen sind schwarz.

Sind auch etliche Besitzerinnen mit A darunter, aber nur zwei mit dem Namen Andrea. Und die eine davon hat für ein Jahr den Führerschein abgeben müssen. Überhöhte Geschwindigkeit!«

»Nun mach schon!«, drängelte Janne.

»Kandidatin Nummer zwei heißt Andrea Schröter und wohnt in Berenbostel, Corinthstraße 210. Hier ist die Festnetznummer!«

Janne riss ihm den Ausdruck aus der Hand, reichte ihn an Thorge weiter und meinte: »Mach mal einen kurzfristigen Termin! Bei deiner sympathischen Stimme klappt das bestimmt sofort!«

Sie hatte Recht. Schon für den späten Vormittag sagte Andrea Schröter zu.

»Die hat aber auch eine wirklich sympathische Stimme«, neckte Thorge.

»Red nicht rum. Wir müssen uns auf den Weg machen. Zweieinhalb Stunden brauchen wir bestimmt. Wir nehmen den Volvo, ist dezenter.«

Diesmal warf Janne Thorge den Wagenschlüssel zu.

»Sollst auch mal ein richtiges Auto fahren. Und vorher tanken!«

»Der findet die Straße nicht!«

»Corinth schreibt man auch mit C und am Ende mit th, Herr Kommissar!«

Mit sonorem Brummen sprang der betagte Wagen an und Thorge folgte der inzwischen hinreichend bekannten Route bis zur Autobahnauffahrt Leer-Ost, um sich dann auf die wenig befahrene A 28 zwischen niederländischen Lastwagen einzufädeln. Thorges anfängliche Hemmungen unter Jannes kritischen Augen schwanden mit jedem Kilometer und mit leichtem Schrecken stellte er fest, dass er 160 km/h schon weit überschritten hatte. Janne schaute betont unbeteiligt aus dem Fenster auf die moorigen Weiden und die Baumschulen im vorbeiziehenden Ammerland. Schon bald hatten sie Oldenburg hinter sich und bogen bei Bremen-Stuhr auf die vielbefahrene A 1. Die LKW auf der rechten Spur kamen nur langsam voran und wie fast immer staute sich der Verkehr auf allen Spuren ab Bremen-Hemelingen. Hinter dem Bremer Kreuz auf der A 27 ging es dann zügig weiter.

»Ach, wir sind noch gut in der Zeit, ich lad dich auf einen Kaffee ein«, sagte Janne.

»Fahr mal Verden-Nord ab.«

»Wieso Verden?«

»Da hab ich mal nach einem anstrengenden Einsatz ein himmlisches Stück Torte gegessen.«

Unter dem Protest seines Navis schlängelte sich Thorge in die Innenstadt von Verden, wo sie hinter der Fußgängerzone auf einem Firmenparkplatz »Nur für Kunden« den Volvo abstellten. Zielsicher steuerte Janne neben dem Dom eine kleine Konditorei an, in der sie sich Kaffee und Croissants bestellten. Eine Fülle lecker aussehende Torten und hausgemachte Pralinen in der Auslage fesselte Thorges Blick. Er hätte gerne noch mal zugegriffen, aber Janne drängte zum Aufbruch.

»Ich will hier nur noch schnell was kaufen, bevor wir wieder starten«, sagte sie.

Die adrette Verkäuferin hinter dem Glastresen blickte sie fragend an.

»Was darf es sein?«

»Vier Pferdeäpfel, als Geschenk bitte! Ach, den Domschatz können Sie mir auch noch einpacken!«

Im Gegensatz zu Thorge war die Verkäuferin keineswegs irritiert, sondern griff zu einer Kiste köstlich aussehender Pralinen und weniger köstlich aussehenden Dingern, die entfernt an sehr große Rumkugeln erinnerten, Pferdeäpfeln jedoch wirklich verdächtig ähnlich sahen.

»Für Leni«, meinte Janne. »Die mag sowas.«

Während der restlichen Fahrt konnte Thorge nur noch an die Pralinen auf dem Rücksitz denken. Er hätte gerne gewusst, wie Pferdeäpfel schmecken.

Erst vor Hannover-Herrenhausen meldete sich das Smartphone wieder und leitete sie Richtung Garbsen. Hier sah es aus wie fast überall: Discounter, die üblichen Textilketten, graue Häuser und Wohnblocks im Wechsel mit anthrazitfarbenen Häusern, schiefergrauen Dachziegeln, betongrauen Pflasterungen, titangrauen Fenstern.

Bei Corinthstraße 210 handelte es sich um ein nicht graues Einzelhaus am Ortsrand von Berenbostel. Mit einem BMW-Cabrio davor. Andrea Schröter erwartete sie schon und stand in der Tür, bevor sie die Klingel drücken konnten.

»Ja, wir haben uns den Spaß gemacht, so wie früher in Heidland an Martini mit Scherbellenskoppen zu laufen«, sagte Andrea, nachdem Thorge und Janne im Wohnzimmer in zwei ausladenden Sesseln Platz genommen hatten.

»Und wer war mit Ihnen unterwegs?«, wollte Janne wissen.

»Das waren Wiebke und Gesa. Wir haben uns neulich zufällig wieder über Facebook entdeckt und ein paar Erinnerungen ausgetauscht. Dabei kam uns die Idee mit den Scherbellenskoppen, so wie damals, als wir als Jugendliche damit von Haus zu Haus gelaufen sind. War gar nicht so einfach, noch welche zu bekommen. Und die Klamotten haben wir bei Wiebkes alter Tante in einer Truhe auf dem Dachboden gefunden. Die Nachkriegsgeneration hebt ja aus Angst vor schlechten Zeiten immer noch alles auf. «

»Ja, von den hübschen Flanellnachthemden habe ich bereits gehört«, sagte Janne. »Und was hatten Sie an den Füßen?«

»Wir hatten uns witzige, gelbe Plüschpuschen in Entenform gekauft. Das war uns der Spaß wert.«

»Wann sind Sie denn losgegangen?«

»Wir haben uns vormittags bei Wiebke getroffen und dann mussten wir noch in Stikelkamp die Scherbellenskoppen besorgen. Nach dem Abendbrot haben wir uns verkleidet und Wiebkes Mann hat uns gegen acht nach Heidland gefahren. Wir wollten doch ein bisschen trinken. Ein Schnaps gehört beim Scherbellenskoppenlaufen dazu. In Heidland haben wir dann unsere ehemaligen Mitschülerinnen und einen Mitschüler besucht, die noch dort wohnen. Es war lustig, wie sie herumgerätselt haben, wer wir wohl sein könnten. Hat aber keiner geraten, oder doch?« Andrea zögerte kurz. »Wie sind Sie denn eigentlich auf mich gekommen?«

»Naja, als Kriminalhauptkommissarin eben!« Janne schmunzelte. »Geben Sie uns doch mal die Namen und Adressen der beiden, mit denen sie an Martini unterwegs waren.«

Andrea Schröter gab bereitwillig Auskunft. Ihre beiden Schulfreundinnen wohnten in Warsingsfehn.

24. November

»Die Spur ist leider auch ins Leere gelaufen«, sagte Janne bei der Dienstbesprechung, nachdem Thorge und sie mittags aus Warsingsfehn zurückgekommen waren.

»Wir müssen die drei Frauen von unserer Verdächtigenliste streichen, obwohl die beiden aus Warsingsfehn sehr misstrauisch waren und geradezu aggressiv auf unsere Fragen reagiert haben.«

Eilert grinste. »Ja, man sagt ja nicht zu Unrecht: Wer eine Frau vom Fehn hat, der braucht keinen Hund!«

Janne verkniff sich ein Lachen.

»Die drei Frauen waren den ganzen Abend zusammen und geben sich gegenseitig Alibis. Ich kann mir auch nicht vorstellen, dass die ein Motiv gehabt haben könnten, das Ehepaar Krämer umzubringen.«

»Solange die Scherbellenskoppen zu mehreren oder als Paare unterwegs waren, entlasten sie sich ohnehin gegenseitig. Es sei denn, sie haben sich zeitweise getrennt, so wie Markus und Petra Hafer und Mettjes«, sagte Eilert.

»Oder die Tat gemeinsam begangen haben«, warf Franziska ein.

»Patrick war es auch nicht«, ergänzte Thorge. »Seine Freundin gibt ihm Alibis, sowohl für den Martiniabend als auch für den Zeitpunkt des Einbruchs.«

»Markus Hafer hat ein Motiv«, sagte Janne. »Er war scharf auf das Haus von Meyers, das Krämers ihm weggeschnappt haben. Jetzt, wo sie tot sind, steht das Haus erneut zum Verkauf und er könnte es bekommen.«

»Er wohnt doch ganz schön an der Dorfstraße«, sagte Thorge. »Weshalb sollte er dort wegziehen wollen?«

»Das Haus ist nur gemietet und du kennst die Ostfriesen nicht. Die brauchen ihre eigenen vier Wände, um die sie möglichst weiträumig herumgehen können.«

»Also ein Haus mit Garten«, stellte Thorge fest.

»Ja, und das möglichst mit spätestens 25 Jahren, zumindest aber noch vor der Hochzeit.«

»Du hast es ja immerhin noch mit 45 geschafft, das Haus, meine ich.« Thorge schmunzelte.

»Markus Hafer steht auf unserer Verdächtigenliste«, sagte Janne, »und Gerd Mettjes. Rache ist ein starkes Motiv.«

»Was ist mit der Hexe?«, fragte Franziska.

»Wir wissen immer noch nicht, wer das war. Sie ist in keinem der Häuser gewesen. Wir haben alle Nachbarn befragt. Frau Becker war sich sicher, dass es ein Mann war, der unter der Verkleidung steckte«, sagte Janne.

»Und was ist mit dem Einbruch?«, fragte Eilert. »Hängt der irgendwie mit dem Tötungsdelikt zusammen oder hat nur jemand die Gelegenheit genutzt, dass Krämers Haus leer stand?«

»Wie Frau Hillrichs sagte, ist außer dem Fernseher nichts weggekommen. Oder haben wir vielleicht etwas übersehen?«, sagte Janne.

»Lass uns noch mal die Fotos anschauen«, schlug Thorge vor.

Auf dem Whiteboard waren die Fotos vom Tatort mit Magneten befestigt, oben die Bilder beim Auffinden der beiden Leichen.

Krämers Wohnzimmer war aus mehreren Perspektiven abgelichtet. Auch der große Flachbildschirm war darauf zu sehen. Die Fotos vom Einbruch hingen etwas tiefer.

»Fällt dir auf den unteren Bildern etwas auf?«, fragte Janne.

»Der Fernseher fehlt«, antwortete Thorge.

»Ach, du Schlaumeier!« Janne lachte. »Nee, schau mal hier das Foto von der Terrassentür an! Frau Hillrichs hat doch gesagt, dass sie die Glasscherben zusammengekehrt hat. Aber dabei war sie zum Glück nicht ganz sorgfältig.«

»Wie meinst du das?«, fragte Thorge.

»Wenn du genau hinschaust, siehst du auf der Terrasse kleine Glitzerpunkte. Es könnten Glassplitter sein, die die Spurensicherung übersehen hat. Das würde bedeuten, dass die Scheibe von innen eingeschlagen wurde und die Splitter nach draußen gefallen sind.«

»Und die Scherben, die drinnen lagen, wurden nur zum Täuschen dort verteilt«, führte Thorge den Gedanken fort.

»So seh ich das auch«, sagte Janne. »Und der Diebstahl des Fernsehgerätes war vermutlich auch nur ein Ablenkungsmanöver, um uns auf eine falsche Fährte zu locken.«

»Wer könnte denn einen Einbruch vortäuschen wollen?«, überlegte Thorge laut.

»Natürlich der Täter. Der könnte durch die Eingangstür ins Haus gelangt sein. Du erinnerst dich, dass Frau Hillrichs von einem verschwundenen Haustürschlüssel sprach.«

»Ja, und er oder sie hat etwas Bestimmtes gesucht, zumindest keinen Schmuck und wohl auch keinen Fernseher. Wenn wir nur wüssten, was das sein könnte. Dann hätten wir wahrscheinlich das Motiv und den Täter.«

»Wir fahren nach Heidland und sehen uns dort noch mal um«, beschloss Janne. »Er oder sie muss es im Wohnzimmer gefunden haben oder im Arbeitszimmer, sonst wären die anderen Räume auch durchwühlt worden.«

Janne nahm sich in Krämers Haus zuerst die Aktenordner im Arbeitszimmer vor. Der Einbrecher hatte sich dort offensichtlich zu schaffen gemacht, denn Frau Hillrichs hatte festgestellt, dass die Leselampe verrückt worden war.

Jeder Ordner hatte vorne ein Blatt mit einem Inhaltsverzeichnis. Herr Krämer hatte alle Blätter sorgfältig mit Seitenzahlen aufgelistet. Das machte die Überprüfung einfacher. Janne nahm sich wieder mal vor, ihre privaten Unterlagen zu sortieren, die erst einmal alle in einem Karton gelandet waren.

Der Ordner mit der Aufschrift »Familie« enthielt die Geburtsurkunden von Robert und Ursula Krämer sowie die Heiratsurkunde. Janne sah sich das Datum an. In vier Jahren hätten die beiden ihre Goldene Hochzeit gefeiert. Sie hatten jung geheiratet. Es ist sicher ganz gut, dass sich die jungen Leute heute mehr Zeit lassen, bevor sie heiraten, dachte Janne. Aber Krämers hatten wohl eine glückliche Ehe geführt, wie Frau Hillrichs meinte.

Nach den Papieren der Eltern kamen die Geburts- und Taufurkunden der Kinder Birgit und Peter. Danach folgte eine Bevollmächtigung im Falle einer Pflegebedürftigkeit. Die war auf Birgit ausgestellt. Ja, so ist das. Für die Pflege der Eltern sind immer die Töchter oder Schwiegertöchter zuständig, dachte Janne mit etwas schlechtem Gewissen. Ich kann Edda gar nicht genug danken, dass sie sich um Papa kümmert. Ich werde ihr zu Weihnachten einen Gutschein für einen kleinen Wellnessurlaub schenken, beschloss sie spontan. Und ich kümmere mich in der Zeit um Papa.

Zum Schluss war das Testament abgeheftet. Krämers hatten beide Kinder zu gleichen Teilen als Erben für das Haus in Heidland eingesetzt. Die Eltern waren bestrebt gewesen, ihre Kinder gerecht zu behandelt. Der Sohn Peter sollte zudem aus der Lebensversicherung von Robert Krämer einen Betrag von zweihunderttausend Euro als Ausgleich bekommen, da die Tochter Birgit bereits die Eigentumswohnung in Bochum übernommen hatte.

In dem Ordner mit der Aufschrift »Versicherungen« befanden sich alle möglichen Verträge: Unfallversicherung, Autoversicherung, die Police über die Lebensversicherung, eine Haftpflichtversicherung, Versicherungen gegen Sturmschäden, Feuer und Wasser. Krämers hatten versucht, sich gut gegen Schadensfälle abzusichern. Aber gegen Mord kann man sich nicht versichern, dachte Janne. Es berührte sie immer wieder, wenn sie die Papiere von Toten durchforstete und dabei von deren Träumen und Ängsten erfuhr. Häufig kam sie sich wie eine Schnüfflerin vor. Aber schon oft hatte sie in den Akten wichtige Hinweise gefunden, die zur Aufklärung eines Falles beigetragen hatten. Vielleicht habe ich Glück und finde hier auch etwas, hoffte sie. Die Unterlagen über die Rentenversicherung waren hinten im Ordner abgeheftet. Herr Krämer hatte eine gute Rente bezogen, die von Frau Krämer war geringer ausgefallen, wie üblich, wenn Frauen sich eine Zeitlang aus dem Berufsleben zurückziehen mussten, um sich um ihre Kinder zu kümmern. Da hakt es noch erheblich mit der Gleichstellung von Mann und Frau, dachte Janne. Sie war aber froh, dass Krämers auch als Rentner ein gutes Auskommen gehabt hatten. Hoffentlich hatten sie sich noch viel Schönes gegönnt.

Der letzte Ordner mit der Aufschrift »Haus« enthielt den Kaufvertrag für das Haus in Heidland mit Grundstück in der Größe von 1.500 Quadratmetern und einem kleineren Flurstück von 182 Quadratmetern.

»Was kann man denn mit so einem kleinen Grundstück anfangen?«, fragte Janne.

»Das könnte ein Weg sein«, meinte Thorge, der ihr gerade über die Schulter blickte.

»Ja richtig! An der Zuwegung vom Moorpadd hierher steht ja auch das Schild ›Privat‹.«

Janne blätterte weiter. Es folgten Finanzierungsmodelle für das Haus. Eine kleine Hypothek war im letzten Jahr getilgt worden. Das

Haus war offenbar inzwischen abbezahlt. Dann waren noch Verträge für die Energieversorgung, Telefon und Internet abgeheftet.

Janne schaute sich das Inhaltsverzeichnis noch einmal an.

»Ach, sieh mal an!«, entfuhr es ihr plötzlich. »Hier fehlen Seiten, die Seiten fünf, sechs und sieben.« Sie hielt Thorge den Ordner hin. »Nach dem Inhaltsverzeichnis müssten das die Auszüge vom Katasteramt mit den Lageplänen sein.«

»Weshalb sollte Herr Krämer die denn herausgenommen haben und wo sind sie? Die Papiere im Schreibtisch habe ich beim letzten Mal schon durchgesehen. Da waren sie nicht dabei«, erinnerte sich Thorge.

»Vielleicht finden wir das Geheimnis ja in den Lageplänen«, überlegte Thorge.

»Für heute ist es zu spät, aber ich werde das morgen bei einem Besuch im Katasteramt klären«, sagte Janne.

»Wenn es keiner von den Scherbellenskoppen war, sollten wir uns wieder auf die Spur von Peter Krämer konzentrieren«, sagte Thorge.

»Ja, vielleicht war der Sohn es ja doch und die angeblich geplante Aussprache, die Frau Hillrichs erwähnte, ist eskaliert und endete im Familiendrama. Er soll ein Hitzkopf gewesen sein. Und jetzt erbt er zweihunderttausend Euro aus der Lebensversicherung. Geldgier ist doch ein überzeugendes Motiv. Ist Eilert denn mit seiner Suche nach dem Auto weitergekommen?«, fragte Janne.

»Nein, der Mercedes wurde noch nicht zurückgegeben. Vielleicht ist Peter Krämer damit auf der Flucht.«

»Eilert soll mal eine Fahndung nach dem Wagen durchgeben. Habt ihr denn noch mal bei der Schwester in Bochum nachgefragt?«, fragte Janne.

»Längst geschehen, sogar mehrfach, hat Franziska erledigt. Bisher ist er dort nicht gewesen, aber seine Schwester hat zugesagt, uns sofort zu informieren, falls ihr Bruder bei ihr auftaucht oder sich telefonisch meldet. Und bei der Bank in London haben wir uns natürlich auch erkundigt. Die geben uns auch Bescheid, wenn er dort erscheint. Sein Urlaub ist inzwischen längst vorbei.«

»Gut, dann bleibt uns erst einmal nichts anderes übrig, als auf das Fahndungsergebnis zu warten. Vielleicht haben wir Glück und finden ihn bald«, sagte Janne.

Das mit dem Einbruch wäre überflüssig gewesen, wenn er die Papiere gleich mitgenommen hätte. Aber die Idee, die Terrassentür einzuschlagen, obwohl er den Haustürschlüssel hatte, war gut gewesen. Geschicktes Ablenkungsmanöver, dachte er zufrieden. Da kommt sie nicht drauf.

25. November

»Ihr seid die Räuber«, bestimmte Max. Er hatte sich mit anderen Dorfkindern in Parks Busch zum Räuber und Gendarm Spielen verabredet.

»Aber ich will auch mal Gendarm sein!«, maulte Paul.

»Beim nächsten Mal.« Max gab sich gönnerhaft. »Los, versteckt euch. Ich zähle bis dreißig.«

Die fünf Jungen, die die Rolle der Räuber übernommen hatten, stoben in alle Himmelsrichtungen auseinander und versteckten sich hinter kleinen Hügeln und Buschwerk oder kletterten in die Bäume. Max war gerade bei dreiundzwanzig angekommen, als Pauls gellender Schrei durch den Wald drang. Augenblicklich sprangen alle Jungen aus ihren Verstecken und rannten zusammen in die Richtung, aus der der Schrei gekommen war. Paul zitterte am ganzen Körper. Er bekam nur ein stammelndes »Ddaa« heraus. Die Jungen starrten erschrocken auf die Stelle, auf die Paul zeigte. Aus einem Haufen Gestrüpp und Blättern ragte ein Fuß hervor. Max hatte als erster die Fassung wiedergewonnen und gab sich betont cool.

»Das ist ein Toter. Nichts anfassen! Ich ruf gleich mal meine Kollegen an«, verkündete er vollmundig. Er zog sein Handy aus der Tasche und wählte 110, wie er es am Tag der offenen Tür bei der Polizeiinspektion Leer/Emden gelernt hatte.

Als das Telefon klingelte, nahm Franziska den Anruf entgegen.

»Bei der Leitzentrale in Wittmund ist ein Notruf eingegangen. Ein Kind gibt an, in Heidland im Wald einen Toten entdeckt zu haben«, informierte sie Janne.

»Gib mal her!« Janne übernahm den Hörer und hörte einige Minuten aufmerksam zu.

»Wir schicken erst einmal zwei Kollegen vom Streifendienst hin«, ordnete sie an.

»Die sollen schauen, ob an der Geschichte was dran ist.«

Zwanzig Minuten später riefen die Kollegen aus Heidland zurück und bestätigten den Leichenfund.

»Wir sind in einer Viertelstunde da«, sagte Janne. Dann suchte sie nach Thorge, der kurz vorher das Büro verlassen hatte, aber sie fand ihn nicht.

»Ich fahre schon mal alleine los. Informiere bitte die Spurensicherung und Thorge«, beauftragte sie Franziska. »Sie sollen nach Heidland kommen.«

Nach schneller Fahrt, ohne Berücksichtigung der Geschwindigkeitsbegrenzungen, hatte sie zehn Minuten später den kleinen Halteplatz neben Parks Busch erreicht. Fünf Jungen umringten den Kollegen von Streifendienst. Max lief aufgeregt hin und her. Als er Janne ankommen sah, fuchtelte er wild mit den Armen und zeigte in das Wäldchen.

»Da längs«, rief er ihr zu, als sie ausgestiegen war, und wollte voranpreschen.

»Du bleibst hier!«, bestimmte Janne und ging allein los. Sie bahnte sich einen Weg durch das Unterholz und passte auf, wohin sie trat, um nicht über Baumwurzeln zu stolpern, die sperrig aus dem Boden ragten. Sie duckte sich unter den tief hängenden Ästen hindurch und war froh, dass sie ihre Lederjacke angezogen hatte, sonst hätte sie sich an dem Gestrüpp wahrscheinlich die Ärmel aufgerissen. Es war das erste Mal seit ihrer Kindheit, dass sie dieses kleine Waldstück betrat. Für einen Augenblick fühlte sie sich wieder wie neun oder zehn, als sie mit ihren Freunden hier Räuber und Gendarm gespielt hatte.

Ein niedriger Zweig streifte ihr Gesicht und riss sie wieder zurück in die Gegenwart. Die kleine Schramme auf ihrer Wange brannte und Janne tupfte das Blut schnell mit einem Papiertaschentuch ab.

Am Fundort der Leiche wartete der zweite Polizist vom Streifendienst. Kurze Zeit später trafen auch die Kollegen von der Spurensicherung ein. Sie entfernten Zweige und Laub und als die Leiche freigelegt war, erkannte man die Überreste eines Mannes. Nachdem der Fundzustand ausreichend mit Fotos dokumentiert war, drehten die Kollegen die Leiche vorsichtig um.

»Es sieht so aus, als habe man ihm in den Rücken geschossen«, sagte einer.

Die Verwesung war nicht weit fortgeschritten, da es in den letzten Tagen sehr kalt gewesen war, aber offenbar hatten sich Tiere an der Leiche zu schaffen gemacht. Janne kniete sich hin und schaute sich den Kopf genauer an. Reste von dunklen Haaren klebten in spärlichen Strähnen an der sich allmählich ablösenden Kopfhaut. Das Gesicht war durch Tierfraß unkenntlich geworden. Aber dann fiel ihr etwas auf. An einem Ohr, das nur noch in Teilen vorhanden war, entdeckte sie einen Ohrring. Es gab zwar heutzutage viele Männer, die Ohrringe trugen, aber dieser war mit zwei Brillanten besetzt und Janne hatte ihn schon einmal gesehen.

Inzwischen war auch Thorge eingetroffen. Sie übergaben Max und die anderen Kinder der Obhut der Streifenpolizisten mit der Anweisung, sie zu den Eltern zu bringen und eine psychologische Betreuung zu veranlassen. In den nächsten Tagen sollte zusätzlich ein

Traumapsychologe eingeschaltet werden, der die Kinder zu untersuchen hätte. Max folgte nur widerwillig. Im Moment hatte Janne den Eindruck, dass die Kinder den Leichenfund eher als Abenteuer empfanden. Zum Glück hatten sie nur den Fuß gesehen.

Janne und Thorge überließen den Fundort den Kollegen von der Spurensicherung, die akribisch die übliche Foto-Dokumentation und die Untersuchung der Umgebung durchführten. Selbst die in dieser Jahreszeit spärlichen Insekten und Insektenlarven aus der unmittelbaren Nähe des Toten wurden in beschrifteten Plastiktüten gesammelt, ebenso einige aus dem weiteren Umkreis. Man brauchte sie eventuell, um Todeszeitpunkt und vielleicht auch Tötungsort zu klären. Nach einer Tatwerkwaffe suchten die Kollegen vergebens.

Hinter den Absperrungen sammelte sich Publikum. Wer war der Tote? War es jemand aus dem Dorf? Spekulationen machten die Runde. Janne entschied, den Leichnam schon jetzt nach Abschluss der Spurensicherung vom Bestatter abholen und in einen Kühlraum bringen zu lassen. Dort sollte dann die erste ärztliche Leichenschau mit Ausstellung eines vorläufigen Totenscheines erfolgen und man hätte Zeit, vom Staatsanwalt die Obduktion anordnen zu lassen. Hier war zu viel Öffentlichkeit. Janne und Thorge gaben dem Bestatter ihre Anweisungen und ließen den Tatort sichern. Dann rückten sie zusammen mit den Kollegen von der Spurensicherung ab, bevor die örtlichen Vertreter der Presse erschienen.

Nun hatten sie den Toten doch schon gefunden. Schneller als gedacht. Konnte man ja nicht ahnen, dass die Kinder heutzutage immer noch Räuber und Gendarm spielten, anstatt sich mit der Playstation zu beschäftigen. Wäre besser gewesen!

Der Tote hatte keine Papiere bei sich, aber Janne war sich sicher, dass das Opfer Peter Krämer sein musste. Der Ohrschmuck war zu typisch. Sie erinnerte sich an das Foto von Peter Krämer auf dem

Kaminsims im Haus seiner Eltern. Eine Identifizierung des Toten durch Inaugenscheinnahme war sinnlos. Das Gesicht war unkenntlich. Vielleicht würde man noch charakteristische Tätowierungen finden. Ansonsten blieb die DNA-Analyse zur Identifizierung im Vergleich mit der DNA der Eltern. Fingerabdrücke würden genommen werden und der Zahnstatus erfasst. Möglicherweise konnten auch die Londoner Kollegen helfen bei der Beschaffung der Vergleichs-DNA von der obligatorischen Haarbürste.

»Gibt es schon Nachricht von der Rechtsmedizin?«, fragte Thorge, als er ins Büro kam.

»Ja, die DNA-Analyse hat ergeben, dass es sich bei dem Toten um Peter Krämer handelt«, berichtete Janne.

»Dann können wir ihn wohl von der Verdächtigenliste streichen«, sagte Thorge trocken. »Und die Todesursache?«

»Ihm wurde in den Rücken geschossen, mit derselben Waffe, mit der auch seine Eltern getötet wurden.«

»Dann müssen wir wohl von ein und demselben Täter ausgehen.«

»Ja, wahrscheinlich, aber warum bringt in Heidland jemand drei Familienmitglieder um? Wir wissen immer noch nichts über das Motiv.«

»Vielleicht geht es um eine Familienfehde«, sagte Thorge. »Dann wäre die Tochter in Bochum möglicherweise auch in Gefahr. Dass die Tötungsdelikte in Heidland stattfanden ist vielleicht eher Zufall, weil die drei Personen sich gerade dort befanden.«

»Oder kann es sein, dass die Tochter oder ihr Mann etwas mit den Verbrechen zu tun haben?«, fragte Janne.

Thorge nickte. »Das müssen wir auch in Erwägung ziehen und deren Alibis noch mal überprüfen.«

»Vielleicht habe ich mich ja mit der Idee verrannt, es müsste einer von den Scherbellenskoppen gewesen sein.« Janne senkte den Kopf und wirkte mutlos.

»Dann haben wir die ganze Zeit die falsche Spur verfolgt und sind bis jetzt keinen Schritt weiter gekommen.«

»Ach komm«, Thorge versuchte, sie aufzumuntern. Wir haben doch bisher eine Menge erreicht und zumindest wissen wir, wer es nicht war. Und jetzt gehen wir erst einmal etwas essen. Mit leerem Magen lässt es sich schlecht denken.«

Janne nahm seinen Vorschlag dankbar an. Als sie sich in der Kantine gegenübersaßen, fragte Thore unvermittelt: »Wie lange ist das jetzt her, dass ich bei dir in Middels-Möhlen war?«

Janne verstand die Frage nicht so recht.

»Wofür ist es wichtig, das zu wissen?«, antwortete sie mit einer Gegenfrage.

»Ach nee, eigentlich für nichts, aber wir hatten doch abgemacht, dass du einen Gegenbesuch zu uns nach Weener machst.«

»Du hast ja eine ziemlich umständliche Art, eine Einladung auszusprechen.« Janne lachte. Wer *uns* war, hatte sie inzwischen herausgefunden.

»Also, was wolltest du mir mitteilen?«

»Renko und ich möchten dich gern zum Adventskaffee einladen. Es ist ein bisschen kurzfristig, ich weiß, aber Renko hat im Augenblick so viele Termine. Ich habe ihm schon so viel von dir erzählt und er freut sich, dich kennenzulernen.«

»Das gilt umgekehrt ebenso, danke für die Einladung. Ich komme gerne«, antwortete Janne und es klang fast genauso förmlich.

26. November

Entspannt war Janne nicht. Die Wahl der Kleidung allein nahm schon mehr Zeit in Anspruch als sonst. Sie entschied sich für ihren einzigen Hosenanzug.

Der Film »Monsieur Claude und seine Töchter« kam Janne in den Sinn, als sie die Haustür abschloss und zu ihrem Auto ging. Monsieur

Claude hatte mit der ungewöhnlichen Partnerwahl seiner Töchter zu kämpfen. Janne war neugierig auf Thorges Partner, für den er seinen Posten in Kiel aufgegeben hatte. Ich hoffe, er ist es wert, dachte sie. Bisher wusste sie nur von ihm, dass er Architekt war und sich den Erhalt historischer Bauwerke auf die Fahnen geschrieben hatte. Das machte ihn für Janne von vornherein sympathisch. Ob er Ostfriese war? Sein Name ließ es zumindest vermuten.

Sie musste über sich selbst lächeln, als sie daran dachte, dass sie am Vortag noch in die Waschstraße gefahren war und dem alten Volvo das Programm Spezial mit Nano-Glanz gegönnt hatte. Sie wollte einen guten Eindruck machen.

Es war nicht weit von Middels-Möhlen nach Weener. Vom Deich aus konnte man den Ort auf der gegenüberliegenden Seite der Ems sehen. Die Friesenbrücke, einst die größte Eisenbahnklappbrücke Deutschlands oder gar Europas, hatte die Ufer und die Orte verbunden, eifrig genutzt von Fußgängern und Radfahrern. Viele Pendler waren diesen Weg gefahren und Tausende von Touristen. Damit war es aus und vorbei. Ein Frachter hatte die denkmalgeschützte Brücke gerammt und zerstört. Jetzt sah sie aus wie ein zahnloser Unterkiefer. Das würde wohl auch noch über viele Jahre so traurig aussehen.

Die kleine Fähre, die seit kurzem ihren Dienst versah, war leider kein ausreichender Ersatz. Sie war tideabhängig und konnte die Ems nur eine kurze Zeit vor und nach Hochflut überqueren. Zudem war sie nur von Anfang März bis Ende Oktober im Einsatz. Für Berufspendler war das kein Fortschritt, aber immerhin eine kleine Attraktion für Fahrradtouristen auf der internationalen Dollart- oder der Fehnroute.

Jetzt blieb Janne nur der Weg über Papenburg. Ein U-Turn von etwa 25 km und gut dreißig Minuten. Sie fuhr auf die Kreisstraße und durch den Nachbarort Völlen. Das über tausend Jahre alte Dörfchen hatte sich zu einem langweiligen Pendlerdorf entwickelt. Siedlungshaus reihte sich an Siedlungshaus und die wenigen markanten Altbauten waren grau geklinkerten Renditeobjekten im Toskana-Stil und postmodernen Villen gewichen. In den Vorgärten drohten steife Chiletannen mit ihren dolchspitzen Blättern wie schuppige Fossilien, pflegeleicht und immergrün. Durch ein Industriegebiet kurvte Janne nach Papenburg und damit ins Emsland, am Bahnhof zur Rechten vorbei, der Alten Werft und Luxusyachten zur Linken. An der Rheiderlandstraße säumten die riesigen Hallen der Meyer-Werft mit dem weltweit größten überdachten Baudock den Weg. Seit über dreißig Jahren hatte man sich hier auf den Bau von Kreuzfahrtschiffen spezialisiert und enorm expandiert. Die Werft war zu einem für die Region wichtigen Wirtschaftsfaktor geworden. Mit den Schiffen wuchs jedoch der Aufwand, die Ems für die Pötte passierbar zu machen. Es musste ununterbrochen gebaggert werden, Rohre und Spülfelder verschandelten die Landschaft und die ökologischen Folgen für den kleinen Strom und die Flussauen waren vernichtend.

Hinter der Brücke über die Ems verließ Janne wieder das Emsland und das ostfriesische Rheiderland begann. Zahlreiche Schulausflüge hatte ihre Klasse hierher gemacht. Daran musste sie denken, als sie Vellage passierte. Das kleine Dörfchen hatte eine uralte schiefe Kirche mit einem Hagioskop, Schießscharten ähnliche Mauerdurchbrüche im vorderen Drittel des Kirchenschiffes. So konnten Aussätzige außerhalb der Kirche am Gottesdienst teilnehmen, ohne den anderen Gemeindemitgliedern zu nahe zu kommen. Derartige Hagioskope, inzwischen meist zugemauert, gab es noch in vielen der alten ostfriesischen Kirchen. Auch die Kreuzkirche in Stapelmoor, dem nächsten Dorf, hatte ein solches Hagioskop. Die Kirche mit dem ungewöhnlichen Grundriss in Form eines Andreaskreuzes hatte keinen einzigen rechten Winkel.

Janne erreichte Weener viel zu früh. Die Zeit langte für einen kleinen Schlenker an den Deich und die Schleuse. Zu ihrem Bedauern stellte sie fest, dass Niedrigwasser war. Im Schlick lief nur ein winziges Rinnsal von der Schleuse in die Ems. Zwei Sportboote lagen am Steiger im Matsch. Sie mussten sicher noch zwei Stunden warten, bis das Wasser hoch genug stand und sie in den Hafen fahren konnten. Die Show in der Schleuse fiel für Janne also aus. Zurück in die Altstadt und in die malerische Norderstraße. Es war sehr ruhig auf den Straßen an diesem Sonntagnachmittag.

Die Kollegen aus Leer erlaubten sich manchmal scherzhaft herablassende Bemerkungen über die Dienststelle in Weener, wenn sie die Polizeiberichte lasen. Der Ort und das Rheiderland waren so friedlich. Vielleicht war das nicht immer so gewesen, denn im Volksmund hieß das Rheiderland auch Roverland, Räuberland. Jetzt wurden nur noch gelegentlich Ladendiebstähle gemeldet, mal ein Heuballen vom Feld geklaut oder Werkzeug vom Bau. Im letzten Sommer wurde in dem kleinen Freibad ein Exhibitionist festgenommen und regelmäßig kam es am Bahnhof zu Rauschgiftfunden bei Rückkehrern aus den Niederlanden. So richtig Schlimmes kam hier aber nicht vor. Aber zumindest eine Entführung soll es hier gegeben haben. Vor 1200 Jahren wurde der Großgrundbesitzer Reginhard von Wikingern entführt. Diesem Umstand verdankte Weener die erste urkundliche Erwähnung.

Janne parkte bei der Georgskirche, um sich die berühmte Arp-Schnitger-Orgel anzusehen. Das Portal war leider verschlossen. So bummelte sie zum neogotisch erbauten Organeum, dem Museum und Zentrum der Orgelkultur in dem an Orgeln reichen Ostfriesland. Nirgendwo gab es eine solche Dichte so alter Orgeln von namhaften Erbauern wie hier und im angrenzenden Groninger Land. Gegenüber vom Organeum war das wohl älteste Haus des Ortes aus dem 17. Jahrhundert renoviert worden, das sogenannte Fronehaus. Weitere architektonische Kleinode schlossen sich Richtung Hafen an, barocke Stadthäuser und klassizistische Villen. Hinter dem liebevoll und gekonnt restaurierten Stammhaus aus dem Jahre 1719 verbarg sich ein Baumarkt.

Erleichtert stellte Janne fest, dass jetzt Kaffeezeit war. Sie holte ihr Auto und fuhr langsam zum Alten Hafen. Traditionsschiffe lagen hier eng zusammen. Jedes hatte eine Geschichte zu erzählen und einige konnte man chartern für kleine Törns oder Feiern. Dichtgeschlossene Häuserreihen umstanden das Hafenbecken wie ein Bollwerk. Auf der Nordseite befanden sich niedrige giebelständige Kleine-Leute-Häuser und Speicher. Auf den Bänken davor saßen die Bewohner zum Klönschnack und Tee trotz der niedrigen Außentemperaturen. Korn wärmt. Auf der gegenüberliegenden Seite des Hafens überwogen traufenständige, zweistöckige Bauten und einige herrschaftliche Häuser. Hier irgendwo musste das Haus von Thorge und Renko sein. Es sei das schönste Haus in Weener, hatte Thorge ihr schmunzelnd erklärt. Janne stellte den Wagen ab, umrundete die Bronzeskulptur »Törfwievkes«, die an die harte Frauenarbeit beim Torfverladen in früheren Jahren erinnern sollte, und suchte die Hausnummer.

Thorge und Renko wohnten an der Südseite des alten Hafens. Kaum hatte Janne geklingelt, kam Thorge auch schon die Treppe heruntergerannt und öffnete ihr die Tür. »Hier unten hat Renko sein Architekturbüro«, sagte er und führte sie nach oben in das Wohnzimmer. Renko bediente gerade die Kaffeemaschine. Er war etwas älter als Thorge. Sein dunkles Haar war kurzgeschnitten und er trug einen gepflegten Dreitagebart. Noch so ein schöner Mann, der den Frauen verloren geht, dachte Janne. Wie ein typischer Ostfriese sieht er aber nicht aus. Vielleicht hat er auch hugenottische Vorfahren. Dann wäre ich womöglich mit ihm verwandt.

Bei Wikitree im Internet hatte sie gelesen, dass sie um zweiundzwanzig Ecken mit Königin Victoria in England verwandt sei. Da bräuchte es für die Verwandtschaft mit Renko auf der anderen Seite der Ems vermutlich höchstens fünf Ecken. Vielleicht war Guilliam Barth aus Gandersum die Verbindungsstelle.

»Moin Janne, ich darf dich doch so nennen, oder?« Renko begrüßte sie mit einem festen Händedruck. »Schön dich zu sehen.«

»Hallo Renko, ich freu mich auch, den Mann kennenzulernen, der Thorge nach Ostfriesland gelockt hat«, sagte Janne.

Dann schaute sie sich interessiert um. Der große Raum zog sich über die ganze vordere Front des Hauses. Fünf hohe historische Blockrahmenfenster gaben den Blick frei auf den alten Hafen.

»Schön habt ihr es hier«, sagte sie. Ihr gefiel die puristische Einrichtung im Bauhausstil. Das kantige Sofa und die beiden Sessel aus glänzendem Edelstahl und braunem Leder nach Entwürfen von Le Corbusier waren zwar nicht so kuschelig wie ihre Sofas, aber sie passten perfekt zu den schlichten klaren Linien der Architektur des Hauses mit seinen klassizistischen Anklängen. Die edlen und teuren Designerstücke verkörperten einen ganz anderen Wohn- und Lebensstil als Jannes etwas romantischer Landhausstil im Shabby Chic Look, der zum Teil sogar aus Fundstücken vom Sperrmüll stammte. Ich bin eben ein Landei, dachte sie. Außerdem könnte ich mir solche Designklassiker auch gar nicht leisten und Thorge wohl auch nicht. Seine Bezüge müssten etwa die gleichen sein wie ihre. Vermutlich war Renko ein erfolgreicher Architekt und irgendwie trug das hier auch seine Handschrift.

»Ich hab euch etwas mitgebracht«, sagte Janne. Da sie sich nicht entscheiden konnte, wem von den beiden sie das Geschenk überreichen sollte, legte sie es auf dem Glastisch ab.

»Was ist es?«, fragte Thorge neugierig.

»Wenn ich dir das gleich verraten wollte, hätte ich es gar nicht erst eingepackt.«

Renko überließ Thorge das Auspacken.

»Ostfriesland verstehen«. Er las den Buchtitel und schaute Janne fragend an.

»Ich dachte, es könnte euch gefallen«, sagte sie. »Es ist von einer Politikwissenschaftlerin geschrieben, kritisch, amüsant und informativ. Und sogar ich als Ostfriesin habe noch viel dazugelernt.«

Renko trat zu Thorge und warf einen Blick in das Inhaltsverzeichnis. Er schlug das dritte Kapitel über bekannte Persönlichkeiten aus Ostfriesland auf.

»Das ist ja interessant. Wir haben ja nicht nur den Komiker Otto hervorgebracht, sondern sogar einen Literatur-Nobelpreisträger und die erste examinierte Frauenärztin stammte aus Pewsum. Das hab ich auch noch nicht gewusst. Da weiß ich ja gleich, was ich heute Abend als Bettlektüre mitnehme.«

»Und dann liest du mir daraus vor, bis ich eingeschlafen bin«, fügte Thorge lachend hinzu.

»Ich finde das Kapitel über Ostfriesendeutsch mit Beispielen aus der ostfriesischen Tagespresse besonders amüsant. Leider muss ich zugeben, dass mir das falsche Deutsch oft gar nicht mehr auffällt und ich befürchte, dass ich ab und zu auch schon so spreche, Subjekt oder Prädikat einfach weglasse und auch noch gleich auf den Artikel verzichte. Wir armen Plattdeutschen haben ja auch nur zwei davon«, sagte Janne.

»Ich werde dir in Zukunft besonders gut zuhören«, versprach Thorge.

»Das will ich hoffen!«

Die Hightech Kaffeemaschine röchelte und blubberte. Thorge führte Janne zum Kaffeetisch, der mit einem schlichten weißen Damasttuch gedeckt war. Vier weiße Stumpenkerzen auf einem silbernen Tablett in der Mitte des ovalen Tisches waren das einzige Zugeständnis an die Adventszeit. Zusammen mit dem schnörkellosen weißen Service wirkte alles sehr edel. Janne vermutete, dass das Geschirr ein dänisches Design war und hätte gerne gewusst, von welcher Firma es stammte. Sie erinnerte sich, dass eine neugierige Tante von ihr früher immer heimlich unter die Tassen geschaut hatte, wenn sie zu Besuch gewesen war, um zu sehen, ob es sich um Porzellan einer namhaften Firma oder um ein Billigprodukt handelte. Einmal hatte sie dabei vergessen, dass ihre Kaffeetasse schon gefüllt war und der Inhalt hatte sich über die Tischdecke ergossen.

»Oh, Ostriesentorte?«, fragte Janne erstaunt.

»Ja, und sie schmeckt wie selbstgebacken«, antwortete Thorge. »Ist sie nämlich auch!«

»Ach, ich wusste gar nicht, dass du so hausfrauliche Talente hast.«

»Das war jetzt aber sexistisch«, sagte er scheinbar empört. »Hast du noch nichts von gendergerechter Sprache gehört?«

Janne war ihr Fauxpas etwas peinlich.

»Sorry, ich meinte natürlich herrliche Talente«, sagte sie schnell. Thorge musste lachen.

»Ganz abgesehen davon, Renko hat die Torte gebacken.«

»Sie schmeckt vorzüglich«, sagte Janne, »kann ich das Rezept haben?«

»Ja, kannst du gerne«, sagte Renko. »Ich hab das Originalrezept von meiner Oma allerdings ein bisschen abgewandelt und die Rosinen in Rum eingelegt, anstatt in Branntwein.«

Das hätte mich auch gewundert, dachte Janne, wenn er den billigen Alkohol genommen hätte.

»Erzähl doch mal ein bisschen von deiner Arbeit«, bat Janne ihn, »Thorge sagte, dass du dich für den Erhalt historischer Gebäude einsetzt. Das finde ich spannend. Ich wohne nämlich auch in einem alten Haus. Die alten Gemäuer mit ihrer langen Geschichte haben eine besondere Ausstrahlung. Man erlebt ein ganz anderes Wohngefühl als in Neubauten.«

»Ja, das finde ich auch«, stimmte Renko ihr zu. »Aber es ist oft nicht so leicht, Hausbesitzer davon zu überzeugen. Es ist meistens billiger, ein Haus abzureißen, als es aufwändig zu restaurieren. Mein alter Architekturprofessor hat immer gesagt, Abriss ist die Bausünde von morgen. Da werden dann einfach Gebäude als baufällig erklärt, weil man das Grundstück gewinnbringend an eine Discounterkette verkaufen kann.«

»Und dann folgt das Sterben der kleinen Läden. Hast du die vielen mit Papier verklebten Schaufenster in der Norderstraße gesehen? Lauter Leerstände«, ergänzte Thorge.

»Ja, das hab ich bei meinem kleinen Spaziergang vorhin registriert.«

»Aber eine Reihe alter Gebäude haben wir hier retten und sehr schön restaurieren können. Davon hast du bestimmt auch einige in der Altstadt gesehen«, sagte Renko.

»Unser Haus gehört übrigens auch dazu«, warf Thorge ein.

»Es war nicht so einfach, unsere Wohnbedürfnisse mit den Vorschriften des Denkmalschutzes in Einklang zu bringen«, ergänzte Renko.

»Es ist euch aber offensichtlich gut gelungen.«

»Das ist allein Renkos Verdienst.« Thorge strahlte seinen Partner an und klopfte ihm liebevoll auf die Schulter.

Der Nachmittag war unterhaltsam. Renko und Thorge erzählten auf Jannes Nachfrage, wo sie sich kennengelernt hatten. Es war vor fünf Jahren auf einem Segeltörn in der Kieler Bucht gewesen. Jetzt waren beide froh, dass mit Thorges Umzug nach Ostfriesland aus der Fernbeziehung endlich eine Lebensgemeinschaft geworden war.

Gegen 18 Uhr verabschiedete Janne sich. Renko und Thorge hatten sie zwar noch zum Abendbrot mit Flammkuchen eingeladen, natürlich auch selbst gebacken, wie Thorge betont hatte, aber Janne wollte ihren ersten Besuch bei den beiden nicht zu sehr hinausdehnen. Sie fuhr über Leer zurück und schaute in der Dienststelle vorbei. Auf dem Flur begegnete sie Franziska, die Bereitschaft hatte.

»Janne, was machst du denn an deinem dienstfreien Tag hier?«

»Ach, ich komme gerade aus Weener von Thorge und Renko und der Weg nach Middels-Möhlen ist von dort fast genauso weit über Leer wie über Papenburg. Da dachte ich, dass es vielleicht neue Informationen zum Fall Krämer gibt und schau mal vorbei.«

»Wer ist Renko?«, fragte Franziska.

»Das ist doch ...«, Janne wurde etwas unsicher. Wusste Franziska das nicht? Thorge hatte doch in der letzten Woche bei der Dienstbesprechung erzählt, dass er und Renko geheiratet hatten. Vielleicht hatte Franziska das nicht mitbekommen. Janne erinnerte sich, dass sie ein paar Tage krank gewesen war und die Kollegen hatten offenbar nicht getratscht.

»Renko ist Thorges Mann«, sagte Janne kurz. Franziska schluckte, drehte sich um und verschwand in ihrem Büro. Andere Mütter haben auch schöne Söhne, wollte Janne ihr noch tröstend sagen und dachte dabei an Jens, aber da hatte Franziska die Tür schon hinter sich zugezogen.

27. November

Als Janne um kurz nach acht Uhr morgens bei Lenis Haus ankam, stutzte sie. Es lag im Dunkeln, aber im Backhaus brannte Licht. Seltsam, dachte sie, dass Leni schon so früh im Atelier arbeitet. Sie gehört doch auch eher so wie ich zu den nachtaktiven Eulen als zu den frühen Lerchen.

Janne hasste das frühe Aufstehen. Stattdessen konnte sie aber die halbe Nacht herumwerkeln. Dann empfand sie das Rasseln des Weckers nach wenigen Stunden Schlaf allerdings umso brutaler, so wie heute Morgen. Sie hatte bis zwei Uhr an einer alten Familientruhe gearbeitet, die Hannes auf seinem Dachboden gefunden hatte. Unter drei Farbschichten von brauner Lasurfarbe über Ochsenblutrot bis Friesisch Blau ahnte man das schöne alte Eichenholz. Den eingeschnitzten Namen ihrer Ahnin Antje Folkes Nannen und die Jahreszahl 1830 hatte sie schon von den Lackschichten befreit und nun waren die Buchstaben wieder deutlich auf der Vorderfront zu sehen. Sie war stolz auf ihr Werk. Aber ein paar Nachtschichten werde ich wohl noch einlegen müssen, dachte sie.

Janne lief um Lenis Wohnhaus herum und klopfte an die Tür des Backhauses. Stille. Niemand antwortete. Etwas stimmt hier nicht, dachte Janne. Sie spürte, wie sich ihr Magen zusammenzog. Voller Angst vor dem, was sie erwartete, öffnete sie die Tür. Eine Wärmewelle, die ihr fast die Luft zum Atmen nahm, schlug ihr entgegen.

Offenbar hatte der Gasofen gut eingeheizt. Trotz der Minustemperaturen draußen war es im Atelier brütend warm.

»Hallo Leni, ich bin's«, rief Janne in den Raum. Alles blieb still. Vielleicht hat Leni doch nur vergessen, den Ofen und das Licht auszumachen und schläft noch im Haus, mutmaßte Janne. Sie wollte sich gerade auf den Weg dorthin machen, als sie sich noch einmal umdrehte. Da entdeckte sie Leni zusammengesunken hinter einer ihrer Staffeleien.

»Mein Gott, Leni, was ist passiert?«, rief Janne in Panik, obwohl sie wusste, dass sie keine Antwort bekommen würde. Leni war bewusstlos. Ihr Atem ging flach. Janne ahnte, was geschehen war. Die rosige Gesichtsfarbe und die auffallend roten Lippen waren typische Zeichen einer Kohlenmonoxydvergiftung. Sie stellte schnell den Gasofen aus, der immer noch auf kleiner Flamme brannte, und schleppte Leni nach draußen an die frische Luft.

Dann rief sie den Notarzt.

Leni war immer noch ohne Bewusstsein, als der Arzt eintraf. Fast gleichzeitig kam der Rettungswagen mit lautem Sirenengeheul und Blaulicht. Die Sanitäter sprangen heraus und legten Leni auf die Trage. Der Notarzt untersuchte sie kurz und dann ordnete er an: »Sofort Sauerstoff und dann ab ins Klinikum«. Kurz danach startete der Rettungswagen in Richtung Leer.

Der Notarztwagen vor der Tür der alten Siefkes war ziemlich schnell wieder weggefahren. War hoffentlich nichts mehr zu machen!

Am liebsten wäre Janne gar nicht von Lenis Seite gewichen und mit ins Krankenhaus gefahren. Aber sie konnte im Augenblick ohnehin nichts für sie tun und sie wusste Leni in guten Händen. Deshalb fuhr Janne erst einmal zur Polizeiinspektion, wo in ihrem Büro eine Menge Arbeit auf sie wartete.

Erst gegen 14 Uhr konnte sie sich absetzen und fuhr zur Klinik. Im

Eilschritt drängte sie zum Infostand und fragte die Mitarbeiterin nach Lenis Zimmer. Die schaute in ihren Computer:

»Station 5, zweiter Stock links. Zimmernummer erfragen Sie bitte auf Station.« Dann wandte sie sich dem nächsten Besucher zu, der wissen wollte, wann das Café aufmachte.

Treppe oder Fahrstuhl? Janne rannte die Treppe hoch, als sie die Schlange von Besuchern vor den Fahrstühlen sah und stieß im 2. Stock die Tür zur Station 5 auf. Pflegeleichter Kunststoffbelag auf dem Fußboden, Scheuerleisten an den Wänden und neben den Zimmernummern simple Bilder, damit orientierungsschwache Patienten auch das richtige Bett finden konnten. Es sah aus wie in jedem Krankenhaus und auf jeder Station. In der Mitte des endlos scheinenden Flures ragte ein gläserner Erker hervor, die Kommandozentrale der Stationsschwester und ihres Teams. Janne ging an benutzen Betten, altertümlichen Rollatoren und Verbandswagen vorbei. Hinter einer geschlossenen Tür hörte sie die leisen Rufe einer Greisin »Herbert? Herbert!« Auf der rechten Seite quoll der Clan einer mediterranen Familie aus Zimmer 4. Schräg gegenüber des Schwesternzimmers stand die Tür der Küche auf und ließ einen Blick auf einen Essenswagen zu mit Resten des Mittagessens, wie in jedem Krankenhaus und jeder Station. Der Platz im gläsernen Erker war nicht besetzt. Das Pflegeteam nutzte die Besuchszeit für eine Kaffeepause, etwas verborgen im Hintergrund. Janne klopfte an das Glas und wenige Augenblicke später erschien eine Schwesternschülerin, die sich im Gehen noch schnell einige Kuchenkrümel vom Mundwinkel wischte.

»Bitte?«

Janne zeigte ihren Ausweis, stellte sich vor und fragte nach Lenis Zimmernummer.

Aus der Kaffee-Ecke hörte sie das Scharren eines Stuhles. Ein junger Arzt erschien und begrüßte sie beflissen, um dann zu sagen, dass Leni noch nicht wieder ansprechbar und Besuch nicht angebracht sei. Er streckte sich und fing an, über Kohlenmonoxid, C

Gewebekonzentrationen, Sauerstoffgaben, keine hyperbare Sauerstoffbehandlung und verzögertem Verlauf zu dozieren.

»Aber es sieht nicht schlecht aus und wir erwarten, dass sie bald aufwacht. Sie hat wohl eine gute Konstitution. Sollen wir Sie anrufen?«

»Ja, bitte!« Janne kämpfte mit den Tränen. Dann reichte sie dem Arzt die Telefonnummer ihrer Dienststelle.

Als sie wieder in ihrem Büro saß, konnte sie sich nicht auf die Arbeit konzentrieren. Sie starrte unentwegt auf das Telefon und ihre Gedanken kreisten um Leni. Die Vorstellung, sie könnte auch ihre mütterliche Freundin verlieren, ließ Panik in ihr aufkommen. Sie lief unruhig im Zimmer auf und ab und machte sich Vorwürfe.

»Hätte ich Leni doch bloß den Gasofen weggenommen«, sagte sie verzweifelt. Thorge sah sie voller Mitgefühl an, aber er konnte sie nicht beruhigen. Gegen 18:30 Uhr kam der Anruf aus dem Krankenhaus.

»Soll ich dich fahren?«, fragte Thorge. Er war noch bis nach Dienstschluss geblieben, um Janne nicht alleine zu lassen.

»Danke, aber ich schaffe das schon«, sagte Janne, schnappte ihre Tasche, rannte zu ihrem Wagen und brauste los. Der Besucherparkplatz am Klinikum war um diese Zeit fast leer.

Sie hastete ins Krankenhaus, vermied Blickkontakt mit der Dame am Informationsschalter und nahm wieder die Treppe, immer zwei Stufen auf einmal. Sie kam außerhalb der Besuchszeit im Vertrauen auf ihren Dienstausweis. Auf Station 5 schien spät Visite zu sein. Die Kanzel des Dienstzimmers war nicht besetzt. Schnell warf sie einen Blick auf die Zimmerbelegungstafel an der Wand. Leni lag in der 12. Jetzt war der weiß bekittelte Schwarm in Zimmer 3 verschwunden, der Flur war frei und Janne drückte die Tür von Zimmer 12 leise auf. Leni lag mit erhöhtem Oberkörper auf einem futuristisch wirkenden Krankenhausbett. Es strotzte von Hebeln und elektrischen Schaltern. An den Seiten hingen gepolsterte Bettgitter und die Kopf- und Fußenden in mattem Blau sollten wohl stimmungsaufhellend wirken. Über Lenis Kopf baumelte der obligatorische Bettgalgen, neben dem Bett blinkten die Displays zahlreicher Infusionspumpen und an der Wand zeigte ein Monitor EKG, Atemfrequenz und Blutdruck. Die Zahlen machten Janne Angst, auch wenn sie sie nicht verstand.

Leni lag im Krankenhaushemd mit geöffneten Augen, atmete mühsam und schnell. Eine Sauerstoffbrille hing verrutscht neben ihrem rechten Ohr. Sie hatte Janne noch nicht bemerkt.

»Leni?«, rief Janne. »Leni!« Mühsam drehte Leni ihren Kopf zur Tür. Ihr Gesicht zeigte keine Regung, aber die rechte Hand mit dem Sauerstoffmesser am Zeigefinger bewegte sich schwach. »Janne?«, fragte sie heiser.

Janne zog den Besucherstuhl neben Lenis Bett und streichelte sanft ihren Arm.

»Was machst du bloß für Sachen?« Eigentlich hatte Janne sich vorgenommen, ganz lieb und ruhig zu bleiben, aber dann fing sie doch an, Leni Vorhaltungen zu machen. Offenbar brauchte ihre ausgestandene Angst ein Ventil.

»Hab ich dir nicht gesagt, dass der Gasofen zu viel Sauerstoff verbraucht? Das ist viel zu gefährlich.«

»Aber ich hab doch immer das kleine Belüftungsfenster am Giebel offen«, verteidigte sich Leni schwach. »Da ist bis jetzt doch noch nie etwas passiert.«

»Ja, bis jetzt!«, sagte Janne und stutzte. Warum gerade jetzt? War es Zufall?

»Ich seh mir das nachher mal an.«

Nachdem sie sich von Leni verabschiedet hatte, fuhr Janne noch einmal nach Heidland. Sie betrat Lenis Atelier und schaute sich das Belüftungsfenster oben im Giebel an. Es war geschlossen.

Janne schob einen Stuhl an die Giebelwand, stellte eine kleine Holzkiste darauf und kletterte auf die wackelige Konstruktion. Dann versuchte sie, das Fenster zu öffnen, aber es gelang ihr nicht. Das Fenster saß fest.

Beim Heruntersteigen kam ihr Turm bedenklich ins Wackeln. Durch einen geschickten Sprung konnte sie sich gerade noch rechtzeitig abfangen. Dann ging sie nach hinaus, um sich das Fenster von außen anzusehen.

Inzwischen war es stockfinster und Janne konnte nichts erkennen. Sie lief zu ihrem Wagen, um eine Taschenlampe zu holen, fand sie aber nicht. Vermutlich hatte sie die auf der Wache liegen gelassen. Sie ging zurück und sah sich in Lenis Atelier um. Nach einigem Suchen fand sie eine alte Taschenlampe. Sie gab nur noch ein spärliches Licht von sich. Die Batterie war fast leer. Janne leuchtete die Hauswand hoch und entdeckte es im schwachen Schein der Lampe: Ein breites silberfarbenes Klebeband dichtete das Giebelfenster von außen in mehreren Lagen ab. Das muss sich die Spurensicherung ansehen, beschloss sie.

Plötzlich knackte es im Gebüsch und Janne zuckte zusammen. Eigentlich war sie nicht schreckhaft, aber die Sorge um Leni machte sie im Augenblick empfindlich. Die Taschenlampe hatte inzwischen ihren Geist ganz aufgegeben und Janne spähte in die Dunkelheit. Es knackte abermals. Sie konnte nichts erkennen, aber sie glaubte, jemanden atmen zu hören. Sie schaute auf die Uhr. Es war inzwischen schon fast zehn und sie entschied, den Feierabend ihrer Kollegen von der Spurensicherung nicht mehr zu stören. Es ist ohnehin schon so dunkel und wenn sie morgen früh kommen und mit ihrer Untersuchung anfangen, reicht das auch, dachte sie. Aber da täuschte sie sich.

Verdammt, was machte die denn schon wieder hier? Beinahe hätte sie ihn entdeckt. Er trat schnell ein paar Schritte zurück und passte auf, dass die Leiter nicht noch einmal gegen die trockenen Äste der Büsche stieß. Hoffentlich würde sie bald wieder verschwinden.

28. November

Janne hatte die Spurensicherung gleich morgens um halb acht Uhr informiert. Die Kollegen waren schon in Heidland, als Janne kurze Zeit später vor Lenis Haus eintraf. Es hatte wieder Glatteis gegeben und auf der Deichstraße an der Ems entlang war nicht gestreut worden, sodass sie gezwungen war, langsam zu fahren. Auf der B 70 hatte sie versucht, ihren Zeitverzug wieder aufzuholen.

Eine Kollegin im weißen Overall kam auf sie zu und fragte: »Welches Fenster meintest du denn?«

»Na, das kleine oben am Giebel im Backhaus, das mit Textilband zugeklebt ist.«

»Da ist nichts zugeklebt.«

»Das kann nicht sein! Ich hab es doch selbst gesehen.« Janne schüttelte ungläubig den Kopf. Dann ging sie um Lenis Wohnhaus herum zum Backhaus, wo ein weiterer Kollege im weißen Anzug auf sie wartete.

»Meintest du dieses Fenster?«

»Genau das.« Janne schaute hoch. An dem Fenster war nichts Ungewöhnliches mehr zu erkennen.

»Aber es war gestern Abend noch dick verklebt. Das muss jemand in einer Nachtaktion wieder abgerissen haben.«

»Ja«, sagte der Kollege. »Ich habe die Klebereste noch gefunden und hier ist auch noch ein kleines Stück von dem Textilband.«

Er hielt Janne eine durchsichtige Tüte mit einem winzigen silberfarbener Fetzen entgegen.

»Habt ihr auch Fingerabdrücke?«, fragte Janne hoffnungsvoll.

»Nein, aber wir sind ja auch erst gerade angekommen. Ein bisschen Geduld musst du schon haben.«

Nach einer Stunde packte die Spurensicherung ihre Koffer wieder ein.

»Der oder die Täter ... «, sagte die Kollegin,

»... oder die Täterin oder Täterinnen«, unterbrach der Kollege sie grinsend, »haben keine Fingerabdrücke hinterlassen, aber wir haben an der Fensterbank einen Holzspan gefunden. Vielleicht hat jemand eine Holzleiter dagegen gelehnt. Das Fenster ist ja ziemlich hoch, sodass man im Stehen nicht heranreicht.«

»Heutzutage sind die Leitern doch fast alle aus Aluminium«, sagte Janne.

Aber auf alten Bauernhöfen gibt es bestimmt noch Holzleitern, schoss es ihr in den Sinn.

Diesmal sind die Jungen zu weit gegangen. Die werde ich mir gleich mal vorknöpfen, beschloss sie.

»Was wollen Sie denn schon wieder hier?« Frau Akkermann warf Janne einen verärgerten Blick zu, als sie mittags auf den Hof kam.

»Meine Jungs haben sich doch bei Frau Siefkes entschuldigt und das Geld für einen neuen Briefkasten von ihrem Ersparten bezahlt. Außerdem werden sie ihr im Frühjahr eine Fuhre Schweinemist für ihren Garten bringen und selber untergraben. Das muss doch genug sein!«

»Ja, ich weiß!«, sagte Janne. »Frau Siefkes war mit der Art Wiedergutmachung einverstanden, aber jetzt liegt sie wegen einer Kohlenmonoxidvergiftung im Krankenhaus.«

»Sie denken doch wohl nicht, dass meine Jungs etwas damit zu tun haben? Das ist doch wohl die Höhe.« Frau Akkermanns Stimme überschlug sich fast vor Empörung.

»Wir müssen in alle Richtungen ermitteln.« Janne versuchte, die aufgebrachte Mutter zu beschwichtigen. »Das ist Routine.«

Eigentlich glaubte sie selbst nicht mehr so recht daran, dass die Brüder zu so einem Anschlag auf Leni fähig sein würden. Aber wer sollte ein Motiv haben, Leni nach dem Leben zu trachten? Hatte sie etwas übersehen und musste in eine ganz andere Richtung ermitteln?

Sollte der Anschlag auf Leni womöglich in Zusammenhang mit dem Tötungsdelikt Krämer stehen? War es ihre Schuld, dass ihre mütterliche Freundin in Lebensgefahr geraten war? Janne versuchte, diesen schrecklichen Gedanken nicht weiter zu verfolgen und wandte sich an Frau Akkermann:

»Sagen Sie mir einfach, wo Ihre Söhne vorgestern und gestern Abend waren. Dann haben wir das ganz schnell geklärt.«

29. November

»Gib mir doch noch mal deine Aufzeichnungen von Marvins Aussage, die du in Heidland gemacht hast«, bat Janne. »Da war etwas, was mich stutzig gemacht hat. Ich weiß nur nicht genau, was es war.«

»Meinst du das mit Markus Hafer? Das mit der gefährlichen Pistole haben wir inzwischen doch aufgeklärt!«

»Nein, das meine ich nicht. Nun gib doch mal her!«

Thorge reichte ihr das Protokoll und Janne überflog es kurz:

»Ja, hier steht es, was ich meine. Marvin hat gesagt, dass er einen Opa und Omas gesehen hat mit Holzschuhen und Stiefeln.«

»Und?«

»Bei der Dienstbesprechung hast du nur von Oma und Opa gesprochen. Was hat er denn nun gesagt?«

»Dann habe ich mich wohl nicht richtig erinnert. Es wird so sein, wie es im Protokoll steht.«

»Das bedeutet doch, dass er einen Opa und mindestens zwei Omas gesehen hat«, folgerte Janne. »Anne und Enno waren als Oma und Opa unterwegs und die beiden trugen Holzschuhe. Das habe ich selbst gesehen. Und die anderen drei als Omas verkleidete Frauen hatten Hausschuhe an.«

»Wenn sich nicht jemand von denen unterwegs noch Stiefel angezogen hat, würde das ja bedeuten, dass noch eine fünfte Person als Oma unterwegs war«, stellte Thorge fest.

»Aber merkwürdigerweise wurde die von niemandem erwähnt. Wir müssen Marvin noch einmal befragen. Vielleicht ist er ja nur ein kleiner Angeber und hat sich das alles nur ausgedacht, damit er auch mal wichtig ist«, sagte Janne.

»Wer ist nicht gerne mal wichtig?«, fragte Thorge. »Ich glaube aber nicht, dass er das erfunden hat. Er ist ein pfiffiger Junge, der seine Augen überall hat. Wer weiß, vielleicht fängt er noch mal bei uns an. Zumindest wünsche ich ihm, dass er nicht auf der anderen Seite landet, wie das bei seinem Bruder Patrick angefangen hat.«

»Aber zum Glück hat der ja noch die Kurve gekriegt«, sagte Janne.

»Ja, vermutlich dank Meike«, fügte Thorge hinzu.

Thorge fuhr nach Heidland, um Frau Brandt darüber zu informieren, dass er Marvin nach der Schule noch einmal abholen wolle. Er hätte sich den neuerlichen Besuch gerne erspart, aber er konnte sie telefonisch nicht erreichen, da das Telefon abgestellt war. Frau Brandt hatte offenbar die Rechnung nicht bezahlt.

Als Thorge bei ihrem Haus ankam, stieg sie gerade aus ihrem rostigen Golf, mit dem sie ihre beiden Jüngsten vom Kindergarten abgeholt hatte. Thorge war froh, dass er nicht noch einmal das Durcheinander im Haus betreten musste, sondern sein Anliegen gleich draußen ansprechen konnte. Er bat Frau Brandt, Marvin zu der Befragung zu begleiten, aber sie weigerte sich.

»Ich will mit der Polizei nichts zu tun haben, das kann er alleine machen«, sagte sie.

»Aber eine Belohnung ist dann ja wohl fällig!«, rief sie Thorge noch hinterher, als er wieder in sein Auto stieg.

Marvin freute sich, als er das Polizeiauto vor der Schule stehen sah.

»Hier für dich«, sagte Thorge. »Es ist zwar noch nicht Nikolaus, aber ich hab dir trotzdem schon mal ein Marzipanbrot mitgebracht.«

»Oh, danke!« Marvin biss gleich gierig hinein. »Hab nichts Ordentliches zum Frühstück bekommen und jetzt tüchtig Kohldampf.«

»Na, dann werden wir jetzt mal für ein ordentliches Mittagessen sorgen.«

»Oh, ja, zu McDonald's!« Marvin strahlte über das ganze Gesicht.

Bevor sie zur Polizeiinspektion fuhren, hielt Thorge an der Kreuzung Spier in Leer bei McDonald's an. Lieber hätte er für Marvin einen gesunden Salat ausgegeben, aber Marvin entschied sich für den Super-Hamburger und eine Cola.

Ach, was soll's, dachte Thorge. Mit diesem Essen werde ich seine Gesundheit bestimmt nicht ruinieren. Zumindest ist er glücklich und das ist manchmal wichtiger als alle ernährungsphysiologischen Bedenken.

Janne wartete schon in ihrem Büro auf sie. Als die beiden sich hingesetzt hatten, fragte sie Marvin noch einmal, was er genau an Martini beobachtet hatte. Es waren inzwischen zwar schon mehr als zwei Wochen vergangen, aber Marvins Antworten kamen sehr bestimmt und klar.

»Das hab ich ja schon einmal gesagt. Ich hab den schwarzen Mann mit der Pistole gesehen und den alten Opa mit der Oma und noch eine alte Oma.«

»Hatte der Opa denn zwei Omas bei sich?«

»Nein, der hatte nur eine und die lief hinter ihm her.«

»Wo war das denn, wo du die gesehen hast«, fragte Janne nach.

»Das war an der Ecke, wo der Moorpadd von der Haupstraße abgeht.«

»Konntest du denn erkennen, was die anhatten?«

»Ja, der Opa hatte eine Hose und eine alte Jacke an.«

»Und die Oma, was trug die?«

»Die hatte einen langen Rock an und eine Fellmütze auf dem Kopf.«

»Wie konntest du das denn erkennen, es war doch dunkel?«

»Da an der Ecke ist doch eine Straßenlaterne, darum hab ich das so genau gesehen.«

»Hast du auch gesehen, was für Schuhe die anhatten?«

»Die hatten Holzschuhe an und die klapperten auf der Straße. Das konnte man gut hören.«

»Du hast gesagt, dass du zwei alte Omas gesehen hast. Wo war denn die andere?«

»Die hab ich zwischen der Villa und Krämers Haus gesehen. Krämers haben an der Hintertür nämlich einen Bewegungsmelder. Das hat Patrick mir erklärt. Und das Licht ging plötzlich an. Da hab ich sie gesehen. Ich glaube, die wollte sich schnell hinter einem Busch verstecken.«

»Woher weißt du denn, dass das eine Oma war?«

»Das konnte ich an dem Gesicht erkennen und die hatte ein Kopftuch um und einen Rock an. Männer tragen doch keine Röcke, nur die Schotten.« Marvin kam sich sehr schlau vor.

»Hast du sonst noch was erkannt?«

»Ich konnte noch sehen, dass die Oma gelbe Stiefel anhatte, dann ging das Licht aber schon wieder aus.«

»Waren das gelbe Stiefel oder gelbe Hausschuhe?«, fragte Janne nach.

»Gelbe Stiefel, hab ich doch schon gesagt.« Marvin sah Janne an, als sei sie ein wenig begriffsstutzig.

»Wann hast du die Oma denn genau gesehen? Kannst du dich noch daran erinnern?«, fragte Janne weiter.

»Ja, das war, als wir zu Krämers gegangen sind. Aber die haben die Tür ja nicht mehr aufgemacht. Und als wir zurückkamen, war die Oma weg und wir haben sie auch nicht mehr auf dem Weg gesehen.«

»Wohin seid ihr danach gegangen?« Thorge übernahm die Befragung. Janne muss aufhören, ihn so zu bedrängen, dachte er, sonst erfindet Marvin bald etwas. Darauf hatten sie in dem Kurs über Kinderbefragung, den er in Kiel besucht hatte, immer wieder hingewiesen: dass Kinder das tun wollen, was von ihnen erwartet wird. Sie würden alles sagen, nur damit man zufrieden ist.

»Danach haben wir bei der Villa geklingelt. Das hab ich ja schon gesagt«, erklärte Marvin. »Letztes Jahr haben wir da einen großen Schokoladenweihnachtsmann bekommen und jeder noch einen Euro. Da lebte Opa Jelten noch und der war reich, weil er ja eine große Tischlerei hatte. Aber jetzt wohnen da bestimmt ganz geizige Leute, die uns nichts geben wollten. Darum haben die die Tür auch nicht aufgemacht, als wir geklingelt haben. Aber ich weiß genau, dass die zu Hause waren.«

»Wie kommst du denn darauf, dass da jemand zu Hause war?« Janne mischte sich wieder ein.

»Ich hab doch das Licht von der Taschenlampe hinter dem Fenster oben gesehen. Und das haben sie ganz schnell ausgemacht, als sie uns gehört haben.«

»Danke, Marvin. Das hast du gut beobachtet. Mein Kollege bringt dich wieder nach Hause.«

Thorge merkte, dass der Junge gerne noch ein bisschen länger geblieben wäre. Ja, was erwartete ihn denn schon zu Hause?

Warum waren die an der Schule? Das musste er noch herausfinden. Hatte ihn doch jemand von den Kindern bei Krämers Haus gesehen? Vielleicht musste er noch einmal aktiv werden.

30. November

Die Frau am Telefon schimpfte.

»Das ist alles Ihre Schuld. Marvin ist verschwunden. Bestimmt hat der Mörder ihn gefangen und bringt ihn um.«

»Nun mal langsam, Frau Brandt.« Thorge hatte die rauchig klingende Stimme gleich erkannt. Das Telefon war anscheinend wieder freigeschaltet. Er versuchte, eine Pause in dem Wortschwall zu erwischen.

»Seit wann ist Marvin denn verschwunden?«

»Er ist von der Schule nicht nach Hause gekommen. Dabei hab ich ihm heute Morgen extra gesagt, dass er noch mal was hinter die Löffel kriegt, wenn er nicht sofort nach Hause kommt.«

»Ist denn heute Morgen etwas Besonderes vorgefallen?«, wollte Thorge wissen. Auf diese Frage antwortete Frau Brandt nicht, sondern schimpfte über die Polizei, die aus lauter unfähigen Leuten bestünde, und ihr Sohn jetzt in Gefahr sei. Thorge sah ein, dass es zwecklos sein würde, am Telefon mit der aufgebrachten Frau zu reden.

»Wir kommen gleich zu Ihnen«, kündigte er deshalb schnell ihren Besuch an. Diesmal wollte er mit Janne zusammen nach Heidland fahren.

Als sie bei dem Haus ankamen, öffnete Frau Brandt selbst die Tür. Im Flur stiegen Janne und Thorge über herumliegende Spielsachen hinweg und im Wohnzimmer über zwei Teller mit Essensresten, die auf dem Boden standen. Frau Brandt bot ihnen Plätze auf dem fleckigen Sofa an, dessen Innereien aus den aufgerissenen Nähten quollen.

»Sie sagten, dass Marvin heute nicht von der Schule nach Hause gekommen ist«, begann Janne die Befragung. »Kommt das öfter vor?«

»Nee, das traut er sich nicht. Wenn er nicht pünktlich zuhause ist, dann setzt es nämlich was! Deshalb glaub ich ja auch, dass ihn einer entführt hat, nämlich der Mörder, weil Marvin ihn gesehen hat.«

»Das wissen wir doch gar nicht.«

»Doch, bestimmt. Und nun bringt der Mörder Marvin um und das ist alles Ihre Schuld.«

»Wie kommen Sie denn darauf?«

»Weil Sie ihn im Polizeiwagen von der Schule abgeholt haben und der Mörder jetzt denkt, dass Marvin ein wichtiger Zeuge ist.«

»Das ist unwahrscheinlich.« Thorge versuchte, sich seine eigenen Sorgen nicht anmerken zu lassen und Frau Brandt zu beruhigen, aber sie schimpfte weiter.

»Das sag ich Ihnen, wenn meinem Jungen was passiert, dann können Sie was erleben!« Frau Brandt hob drohend ihre Faust.

Janne überlegte, was das wohl sein könnte.

»Ist heute Morgen irgendetwas Ungewöhnliches gewesen?«, fragte Thorge noch einmal nach.

»Was soll denn gewesen sein? War alles so wie immer. Ich hab Marvin und Sindy zur Schule geschickt und die beiden Kleinen in den Kindergarten gebracht. Da war nichts anders.«

Obwohl Frau Brandt darauf beharrte, es sei nichts vorgefallen, hatte Thorge das Gefühl, dass sie etwas verschwieg. Sie hatte vermieden ihn anzusehen, als sie mit ihm sprach, und auch an Janne hatte sie vorbeigeschaut. Aber ihre Sorge um Marvin war echt, das spürte er und auch Thorge machte sich Sorgen.

Er mochte den Jungen. Marvin war ein kluger Kerl und sein liebevoller Umgang mit seinen kleinen Geschwistern hatte gezeigt, dass er ein mitfühlendes Herz hatte.

»Wie kommt Marvin denn normalerweise von der Schule zurück?«, erkundigte sich Thorge »Fährt da ein Bus? Der Weg ist ja mindestens fünf Kilometer lang.«

»Nein, Marvin fährt mit dem Fahrrad, zusammen mit Leon und Kai. Aber da hab ich schon angerufen, die wissen nix.«

»Geben Sie uns trotzdem mal die Adressen von den Mitschülern«, verlangte Janne. »Vielleicht erfahren wir ja doch was.«

»Tun Sie, was Sie nicht lassen können«, antwortet Frau Brandt patzig. Der Gedanke schien ihr nicht zu behagen.

»Wenn wir ihn finden, werde ich dafür sorgen, dass Marvin aus diesem Milieu herauskommt«, sagte Thorge, als sie draußen waren. Er presste die Lippen zusammen. Das machte er immer, wenn er zornig wurde, als wolle er einen lauten Wutausbruch vermeiden.

»Wie willst du das denn machen?«, fragte Janne. »Wo soll er denn hin? Willst du ihn etwa adoptieren?«

»Gar keine so schlechte Idee!«, antwortete Thorge »Seit der neuen Gesetzgebung dürfen wir das ja.«

»Aber erst einmal müssen wir ihn finden«, sagte Janne. »Zum

Glück tauchen vermisste Kinder meistens nach kurzer Zeit wieder auf.«

»Hoffen wir, dass es bei Marvin auch so ist. Ich glaube Frau Brandt nicht, dass da heute Morgen nichts vorgefallen ist. Hast du gemerkt, dass ihre Stimme ganz leise geworden ist, als sie das sagte? Und sie hat uns dabei nicht ins Gesicht gesehen.«

»Ja, hab ich gemerkt«, erwiderte Janne. »Ich glaube auch eher, dass Marvin ausgerissen ist, als dass ihn jemand entführt hat.«

»Trotzdem müssen wir auch das in Erwägung ziehen«, sagte Thorge. Er war bedrückt. So manches konnte passiert sein und in seiner Fantasie entstanden viele Alternativen zu einem guten Ende.

»Vielleicht erfahren wir mehr von Marvins Mitschülern. Lass uns erst einmal dorthin fahren, bevor wir eine Vermisstensuche starten«, schlug Janne vor.

Kai und Leon wohnten nicht weit von Brandts entfernt. Janne und Thorge wollten zunächst Leon befragen. Seine Mutter bereitete gerade das Abendbrot vor. Leon war ein Jahr älter als Marvin und eine Klasse über ihm. Er saß oben in seinem Zimmer, als seine Mutter ihn herunterrief.

»Ich hab Sie schon mal gesehen, als Sie vor der Schule standen, und ich weiß auch, warum Sie hier sind«, sagte Leon, als er Janne und Thorge erblickte.

»Na, dann erzähl mal!«, forderte Janne ihn auf.

»Ihr seid wegen Marvin hier, weil er heute in der Schule geweint hat.«

»So? Aber deswegen muss doch keine Polizei kommen.«

»Nein, nicht weil er geweint hat, aber warum er geweint hat.«

»Und warum hat er geweint?«, hakte Janne nach.

»Weil seine Mutter ihn geschlagen hat und das darf sie nicht. Mit einem Handfeger auf den Kopf und er hatte ganz dolle Kopfschmerzen.«

»Hat er das nicht seinem Lehrer erzählt?«

»Nein, das hat seine Mutter ihm verboten und er hat Angst vor ihr. Nur mir hat er das in der Pause gesagt, ich bin doch sein bester Freund.«

»Weißt du denn auch, warum seine Mutter ihn geschlagen hat?«

»Ja, er hat heute Morgen aus Versehen ihre Bierdose umgestoßen und da ist das ganze Bier auf den Fußboden gelaufen.«

Thorge zwang sich ruhig zu bleiben, aber sein Gesicht rötete sich vor Zorn.

»Ist Marvin heute nach der Schule mit dir zusammen nach Hause gefahren?«, fragte Thorge.

»Nein, als ich ihn am Fahrradständer treffen wollte, war er nicht da.«

»Hast du eine Idee, wo er sein könnte?«

»Nee, weiß ich nich!«

»Dann danken wir dir erst einmal für deine Auskunft«, sagte Thorge. »Gut, dass Marvin dich als Freund hat.«

»Es spricht vieles dafür, dass Marvin ausgerissen ist«, sagte Janne, als sie wieder draußen waren.

»Bei den Zuständen zuhause hätte ich das vermutlich auch gemacht. Ich hoffe nur, dass er irgendwo im Warmen sitzt.« Thorge klang sehr besorgt.

Sie machten sich auf den Weg zu Kai. Er saß vor dem Fernseher, als Janne und Thorge nach ihm fragten. Etwas widerwillig schaltete er den Apparat aus und kam in die Küche, wo die Befragung stattfinden sollte. Kais Mutter hatte ihnen Tee angeboten, aber Thorge hatte dankend abgelehnt.

»Wenn ich nach 18 Uhr noch schwarzen Tee trinke, kann ich schlecht einschlafen und liege die halbe Nacht wach«, sagte er. Janne machte das späte Teetrinken nichts aus. Sie war damit aufgewachsen, aber sie nahm dann, wie Thorge, auch nur ein Glas Wasser.

»Du weißt, dass Marvin heute nach der Schule nicht nach Hause gekommen ist?«, fragte Janne.

»Ja, das weiß ich. Seine Mutter hat hier angerufen.«

»Du bist doch in seiner Klasse. War Marvin während des ganzen Unterrichts da?«

»Ja, aber er hat nicht so doll aufgepasst und falsche Antworten gegeben.«

»Ist das denn ungewöhnlich?«

»Ja, er ist doch unser Klassenbester. Ich glaube, er war abgelenkt und hat an etwas anderes gedacht. Vielleicht tat ihm auch etwas weh. Er hat sich immer an den Kopf gefasst und da war auch eine rote Stelle.«

»Und was war nach Schulschluss? Seid ihr da zusammen nach Hause gefahren?«

»Nein, er war dann gleich weg.«

»Hast du gesehen, ob vielleicht ein fremdes Auto vor der Schule stand?«

»Nein, mir ist kein Auto aufgefallen. Ich kenn alle Autos von den Müttern, die ihre Kinder von der Schule abholen. Aber die meisten fahren sowieso mit dem Fahrrad. Denken Sie denn, dass ein Fremder Marvin mitgenommen hat?«

»Das wollen wir nicht hoffen.«

»Ich glaube, Marvin ist einfach nur abgehauen«, sagte Kai. »Das hätte ich auch gemacht, wenn ich so eine Mutter hätte. Die schlägt ihn öfter, wenn sie betrunken ist und er hat Angst vor ihr.«

»Hat Marvin denn niemanden, dem er sich anvertrauen kann, außer dir natürlich. Ich meine einen Erwachsenen, vielleicht einen Onkel oder eine Tante?«, fragte Thorge.

»Ja, wenn wir mal eine Freistunde haben oder die Schule eher aus ist, geht er heimlich zu seiner Oma. Das ist die Mutter von seinem Vater, aber der ist ja weggegangen und hat eine neue Frau. Darum hat Marvins Mutter ihm ja auch verboten, zu seiner Oma zu gehen.«

»Weißt du denn, wo die Oma wohnt?«

»Ja, die wohnt ganz dicht bei der Schule. Ich bin da mal mit Marvin hingegangen, als eine Stunde ausgefallen ist. Die ist ganz nett. Aber manchmal ist sie auch nicht da, weil sie noch arbeiten muss.«

»Sagst du uns denn mal die Adresse?«, bat Thorge.

Kai beschrieb das Haus und die Straße.

»Danke«, sagte Thorge, »du hast uns sehr geholfen.«

Janne schaute auf die Uhr, als sie wieder ins Auto stiegen. »Kurz nach sieben«, sagte sie. »Wenn Marvins Großmutter noch berufstätig ist, könnte sie jetzt Feierabend haben und zuhause sein.«

»Es sei denn, sie hat so geregelte Arbeitszeiten wie wir«, entgegnete Thorge lachend.

Janne setzte sich wieder ans Steuer und fuhr den Weg in Richtung Hauptstraße zurück, jedoch nicht ganz bis zur Kreuzung auf die B 70, sondern lenkte den Wagen kurz hinter dem Kriegerdenkmal nach links in eine schmale mit Klinkern gepflasterte Straße.

»Wo willst du denn hin?«, fragte Thorge. »Bist du sicher, dass du dich auf dem richtigen Weg befindest?«

»Ja, Hundert!«, antwortete Janne. »Keine Sorge, hier kenne ich mich aus. Ich fahre einen Schleichweg über die Gaste nach Meerum. Das geht schneller.«

»Was ist denn eine Gaste?«, fragte Thorge.

»Das ist ein alter Begriff für Ackerland außerhalb des Dorfes. Inzwischen ist das aber Bauland geworden.«

»Täusche ich mich, oder geht es hier ein bisschen abwärts?«

»Ja, tut es. Ostfriesland ist nicht nur ein plattes Land. Hier gibt es auch Berge und Täler.« Janne lachte. »Das hier ist eine kleine Senke und dort hinten befindet sich die sogenannte Armrieksdobbe, eine Kuhle, in der sich das Wasser sammelt.«

»Was hat es denn mit dem armen Reichen auf sich?« Soviel Plattdeutsch verstand Thorge inzwischen, um den Namen zu übersetzen.

»Ach, da gibt es eine düstere Sage«, erklärte Janne. »Wir Ostfriesen lieben mystische Geschichten.«

»Ich auch! Erzähl mal«, forderte Thorge sie auf.

»Gut, aber nur die Kurzversion. Hier zwischen Heidland und Meerum soll mal eine Mühle gestanden haben. Der Müller war sehr reich, aber gottlos. Statt mit Sand, wie es früher zu Feiertagen üblich war, bestreute er seine Diele mit Mustern aus weißem Mehl. Vor allem verspottete er den Pfarrer. Eines Tages bestellte er ihn in sein Haus, damit er seiner angeblich kranken Mutter das Abendmahl reiche. Als der Geistliche kam, fand er in dem Bett ein Schwein in Frauenkleidern vor. Daraufhin verließ Pfarrer eilig den Ort und als er sich umsah, versank die Mühle samt Müllerhaus. Der Müller hatte sich noch schnell auf sein Pferd geschwungen, um sich zu retten, aber der Boden senkte sich fortwährend unter ihm, bis er zusammen mit seinem Pferd gänzlich versank.«

Als Janne zu Ende erzählt hatte, waren sie schon in Meerum angekommen. Sie steuerte den Wagen auf den Lehrerparkplatz vor dem Schulzentrum und versuchte, sich zu orientieren. Dann lief sie zusammen mit Thorge den Weg, den Kai beschrieben hatte. Das Haus von Marvins Großmutter stand etwa vierhundert Meter entfernt. Es gehörte zu einer Reihe von kleinen Siedlungshäusern, die sich kaum voneinander unterschieden. Vermutlich waren sie alle zur gleichen Zeit von demselben Bauunternehmer in den fünfziger Jahren errichtet worden. Allein bei den Haustüren hatten sich die Bewohner etwas Individualität geleistet. Janne erinnerte sich, dass Kai von einer roten Tür gesprochen hatte.

»Das muss es sein!«, sagte sie zu Thorge und zeigte auf das vierte Haus in der Reihe.

Neben der Haustür in dunklem Rot mit weiß umrahmten kleinen Scheiben befand sich eine Klingel mit dem Namen Hildegard Brandt. Sie lebte offenbar alleine.

Es dauerte eine Weile, bis sich auf Jannes Klingeln die Tür öffnete.

Marvins Großmutter wirkte gar nicht großmütterlich, stellte Janne überrascht fest. Sie schätzte ihr Alter auf Ende fünfzig. Ihre brünetten Haare hatte Frau Brandt senior zu einer modischen Kurzhaarfrisur schneiden und wahrscheinlich etwas nachtönen lassen, denn Janne konnte kein einziges graues Haar darunter entdecken. Zu ihrem fliederfarbenen Twinset aus weicher Wolle trug sie einen engen schwarzen knielangen Rock. Ihre Füße steckten in halbhohen Pumps, die sie vermutlich schnell gegen gemütliche Feierabendhausschuhe ausgetauscht hatte. Marvins Großmutter war im Gegensatz zu seiner Mutter eine sehr gepflegte Frau.

Als Janne ihr von Marvins Verschwinden erzählte, musste Frau Brandt sich auf den Schreck erst einmal setzen.

»Der arme Junge«, sagte sie. »Schlimm, dass er verschwunden ist, aber ich kann es ihm nicht einmal verdenken. Bei meiner Ex-Schwiegertochter drohen die Kinder zu verwahrlosen.« Dann fiel ihr auf, dass sie Janne und Thorge noch keinen Platz angeboten hatte. »Bitte setzen Sie sich doch.« Sie deutete auf eine kleine moderne lindgrüne Sitzgruppe mit Sofa und zwei Sesseln.

»Haben Sie denn noch nie das Jugendamt benachrichtigt?«, fragte Thorge.

»Doch, aber wenn die kommen reißt meine Ex-Schwiegertochter sich immer zusammen und man hat keine Handhabe gegen sie.«

»Und Ihr Sohn? Kümmert der sich denn nicht um seine Kinder?«

»Doch, so gut er kann. Aber er lebt ja in Süddeutschland und hat eine neue Frau und zwei Töchter. Damit hat er schon genug zu tun.«

»Aber er muss sich doch auch um seine Kinder hier kümmern.« Thorges Stimme klang ärgerlich und vorwurfsvoll. Er hatte kein Verständnis dafür, wenn Eltern Kinder in die Welt setzten und dann keine Verantwortung für sie übernahmen.

»Die drei jüngeren Kinder sind gar nicht von ihm. Die hat meine Ex-Schwiegertochter erst bekommen, nachdem sie von meinem Sohn geschieden war.«

Hildegard Brandt versuchte, ihren Sohn in Schutz zu nehmen. »Und Patrick auch nicht. Den hatte sie schon, als mein Sohn sie geheiratet hat.«

»Wollte Ihr Sohn denn Marvin nicht zu sich nehmen?«

»Doch, aber seine neue Frau fühlte sich mit dem Jungen überfordert. Sie war noch sehr jung, als sie geheiratet haben und sie war schwanger mit Zwillingen. Aber in den Sommerferien waren Marvin und Patrick oft dort.«

»Und Sie?«, fragte Thorge. »Konnten Sie Ihren Enkel denn nicht aufnehmen?«

»Nein, leider nicht. Ich bin ja noch berufstätig und ich brauche das Geld. Von meiner kleinen Witwenrente kann ich nicht leben und für zwei reicht die schon gar nicht.«

»Haben Sie Marvin heute gesehen?« Janne kam wieder auf den Grund ihres Besuches zurück.

»Nein, und wenn er hier gewesen ist, hat er vor verschlossener Tür gestanden. Ich arbeite an vier Tagen in Leer in einem Geschäft für Damenmode.«

Aha, daher das schicke Outfit, dachte Janne, Berufskleidung sozusagen.

»Halten Sie mich doch bitte auf dem Laufenden«, bat Frau Brandt, bevor Janne und Thorge sich verabschiedeten. »Ich mache mir große Sorgen. Kann ich etwas tun?«

Janne versprach, sich sofort zu melden, sobald man Marvin gefunden hätte. In Thorges Gesicht zeigte sich ein kleiner Hoffnungsschimmer.

»Wir sollten bei Patrick nachfragen. Vielleicht ist Marvin bei seinem Bruder.«

Janne fuhr wieder in Richtung Leer und hielt dort in der Annenstraße. Thorge stürmte die Treppen zu Meikes Wohnung so schnell hinauf, dass Janne kaum mitkam. Es dauerte eine ganze Weile, bis Patrick verschlafen die Tür öffnete.

»Sie habe ich jetzt nicht erwartet! Stehe ich immer noch unter Verdacht? Ich dachte, Meike hätte das geklärt.«

Als sie ihren Namen hörte, erschien auch Meike an der Tür.

»Dürfen wir mal kurz reinkommen?«, bat Thorge.

Patrick zögerte und sah Meike an.

»Es ist aber nicht aufgeräumt«, sagte sie entschuldigend und ließ die beiden eintreten. Als Janne die zerwühlten Decken auf dem Bett sah, war ihr klar, weshalb es so lange gedauert hatte, bis die Tür geöffnet wurde.

»Wir sind wegen Marvin hier«, erklärte Thorge. »Er ist heute nach der Schule nicht nach Hause gekommen. Ist er bei Ihnen oder hat er sich vielleicht hier gemeldet?«

»Nein, ich habe nichts von ihm gehört. Aber wahrscheinlich hat er wieder Ärger mit meiner Mutter und traut sich nicht nach Hause. Das kenne ich«, sagte Patrick. »Ich bin so froh, dass ich nicht mehr bei ihr wohnen muss und hier mit Meike zusammen sein kann.« Dabei legte er seinen Arm um die Taille seiner Freundin und drückte sie an sich.

»Haben Sie eine Idee, wo Marvin sich aufhalten könnte?«

»Vielleicht bei seiner Oma. Haben Sie da schon nachgefragt?«

»Ja, haben wir, aber da ist er nicht.«

»Dann weiß ich auch nicht, wo er sein könnte, aber ich hoffe, Sie finden ihn bald.«

»Viel weiter sind wir noch nicht gekommen«, meinte Thorge, als sie wieder ins Auto stiegen.

»Es deutet aber vieles darauf hin, dass Marvin freiwillig verschwunden ist«, sagte Janne.

»Na ja, so freiwillig war das ja wohl nicht, wenn man Angst haben muss, dass man beim Nachhausekommen von der Mutter verprügelt wird«, entgegnete Thorge »Und ganz ausschließen können wir eine Entführung auch nicht. Wie wollen wir jetzt weiter vorgehen?«

»Zuerst rufen wir noch mal bei Marvins Mutter an«, sagte Janne. »Vielleicht ist er ja inzwischen wieder aufgetaucht.« Aber der Anruf brachte nichts außer erneuten Schimpftiraden über die Versager bei der Polizei. Inzwischen war es stockfinster und bitterkalt.

»Wenn der Junge jetzt irgendwo draußen herumirrt, droht ihm eine Unterkühlung und er ist vielleicht in Lebensgefahr. Ich mache mir große Sorgen«, sagte Thorge.

»Wir fahren noch mal zu Marvins Mutter und besorgen uns ein Foto von ihm«, schlug Janne vor. »Das geben wir an die Kollegen, die auf Streife sind. Sie sollen ihre Augen offen halten. Außerdem geben wir eine Suchmeldung im Anschluss an die Nachrichten durch. Ich befürchte aber, dass wir heute Abend in der Dunkelheit nicht mehr viel erreichen werden.«

»Wir müssen noch in den Krankenhäusern nachfragen«, sagte Thorge. »Lass uns gleich hinfahren.«

Aber weder im Klinikum Leer noch im Borromäus-Hospital war ein Kind eingeliefert worden, auf das Marvins Beschreibung gepasst hätte.

Marvin fror und er hatte Hunger. Er saß zusammengekauert neben den Steinstufen und behielt die Tür fest im Blick. Die Kälte kroch von seinen Füßen hoch und breitete sich in seinem ganzen Körper aus. Obwohl er krampfhaft versuchte, wach zu bleiben, fielen ihm langsam die Augen zu. Allmählich wurde alles um ihn herum dunkel. Die Lichter, die sich im Hafenbecken spiegelten, versanken in der Finsternis und Marvin fiel in einen tiefen Schlaf.

1. Dezember

Die junge Frau, die morgens früh mit ihrem Freund zusammen am Hafen entlang lief, war auf dem Weg zu ihrer Arbeitsstelle. Sie war bei einer der vielen Reedereien angestellt, die sich in den ehemaligen

Speichern gegenüber vom Museumshafen befanden. Trotz ihrer dicken Steppjacke und der gefütterten Winterstiefel fror sie. Sie zog ihren bunt gestreiften Schal dicht um Mund und Nase und schob die rote Wollmütze tiefer ins Gesicht, sodass nur noch ihre lebhaften braunen Augen zu sehen waren. Das Paar hatte sich eng aneinander geschmiegt, nicht nur der Liebe, sondern auch der Kälte wegen. So konnten sie sich gegenseitig ein wenig wärmen. In Höhe der Polizeistation wären sie beinahe über ein Kinderfahrrad gestolpert, das in den Weg hineinragte.

»Hat wahrscheinlich wieder einer geklaut und dann hier hingeschmissen«, schimpfte der junge Mann.

»Aber immerhin nicht in den Hafen geworfen. Da wird jedes Jahr etliches an Schrott entsorgt. Bevor die Saison der Freizeitskipper losgeht, muss das alles wieder herausgeholt werden: kaputte Einkaufswagen, Rollatoren, Fahrräder, sogar ganze Autos. Das kann ich immer gut von meinem Bürofenster aus verfolgen«, sagte seine Freundin.

Plötzlich blieb sie stehen. Sie hatte etwas auf dem Seitenstreifen entdeckt.

»Hier liegt etwas!«, sagte sie und zeigte unter ein Gebüsch. Dann bückte sie sich, um das Bündel genauer zu betrachten.

»Mein Gott, das ist ja ein Kind!«, rief sie erschrocken. Ihr Freund kam schnell zu ihr und kniete sich neben sie. Er befühlte das Gesicht des Jungen und tastete den Hals ab.

»Der ist eiskalt, aber ich spüre noch einen schwachen Puls. Ruf schnell den Rettungswagen.«

Die beiden versuchten, Marvin zu wecken, aber er war nicht ansprechbar. Zusammen zogen sie ihn unter dem Gebüsch hervor. Sie rubbelten seinen vor Kälte steifen Körper ab, um die Blutzirkulation in Gang zu bringen. Der Mann hatte seine warme Daunenjacke ausgezogen und Marvin darin eingewickelt. Die junge Frau hielt ihn fest umschlungen, um ihm etwas von ihrer eigenen Körperwärme abzugeben und hauchte ihren warmen Atem in sein vor Kälte gerötetes Gesicht und auf seine Hände.

»Meine Güte, wie lange dauert es denn, bis der Rettungswagen kommt?« Die junge Frau schaute ängstlich auf die Uhr.

Das erlösende Sirenengeheul war kurze Zeit später aus Richtung Rathaus und der Dr.-von-Bruch-Brücke zu hören. Nach wenigen Minuten war der Rettungswagen vor Ort. Zwei Sanitäter sprangen heraus, öffneten die hinteren Türen und zogen eine Trage heraus, auf die sie Marvin vorsichtig legten.

»Er hat eine schwere Unterkühlung«, stellte einer der Rettungssanitäter fest. »Wir müssen ihn sofort ins Krankenhaus bringen. Gut, dass Sie ihn gefunden haben. Lange hätte er das nicht überlebt«, wandte er sich an die beiden jungen Leute. Die Sanitäter wickelten Marvin in eine goldene Rettungsfolie und transportierten ihn mit Blaulicht ins Klinikum.

Thorge kam kurze Zeit später im Präsidium an. Eilert, der seinen Dienst etwas früher angetreten und den Rettungswagen beobachtet hatte, berichtete ihm von dem Kind, das gerade mit einer gefährlichen Unterkühlung ins Krankenkaus gebracht worden war.

Überstürzt und zutiefst besorgt rannte Thorge aus dem Kommissariat und stieß beinahe mit Janne zusammen, die gerade auf die Eingangstür zusteuerte.

Erst im Auto wurde ihm klar, dass er kaum Informationen hatte. Krankenhaus – welches Krankenhaus? Das Klinikum oder das Borromäus-Hospital? Beide hatte er schon dienstlich besucht und im Klinikum hatten sie ihm schon einmal eine Kopfplatzwunde versorgen müssen. Er hatte sich die Stirn an der Heckklappe des Dienstwagens gestoßen. Das Borro hatte angeblich keine Kinderabteilung. Also zum Klinikum. Schon beim Einbiegen in die Augustenstraße wünschte er sich, er wäre mit dem Fahrrad gefahren. Die Wege links und rechts waren zugeparkt, der öffentliche Parkplatz war voll. In der Auffahrt für Lieferanten quetschte er seinen Wagen an die Seite und legte das selbstgemachte Schild »Einsatz, Kripo Leer« auf das Armaturenbrett.

Zischend öffnete sich die Automatiktür am Haupteingang und Thorge suchte Hinweise, wo es zur Kinderstation gehen könne.

»Brauchen Sie Hilfe?«, fragte ein freundlicher Pfleger, der eine leere Trage an ihm vorbei schob.

»Kinderstation, ich suche die Kinderstation, dienstlich! Ein Kind mit Unterkühlung, heute Morgen«, stammelte er. Krankenhäuser machten ihn immer nervös und unsicher.

»Folgen Sie mir, ich muss da vorbei!« Zügig ging es über Flure und um Ecken. »Da müssen Sie weiter.«

Thorge bedankte sich und fragte an der Kanzel der Stationsschwester nach dem Kind.

»Das wird wohl auf der Kinderintensiv liegen, warten Sie, ich frage nach!« Es stellte sich heraus, dass es dort nicht lag, sondern in der Intensivstation für Erwachsene betreut wurde. Auf »Kinderintensiv« sei kein Platz mehr gewesen. Eine mitleidige Seele brachte ihn auf den rechten Weg.

Nachdem er sich ausgewiesen und sein Anliegen vorgetragen hatte, wurde er direkt zu dem kleinen Patienten geleitet. Er musste sich nicht vermummen, wie es in Arztfilmen im Fernsehen immer gezeigt wurde. Die Intensivschwester sah ihn aufmunternd an:

»Ich hole sofort unseren Diensthabenden«

Thorge ging zögernd und unsicher in das Krankenzimmer. Marvin lag in einem viel zu großen Bett und hing an viel zu vielen Schläuchen und Monitoren und schlief tief. Vielfarbige Zahlen und Graphiken wanderten über die Bildschirme und ein Baum von Infusionsgeräten stand seitlich des Kopfendes.

»Ich bin Dr. Alkhyoti, ich komme aus Syrien« stellte sich der leise hinzutretende Anästhesist vor.

»Und ich komme von der Kripo, aus Leer.« Thorge vermied es, den Arzt mit Namen anzusprechen. Er hatte ihn schon vergessen. »Wie geht es ihm?«

Alkhyoti erklärte ihm, dass Marvin eine bedrohliche Unterkühlung gehabt habe, er sei aber schon auf dem Wege der Besserung. Als er eingeliefert wurde, habe er nur knapp 30° C gehabt und sei nicht ansprechbar gewesen. Durch erwärmte Infusionen sei es gelungen, die Kerntemperatur anzuheben. Jetzt sei schon fast alles wieder normal. Er wirke noch völlig adynam, Puls, Blutdruck und Atmung seien flau. Er sei außerdem total erschöpft und müde. Organkomplikationen seien nicht zu befürchten. Der Kleine werde wohl noch im Laufe des Tages auf die Kinderstation verlegt.

Der Satz vom kleinen Prinzen fiel Thorge ein: »Du bist ewig für das verantwortlich, was du dir vertraut gemacht hast« Ja, er fühlte sich verantwortlich für Marvin, jetzt, vielleicht auch später noch oder für ewig. Er wusste es nicht.

Wegen der dramatischen Ereignisse um Marvin hatte Janne den Besuch im Katasteramt verschoben und wollte ihn jetzt schleunigst nachholen. Das Gebäude lag in der Westerstraße. Janne zog ihre warme Steppjacke mit der fellbesetzten Kapuze an, wickelte sich einen Schal um Hals und Mund und steckte die Hände in ihre gefütterten Lederhandschuhe. Die Temperaturen hielten sich seit Tagen im Minusbereich, es war immer noch bitterkalt. Trotzdem verzichtete sie auf das Auto, sondern schnappte sich das Dienstfahrrad und machte sich auf den Weg. Unterwegs kamen ihr Horden von Radfahrern entgegen. Die Schulen hatten gerade ihren Unterricht beendet und die Schülerinnen und Schüler strömten nach Hause, die meisten, ohne sich an Radwege oder Verkehrsrichtungen zu halten. Janne fuhr im Slalom um entgegenkommende Schüler herum und verhinderte im letzten Moment gefährliche Kollisionen. Ich werde den Kollegen von der Verkehrspolizei vorschlagen, mal wieder einen Radfahr-Parcours zum Üben anzubieten, beschloss sie.

Das Katasteramt war ein langweiliger rechteckiger Kasten mit vielen genormten gleichförmigen Fenstern. Da hat sich ein Architekt nicht gerade verausgabt, dachte Janne.

Im Eingangsbereich studierte sie die große Hinweistafel. Das zuständige Büro befand sich im zweiten Stock. Janne nahm die Treppe, da die Fahrstuhltür sich gerade geschlossen hatte. Es packte sie der sportliche Ehrgeiz, noch vor dem Fahrstuhl oben zu sein und sie sprintete die Stufen hinauf. Als sie oben ankam, sah sie gerade noch, wie sich hinter einem Mann die Fahrstuhltür schloss und dann ging es schon wieder abwärts. Janne stutzte. War das nicht …? Nein, sie hatte sich wohl getäuscht.

Das Handy in ihrer Tasche gab ein kurzes Signal. Janne schaute auf das Display. Eine Textnachricht von Jens: »Berlin ist einsam ohne dich. Miss you.« Lächelnd steckte sie das Handy wieder ein. Ich werde ihm später antworten, beschloss sie. Jetzt muss ich erst einmal das richtige Büro suchen.

Sie fand es am Ende des langen Flurs. Das Namenschild neben der Tür zeigte, dass das Büro von Frau Behrends besetzt war. Auf Jannes Klopfen ertönte eine freundliche Frauenstimme und bat sie herein.

»Moin, ich bin Janne Winkelmann von der Kripo Leer«, stellte sie sich vor und erklärte ihr Anliegen. Die junge Angestellte schaute kurz in ihren Computer, um nach der entsprechenden Akte zu suchen.

»Komisch, heute hat schon jemand nach dem Lageplan gefragt.«

Janne horchte auf: »Erinnern Sie sich, wer das war?«

»Ja, er hat sich als Peter Krämer vorgestellt und wollte die Grundbuchauszüge für seine Eltern haben.«

»Das ist ja interessant«, sagte Janne mehr zu sich selbst, aber Frau Behrends wurde neugierig.

»Wie meinen Sie das?«

»Das darf ich Ihnen nicht sagen.«

»Ach so, verstehe. Polizeigeheimnis. Jetzt fällt es mir ein. Das Ehepaar, das an Martini ermordet wurde, hieß doch Krämer, oder?«

Janne ging nicht auf die Frage ein. »Können Sie den Mann beschreiben, der sich als Peter Krämer ausgab?«

Frau Behrends dachte kurz nach: »Ja, groß, dunkelhaarig. Mittleres Alter. Er sah gut aus.«

»Und seine Kleidung?«, hakte Janne nach. »Können Sie die beschreiben?«

»Nein, darauf habe ich nicht so geachtet«, antwortete die junge Frau.

Typisch, dachte Janne. So eine vage Beschreibung hatte sie schon oft bekommen. Die traf auf viele Männer zu. Das könnte sogar Thorge gewesen sein, aber auf keinen Fall Peter Krämer.

Frau Behrends händigte Janne die gewünschten Unterlagen zur Einsicht aus.

»Können Sie mir bitte mal diese Flurbezeichnungen erklären?«, fragte Janne, nachdem sie einen Blick in die Grundbuchauszüge geworfen hatte. »Ich kann mit den vielen Ziffern nichts anfangen.«

Bereitwillig erläuterte Frau Behrends, was die einzelnen Bezeichnungen bedeuteten.

»Machen Sie mir doch bitte Kopien davon«, bat Janne.

Sie steckte die Blätter ein und begab sich wieder auf den Weg zur Dienststelle. Der Strom der vielen Radfahrer war inzwischen abgeebbt und sie fuhr zügig zurück.

»Ich war nicht die einzige, die heute nach den Grundbuchauszügen gefragt hat«, berichtete Janne, als sie Thorge in ihrem Büro traf.

»Und wer war derjenige, der sich dafür interessiert hat?«

»Jemand, der sich als Peter Krämer ausgegeben hat, wollte ebenfalls Einsicht in die Akten.«

»Das ist ja rätselhaft«, sagte Thorge. »Wer hat Interesse daran, die Identität eines Toten anzunehmen?«

»Du warst doch nicht dort, oder? Es soll nämlich ein gutaussehender Mann gewesen sein.« Janne warf Thorge einen schelmischen Blick zu.

»Vielleicht finden wir die Lösung in den Auszügen vom Katasteramt.« Thorge zeigte auf die Blätter, die Janne immer noch in der Hand hielt.

»Ja, sieh dir das mal an!« Sie breitete die Lagepläne auf ihrem Schreibtisch aus.

»Das kleine Flurstück ist tatsächlich ein Weg, wie wir vermutet haben.«

»Aber das ist doch nicht der Weg, den wir immer vom Moorpadd zu Krämers Haus gefahren sind«, stellte Thorge fest.

»Nee, das ist er auch nicht. Dieser hier verläuft ganz anders.«

»Lass mal sehen!«.

»Der Weg führt von Krämers Haus quer über das Nachbargrundstück, das Jeltens gehört, zum Moorpadd. Er teilt das Grundstück in zwei Hälften.«

»Wie kann man denn einen Weg so legen, dass er ein Grundstück teilt? Das ist doch Unsinn«, bemerkte Thorge.

»Ist es auch«, sagte Janne. »Aber wenn du dir die Flurbezeichnungen genau anschaust, merkst du, dass es sich nicht um ein großes Grundstück handelt, sondern um zwei verschiedene Flurstücke. Sie liegen nördlich und südlich am Weg. Die Angestellte vom Katasteramt hat mir erklärt, dass das südliche Grundstück später gekauft wurde.«

»Von dem Weg ist jetzt aber nichts mehr zu sehen«, stellte Thorge fest.

»Ist es auch nicht. Jeltens haben den Weg mit einer großen Halle für ihre Tischlerei überbaut. Wahrscheinlich hat es deswegen damals den Streit zwischen ihnen und Meyers gegeben, von dem Leni erzählt hat.«

»Aber der soll doch später beigelegt worden sein«, erinnerte sich Thorge.

»Stimmt! Ich denke, Jeltens haben Meyers den jetzigen Weg am Rand ihres Grundstückes als Ersatz angeboten. Der liegt sogar viel günstiger für das Krämersche Haus.«

»Aber es ist offenbar versäumt worden, die Verlagerung des Weges beim Katasteramt eintragen zu lassen«, stellte Thorge fest.

»Vielleicht wollte man damals das Geld für die Landvermessung und die Notarkosten für die Eintragung ins Grundbuch sparen. Man hat das so untereinander per Handschlag geregelt. Das geht manchmal noch in Ostfriesland, zumindest beim Viehhandel auf dem Gallimarkt.«

»Solange man sich einig wird, ist das ja in Ordnung. Schwierig wird es erst, wenn man in Streit gerät. Da ist es schon besser, wenn alles notariell besiegelt ist.«

»Und bei einem Besitzerwechsel kann es ebenfalls Ärger geben«, sagte Janne.

»Ja, und einen Besitzerwechsel hat es gegeben«, fügte Thorge hinzu, »eigentlich sogar zwei.« Er machte eine Pause. Offenbar hing er einem Gedanken nach.

Beinahe hätte sie ihn entdeckt. Was hatte sie wohl auf dem Katasteramt zu suchen? War sie ihm etwa schon auf der Spur und er musste noch einmal aktiv werden? Er wusste ja, wo sie wohnte.

Der Tag war anstrengend gewesen und Janne war froh, dass sie endlich Feierabend hatte. Trotzdem schwirrten immer noch Gedanken an die Grundbuchauszüge durch ihren Kopf. Weshalb waren ausgerechnet diese Blätter aus Krämers Aktenordner verschwunden?

Zuhause angekommen, machte sie sich einen Kräutertee und ein Käsebrot. Dann setzte sie sich an den Schreibtisch und blätterte ihre Aufzeichnungen durch. Wer könnte ein Interesse daran gehabt haben, diese Informationen verschwinden zu lassen? Plötzlich durchzuckte sie ein Gedanke. Nein, dachte sie, das darf nicht sein!

Er lenkte seinen Wagen an der Mühle vorbei. Dann schaltete er die Scheinwerfer aus und fuhr in Richtung Deich. Die Laternen am Mühlenteich warfen ein schwaches Licht auf die Straße, sodass er die kleine Feldauffahrt gerade noch entdecken konnte. Vor dem eisernen Gatter parkte er. Vom Dorf aus würde man das Auto nicht sehen können. Er stieg aus und lief den Wirtschaftsweg am Deich entlang. Von dieser Seite wirkten die Häuser ganz anders als von der Dorfstraße, und er musste sich erst einmal orientieren. Aber dann fand er das Haus. Zur Deichseite gab es einen großen Obstgarten. Er wollte schon hinübergehen, als er im Schein der Taschenlampe den Graben entdeckte, der das Grundstück abgrenzte. An der Böschung kam er ins Rutschen und er sah sich schon im eiskalten Nass enden. Aber dann stellte er mit Erleichterung fest, dass der Graben zugefroren war und er kroch auf der anderen Seite wieder hoch. Er bückte sich unter den tief hängenden Ästen der Obstbäume hindurch und schlich zu ihrem Haus. Es war hell erleuchtet. Sie hatte die Vorhänge nicht zugezogen und er hatte freie Sicht in alle Räume. An der Giebelseite befand sich das Wohnzimmer. Ihr Schreibtisch stand unmittelbar vor dem Fenster. Sie saß daran und blätterte einige Papiere durch. Zwischendurch hielt sie immer mal wieder inne und blickte nachdenklich in den Garten. Ihm schien, als würde sie ihm geradewegs ins Gesicht schauen, aber sehen konnte sie ihn in der Dunkelheit bestimmt nicht. Als das Telefon klingelte, schreckte sie auf und hörte mit ernstem Gesichtsausdruck zu. Sicher der Kollege mit neuen Verdächtigungen. Er hätte gerne ihre Antworten gehört, aber er konnte es nicht riskieren, näher an das Fenster heranzugehen. Zwar hatte er sicherheitshalber eine schwarze Hose und einen dunklen Kapuzenpullover angezogen, aber sein Gesicht könnte trotz der Dunkelheit auffallen.

Nachdem sie den Hörer aufgelegt hatte, machte sie sich Notizen. Dann stand sie auf und lief im Zimmer hin und her. Offenbar beschäftigte sie der Anruf.

Als sie das Wohnzimmer verließ, versuchte er, sie in einem der anderen Räume wiederzufinden. Er verließ sein Versteck und ging auf die Längsseite des Hauses. Gebückt, fast auf allen Vieren, schlich er näher. Dort entdeckte er sie in der Küche. Sie holte sich gerade ein Bier aus dem Kühlschrank und füllte es in ein Glas.

Es war ein dunkles Weizenbier. Die Farbe und die Flaschenform waren unverkennbar. Als er näher ans Küchenfenster herantrat, knackte unter seinen Füßen ein abgebrochener, dürrer Ast. Sie blickte kurz hoch, trat ans Fenster und zog die Vorhänge zu. Schnell wich er zurück in den Schatten der Hecke. Dann schlich er zur Auffahrt, wo ihr Wagen stand. Er nahm seinen Autoschlüssel aus der Hosentasche, drückte ihn mit der Spitze fest in den Lack und zog eine tiefe Schramme von der Beifahrertür bis zum Heck. Sie sollte spüren, dass er dagewesen war und er würde wiederkommen.

2. Dezember

Janne und Thorge kamen morgens zur gleichen Zeit auf dem Parkplatz vor dem Revier an. Thorge parkte seinen Audi rechts neben Jannes Volvo.

»Wen hast du denn da gerammt?«, fragte er, nachdem er ausgestiegen war.

»Wie meinst du das?«

»Na, dann komm mal hierher und schau dir das an!«, sagte Thorge.

Janne lief um ihren Wagen herum und betrachtete die lange Schramme, die sich über die ganze rechte Seite zog.

»Das hätte ich ja wohl gemerkt, wenn ich jemanden gerammt hätte!«

»Es sieht auch eher so aus, als wenn jemand mutwillig mit einem spitzen Gegenstand diesen Kratzer in den Lack gezogen hat.«

»Wer will mich denn da ärgern?«

»Auf jeden Fall ist es ihm gelungen. Ist da jemand sauer auf dich?«

Janne wurde nachdenklich.

»Ich hatte gestern Abend das Gefühl, dass jemand vor meinem Fenster steht und mich beobachtet. Es hat mich beunruhigt.«

»Das wäre mir auch unheimlich. Du wohnst da ja recht einsam in Middels-Möhlen. Vielleicht solltest du dir einen Wachhund anschaffen«, sagte Thorge.

»Ja, darüber habe ich auch schon nachgedacht.«

»Es ist aber gar nicht gesagt, dass die Beschädigung an deinem Wagen persönlich gemeint ist. Vielleicht mag nur einer keine alten Volvos.«

»Das kann ich mir überhaupt nicht vorstellen«, sagte Janne.

Sie rief in der Autowerkstatt Vosse an. Patrick war am Telefon.

»Ich habe morgen Zeit, um mir den Lackschaden anzusehen«, sagte er. »Vielleicht kann man die Schramme mit einem Lackstift ausbessern. Es hört sich aber eher so an, als müsste es eine aufwändige neue Lackierung werden. Die Kosten werden aber wahrscheinlich den Wert des Wagens übersteigen.«

»Sie wissen doch gar nicht, was mir der Wagen wert ist«, sagte Janne und machte den Termin mit Patrick fest. Da der Lack an ihrem alten Volvo ohnehin schon matt geworden war, überlegte sie sich tatsächlich, den Wagen ganz neu lackieren zu lassen. Es gab zudem einige Roststellen, die dringend behandelt werden mussten, wenn der Wagen noch zwei Jahre bis zu seinem Oldtimer-Status mit H-Kennzeichen schaffen sollte. Und das war ihr Ziel.

Gegen Mittag machte sie sich wieder auf den Weg nach Heidland. Inzwischen waren fast alle Vorgärten, die die Straßen rechts und links säumten, weihnachtlich geschmückt. Auch Leni hatte eine Lichterkette um ihren Rosenbogen am Eingang gewunden.

Sie war inzwischen auf eigenen Wunsch vorzeitig aus dem Krankenhaus entlassen worden. Janne hatte noch vergeblich versucht, sie davon abzuhalten.

»Du brauchst noch Ruhe.«

»Ewige Ruhe erwartet mich noch früh genug«, hatte Leni lakonisch geantwortet.

Janne hatte noch ein paar Fragen an sie wegen des Streites zwischen Jeltens und Meyers.

Unterwegs meldete sich Jannes Magen mit einem deutlichen Knurren und sie bereute es, dass sie auf das Mittagessen in der Kantine verzichtet hatte.

Daher beschoss sie, in Heidland im Backshop des Lebensmittelmarktes an der Kreuzung Kuchen zu kaufen, den sie zusammen mit Leni bei einer Tasse Tee genießen wollte. An der Eingangstür zum Laden stieß sie beinahe mit Jens Jelten zusammen.

»Hallo Janne, das ist ja eine nette Überraschung. Was machst du denn hier?«

»Hallo Jens.« Janne schaute ihn verwundert an. »Wolltest du nicht in Berlin sein?«

»Hat sich erledigt. Und was führt dich hierher? Immer noch nicht weitergekommen im Fall Krämer?«

»Jens, du weißt doch …«, begann Janne etwas vorwurfsvoll.

»Okay, ich frag nicht weiter«, unterbrach er sie lachend und hob entschuldigend die Hände. »Aber lass uns doch unser zufälliges Treffen noch ein bisschen ausdehnen. Was hattest du denn gerade vor?«

»Ach, ich dachte, ich käme ohne Mittagessen aus, aber jetzt knurrt mein Magen und ich wollte mir nur mal schnell Kuchen kaufen.«

»Ich würde dich ja gerne in das Hotelrestaurant dort einladen. Das öffnet aber erst heute Abend. Aber es gibt in der Nähe einen kleinen Imbiss. Den habe ich vor ein paar Tagen entdeckt. Kommst du mit? Ich hab nämlich auch einen Mordshunger. Oh, sorry, ist wohl nicht die angemessene Ausdrucksweise.«

»Ach, passt schon! Ich bin da nicht so empfindlich. Auf eine Currywurst hätte ich jetzt tatsächlich Appetit.«

Da der Imbiss nicht weit weg war, ließen die beiden ihre Autos auf dem Parkplatz stehen und gingen den kurzen Weg zu Fuß. Jens legte den Arm um sie.

»So ist es wärmer«, sagte er lachend. Janne gefiel es.

Der Laden hatte gerade erst geöffnet. Die Inneneinrichtung bestand aus rustikalen Bänken und Tischen und da noch keine anderen Gäste da waren, hatten sie freie Platzwahl. Janne suchte sich einen Tisch am Fenster. Von dort hatte sie einen Blick auf die alte Molkerei. Da hatte sie als Kind noch Schlagsahne für den Sonntagskuchen geholt. Nachdem die Molkerei geschlossen worden war, hatte man das Gebäude zu mehreren Wohneinheiten umgebaut. Janne freute sich über die schöne und sinnvolle Umnutzung.

»Ich bestell schon mal«, sagte Jens.

Er ging an die Theke und orderte bei der Bedienung, die gerade dabei war, alle Geräte in Gang zu setzen, ein halbes Hähnchen und eine Currywurst.

»Dauert noch ein bisschen«, sagte die junge Frau hinter dem Tresen. »Die Friteuse muss erst aufgeheizt werden.«

»Dann trinken wir erst einmal etwas.« Er drehte sich zu Janne um. »Was möchtest du? Ein Bier vielleicht?«

»Ja, gute Idee, aber bitte alkoholfrei!«

»Dann noch zwei Weizenbier, alkoholfrei«, hörte sie ihn sagen, »ein helles und ein dunkles.«

Janne stutzte und sah ihn aus den Augenwinkeln an. Als er das Tablett mit den Getränken an den Tisch brachte, stellte er das dunkle Bier vor ihr ab.

»Ist es so recht?«, fragte er.

Janne nickte stumm.

»Du bist ja plötzlich so blass. Ist irgendetwas nicht in Ordnung?« Jens Jelten sah sie prüfend an.

»Ach, mein Blutzuckerspiegel ist wohl ziemlich im Keller. Wird Zeit, dass ich etwas zu essen kriege«, sagte Janne. Dann begann sie eine belanglose Unterhaltung über das Wetter und die Frage, ob es wohl weiße Weihnachten geben würde. Aber es fiel ihr schwer, sich auf das Gespräch zu konzentrieren.

Nachdem sie sich von Jens Jelten verabschiedet hatte, fuhr Janne zurück nach Leer. Sie musste umgehend mit Thorge sprechen.

Er saß im Büro und sah sie erstaunt an, als sie hereingehastet kam.

»Bist du schon wieder da? Was ist los?«

Janne setzte sich zu ihm und atmete tief durch.

»Ich bin blind gewesen«, sagte sie kleinlaut.

»Wie meinst du das?«

»Es war Jens Jelten«, stieß sie hervor. »Und ich bin ihm beinahe auf den Leim gegangen. Nichts mit Intuition!« Sie fasste sich an die Stirn. »Er wusste, was für ein Bier ich bevorzuge. Er war das vor meinem Fenster und das mit der Schramme vermutlich auch. Er spionierte auch bei Leni rum und hat sie nach seinem Onkel und seiner Tante ausgefragt. Und er wusste bei unserer ersten Begegnung auch, dass Krämers umgebracht worden waren, obwohl er behauptete, seit zwei Monaten nicht in Heidland gewesen zu sein. Das ist mir erst jetzt bewusst geworden. Woher hat er das wissen können, wenn er es nicht selbst getan hat? Es passt alles zusammen, Thorge«, sagte sie. »Der Scherbellenskopp, den Marvin zwischen Krämers Haus und der Villa gesehen hat, war Jens Jelten. Er hat sich anschließend in der Villa versteckt. Marvin hat doch erzählt, dass er Taschenlampenlicht oben hinter einem Fenster gesehen hat. Und die fehlenden Grundbuchauszüge mit den Wegen, die über Jeltens Grundstück führen! Wer sollte sich denn sonst dafür interessieren außer Jens Jelten? Und hat nicht Birgit Krämer gesagt, dass ihr Vater sich geärgert habe, weil in seiner Nachbarschaft ein großes Gebäude mit vielen Parkplätzen errichtet werden sollte? Wenn Jens Jelten das Grundstück verkaufen wollte, stand ihm das alte Wegerecht im wahrsten Sinne des Wortes im Wege. Und Leni hat doch auch etwas von einer Discounterkette gesagt. Wir brauchen sofort einen Durchsuchungsbeschluss.«

Janne war außer Atem, als sie geendet hatte. Dann stand sie auf und ging zu Martens Büro.

Als sie zurückkam, hatte sie den Durchsuchungsbeschluss in der Hand.

»Du denkst aber daran, dass Jelten das Recht hat, bei der Hausdurchsuchung dabei zu sein«, erinnerte Thorge sie.

»Ich habe versucht, ihn auf seinem Handy zu erreichen, aber er meldet sich nicht.«

»Wir machen Gefahr im Verzug geltend«, sagte Thorge, »und bestellen einen Zeugen für die Durchsuchung. Ich ruf den Bürgermeister von Heidland an. Der soll kommen, falls Jens Jelten nicht dort ist.«

Wenig später waren Janne und Thorge in Heidland. Janne beobachtete, wie ihre Kollegen von der Spurensicherung kurz nach ihnen vor der Villa hielten und mit ihren Koffern dem Hauseingang zustrebten. Gleich danach fuhr auch der Bürgermeister auf die Auffahrt.

»Dann haben wir ja alle beisammen«, sagte Janne, »und es kann losgehen.«

Ein Kollege von der Spurensicherung öffnete die Haustür. Janne betrat als erste die Diele. Schöne Stuckarbeiten in Form von Girlanden und Blütenblättern zierten dort die Decke. Sie erinnerte sich, wie sie als Kind einmal im Jahr diesen Raum betreten hatte, nämlich an Martini. Sie hatte immer fasziniert nach unten auf die farbigen Fliesen geschaut, war mit den Augen den mäandernden Ornamenten gefolgt und hatte dabei beinahe das Singen vergessen.

»Wir nehmen uns zuerst die vorderen Räume vor«, entschied Janne.

Die Wohnräume waren offenbar seit dem Tod von Karl Jelten vor zwei Monaten nicht benutzt worden. Eine Staubschicht bedeckte die Möbel. Den Kollegen von der Spurensicherung fiel nichts Verdächtiges auf. In der Küche gab es jedoch Hinweise, dass dort kürzlich jemand gewesen war. Im Kühlschrank befanden sich frische

Lebensmittel und die Kaffeemaschine war erst vor kurzem bedient worden. Im Filter war noch frischer Kaffeesatz.

»Sieh an, was haben wir denn da?« Die Kollegin von der Spurensicherung hielt Janne eine Packung mit bunten Trinkhalmen entgegen.

»Die gelben haben eine große Ähnlichkeit mit dem Trinkhalm, den wir bei Krämers entdeckt haben«, stellte sie fest.

Im oberen Stockwerk fanden die Kollegen in einem der Schlafräume ein benutztes Bett vor. Bei der Durchsuchung der Schränke entdeckten sie in einer Schublade eine 9 mm Pistole mit Schalldämpfer und den Schlüssel mit dem Tukan.

»Die Sachen waren nicht einmal versteckt«, sagte Thorge. »Er hat sich wohl sehr sicher gefühlt und nicht gedacht, dass du ihm auf die Spur kommst, Janne.«

Nach zweieinhalb Stunden war die Spurensicherung mit ihrer Arbeit im Wohnhaus fertig.

»Und jetzt nehmen wir uns die große Halle hinter dem Haus vor«, ordnete Janne an. Als sie das Eingangstor zur Seite schoben, strömte ihnen der würzige Duft von Holz entgegen. Die Tischlerei war noch nicht ausgeräumt. Janne sah sich um. Zu den oberen Regalen, wo Leisten und Bretter in unterschiedlichen Profilen und Breiten gestapelt waren, führte eine Holzleiter. Bandsäge, Hobel, Bohrer und anderes Tischlerwerkzeug schien sich noch an Ort und Stelle zu befinden, so wie der alte Herr Jelten seinen Arbeitsplatz verlassen hatte, bevor er krank geworden war. Er hatte noch angefangen, eine lange Gartenbank zu tischlern und fast fertigbekommen. Nur eine Seitenlehne fehlte noch. Die Bank würde ich mir gerne hinter mein Haus stellen und von dort zusehen, wie die Sonne hinter dem Deich untergeht, dachte Janne. Und die Seitenlehne würde ich auch noch hinkriegen.

»Hier ist etwas«, rief Thorge plötzlich von draußen. Er hatte sich den Außenbereich angesehen. Janne lief um die Halle herum bis zu dem Holzunterstand, wo Thorge wartete.

»Ich sehe hier nur Bretter«, sagte sie.

»Wart's ab!« Die Kollegen von der Spurensicherung nahmen ein Brett nach dem anderen aus dem Unterstand und dann sah sie es auch. Zuerst nur ein kleines Stück von dem schwarzen Lack und bevor das Auto ganz freigelegt war, ahnte Janne schon, um welches es sich handelte.

Der BMW rollte auf die Auffahrt und stoppte kurz vor dem Treppenportal. Janne lief zu dem Wagen und riss die Fahrertür auf. Jens Jelten wirkte verdutzt.

»Janne, was macht ihr hier? Worum geht es?«

Aber Janne sah ihm an, dass er genau wusste, worum es ging.

Sie wandte sich ab und rief Thorge zu: »Nimm ihn fest!«

Nach einem kurzen Impuls zu fliehen, sah Jens Jelten ein, dass er keine Chance hatte zu entkommen. Er blieb stehen und drehte sich zu ihr um: »Ach Janne«, sagte er, »wärst du doch bloß bei den Räubern geblieben!«

3. Dezember

Gleich nach Dienstbeginn versammelte Janne ihre Kollegen noch einmal in ihrem Büro. Sie stellte sich vor das Whiteboard und begann mit ihrem Bericht:

»Wie ihr inzwischen sicher alle wisst, haben wir gestern Jens Jelten festgenommen.«

»Was hat ihn denn überführt? Wie seid ihr auf ihn gekommen?«, fragte Franziska.

»Er wusste zu viel«, sagte Janne scherzhaft, aber eigentlich war ihr nicht zum Lachen zumute.

Franziska hakte nach: »Wie meinst du das?«

»Ich bin stutzig geworden, als er für mich ein dunkles Weizenbier bestellt hat.«

»Wieso, das war doch nett!«, warf Eilert ein.

»Wäre es auch gewesen, wenn ich ihm den Auftrag dazu gegeben hätte. Hatte ich aber nicht. Und ein Hellseher ist er bestimmt nicht. Ich habe mich gefragt, wieso er wusste, dass ich gerne dunkles Weizenbier mag. Ich trinke oft eins, bevor ich zu Bett gehe. Dann kann ich besser abschalten und gut einschlafen. Und Thorge ...«, sie wandte sich an ihn, »du erinnerst dich, dass ich das Gefühl hatte, es steht abends jemand vor meinem Fenster und beobachtet mich. Ich hatte Recht, es war Jelten. Er hat es beim Verhör zugegeben.«

»Ein Spanner eben«, warf Eilert ein. »Das alleine genügt doch nicht, um ihn zu verhaften.«

»Nein«, sagte Thorge. »Der entscheidende Hinweis kam vorher schon von Marvin Brandt. Wir haben es nur nicht sofort erkannt. Der Junge hat an Martini kurz nach acht einen Scherbellenskopp zwischen Krämers Haus und Jeltens Villa gesehen. Er war als Oma verkleidet und ist in keinem der anderen Häuser aufgetaucht.«

»Also noch ein vierzehnter Scherbellenskopp, von dem wir anfangs nichts wussten«, ergänzte Janne. »Bei der Hausdurchsuchung haben wir gelbe Stiefel gefunden, wie Marvin sie gesehen hatte. Die Spurensicherung ist dabei, sie auf Faserspuren von Krämers Teppichboden zu untersuchen. Außerdem haben wir den Schlüssel von Krämers Haustür und eine 9mm Pistole mit Schalldämpfer gefunden, wahrscheinlich die Mordwaffe. In einem Unterstand war unter Brettern Peter Krämers Leihwagen versteckt. Und den Flachbildschirm haben wir dort auch gefunden. Die Beweisstücke sind erdrückend und reichen für eine Anklage. Das hat auch Jens Jelten eingesehen und gestanden.«

»Und was war nun das Motiv, drei Morde zu begehen?«, fragte ein anderer Kollege.

»Geldgier, wie so oft!«, sagte Janne. »Jens Jelten hat von seinem Onkel die Villa neben Krämers geerbt und wollte sie an eine große Discounterkette verkaufen.

Krämers haben versucht, das zu verhindern, indem sie auf das alte Wegerecht bestanden, das mitten über Jeltens Grundstück führt.

Damit wäre eine legale Überbauung mit einem großen Gebäude unmöglich und der Erwerb der Immobilie für die Discounterkette uninteressant geworden. Krämers hatten ihren Sohn gebeten, diese Grundstücksangelegenheiten mit Jens Jelten zu klären, was ihm offensichtlich nicht gelungen ist. Peter Krämer wurde vermutlich schon am Tag seiner Ankunft in Heidland von Jens Jelten erschossen. Am Martiniabend ist Jelten dann als Scherbellenskopp verkleidet zu Krämers gegangen, die ihm ohne Argwohn die Tür geöffnet haben.«

»Und der Anschlag auf Helene Siefkes?«, fragte jemand. »Geht der auch auf sein Konto?«

»Ja, Jelten befürchtete, dass sie noch von den alten Grundstückstreitigkeiten bezüglich des Wegerechtes zwischen Meyers und seinem Onkel wissen könnte und mir diese Informationen zukommen lassen würde.«

Janne beendete ihren Bericht und setzte sich. Sie wirkte erschöpft und nachdenklich und brauchte erst einmal Zeit, um die einschneidenden Erlebnisse der letzten Wochen zu verarbeiten. In den nächsten Tagen werde ich mich mal mit Anne verabreden, beschloss sie. Die versprüht immer so viel Lebensfreude.

24. Dezember

Marvin nahm das Päckchen so behutsam in die Hände, als habe er Angst, das Einwickelpapier zu beschädigen.

»Nun mach schon auf!«, ermunterte ihn Thorge, der selber ganz gespannt war. Renko hatte das Geschenk besorgt und ihm nicht verraten, was es war.

Thorge hatte Marvin im Krankenhaus gefragt, was er sich zu Weihnachten wünsche.

»Das einzige, was ich mir wünsche ist, dass ich Weihnachten bei dir verbringen darf«, hatte Marvin geflüstert.

Thorge hatte kurz schlucken müssen. Er war gerührt, aber er war sich nicht sicher gewesen, ob Renko mit dem kleinen Gast einverstanden sein würde.

Frau Brandt war sehr still gewesen, als Thorge Marvin am Nachmittag abholen wollte, und sie hatte ihren Sohn beim Abschied fest in die Arme genommen. Nun saßen sie zu dritt bei Kerzenschein gemütlich zusammen und packten Geschenke aus, während Sigrun Kiesewetters Lied »Wat klingen de Glocken« vom CD-Player ertönte und sich ihr Gesang mit dem fernen Geläut der Georgskirche vermischte.

Hannes und Edda übergaben Janne den Haustürschlüssel, bevor sie sich in Richtung Wellnessurlaub davonmachten.

»Erholt euch gut!«, rief Janne ihnen noch hinterher.

Dann ging sie ins Haus. Frau Hillrichs und Leni waren in der Küche mit dem Festessen beschäftigt. Sie schmeckten gerade den Rotkohl ab und holten die Weihnachtsgans aus der Bratenröhre.

Am Kühlschrank stand Anne. Sie trug ein hautenges, tief ausgeschnittenes schwarzes Paillettenkleid. So viel vergebliche Liebesmüh, dachte Janne. Damit wird sie wohl heute Abend keinen der anwesenden Männer beeindrucken können. Anne öffnete die Champagnerflasche, die sie mitgebracht hatte und füllte sechs Gläser auf einem bereit gestellten Tablett. Dann erhob sie gutgelaunt ihr Glas und prostete Janne zu: »Auf die bösen Buben!«, sagte sie und lachte. Dann füllte sie ihr Glas mit dem Rest aus der Flasche wieder auf.

»Es kann gleich losgehen«, rief Frau Hillrichs.

Janne hatte sie gefragt, ob sie ihr bei der Betreuung ihres Vaters helfen könnte, solange Edda und Hannes verreist waren. Frau Hillrichs hatte bereitwillig zugesagt. Auch ihr Sohn Bernd hatte angeboten, sich um den alten Herrn zu kümmern und mit ihm spazieren zu gehen.

Frau Hillrichs tat ihrem Sohn innerlich Abbitte. Sie hatte ihn zu Unrecht verdächtigt. Krämers Schlüssel hatte sie in ihrer Manteltasche wiedergefunden, wohin sie ihn selber gesteckt und vergessen hatte, und Frau Krämers Sommerrock hatte bei ihrer Bügelwäsche gelegen. Zum Glück hatte sie Bernd nichts von ihrem Verdacht erzählt.

Janne ging ins Wohnzimmer. Bernd Hillrichs saß im Sessel neben ihrem Vater. Die beiden schauten sich gemeinsam alte Fotos an. In seinem roten Satinkleid glänzte Bernd fast ebenso wie die roten Kugeln am Weihnachtsbaum. Janne sah ihn an. Bestimmt mache ich ihm mit dem Glitzerarmband eine Freude, dachte sie.

Sie hatte es noch im letzten Moment geschafft, ein paar Weihnachtsgeschenke zu besorgen.

Für Anne hatte sie das Buch »Ins Netz gegangen« gekauft. Die Autorin hatte darin informativ und auf amüsante Weise ihre Erfahrungen mit diversen Partnerbörsen im Internet beschrieben.

Die Chancen, dort dem richtigen Mann zu begegnen, schienen jedenfalls gut zu sein.

Immerhin hatte die Autorin auf diese Weise auch ihren Mr. Right gefunden.

Und Anne würde in Zukunft hoffentlich die Finger von den Ehemännern ihrer Freundinnen lassen.

Die CD »Wiehnachten is nich wied« von Knut Kiesewetter hatte sie Thorge schon vor ein paar Tagen geschenkt. Sie hoffte, dass ihm die plattdeutschen Lieder der nordfriesischen Musikgruppe gefallen würden.

Janne wurde wehmütig, als sie daran dachte, wie sie und ihr Bruder als Kinder diesen Liedern gelauscht hatten, wenn sie zusammen mit ihrer Mutter den Tannenbaum geschmückt und gemeinsam »Lüttje, lüttje Dannenboom« mitgesungen hatten.

Leni kam aus der Küche und sah in Jannes traurige Augen.

»Komm Kind«, sagte sie, und legte den Arm um ihre Schultern.

»Du hast heute nette Gäste eingeladen, und wir werden zusammen den Abend genießen.«

Dann drückte sie Janne ein flaches, rechteckiges Geschenk in die Hand.

»Hier, etwas Selbstgebasteltes«, sagte sie schmunzelnd.

»Ist es das, was ich mir gewünscht habe?«, fragte Janne, und sie war genauso gespannt darauf, das Päckchen auszupacken wie früher als Kind.

Janne hatte für Leni einen bunten Seidenschal ausgesucht und Frau Hillrichs würde sich sicherlich über den neuen geräumigen Shopper mit passendem Portemonnaie als Ersatz für die alte abgetragene Einkaufstasche freuen. Für ihren Vater hatte sie einen schönen Bildband mit großformatigen Fotos wildlebender Tiere gefunden. Er hatte sich immer für Naturaufnahmen interessiert.

Janne betrachtete ihn aufmerksam. Er schien sich neben Bernd Hillrichs wohl zu fühlen.

»Frohe Weihnachten, Papa!«, sagte sie und küsste ihn auf die Wange. Ihr Vater bemühte sich, aus seinem Sessel hochzukommen.

»Schön, dass du wieder da bist«, begrüßte er sie. Dann sah er sie an, als müsse er weit in seine Erinnerung zurückgehen.

»Erika!«, fügte er nach einer kleinen Pause hinzu und lächelte.

ENDE

Weitere Nordsee-Krimis

Anja Schwarze

Kurs auf Mord

Ein Nordsee-Krimi

192 Seiten, Taschenbuch, Format 14 x 19 cm
12,90 Euro
ISBN 978-3-95494-223-7

Elsa und Fiete sind eine Zweckgemeinschaft. Elsa hat ein Boot und Fiete möchten in der Nordsee angeln. Bevor die beiden Rentner jedoch in Cuxhaven ablegen können, müssen sie erfahren, mit welchen Mitteln der Konflikt Umweltschutz-Tourismus in der beschaulichen Urlaubsregion ausgetragen wird. Von einer jungen Umweltschützerin hören Fiete und Elsa einiges über Plastikmüll im Meer. Als dieselbe Frau als Leiche im Hafenbecken liegt, beschließen die beiden, auf eigene Faust zu ermitteln. Damit sie zwischen den profitorientierten Hoteliers, ambitionierten Fischern und hochengagierten Umweltschützern nicht die Nerven verlieren, greift Fiete auf das zurück, was er am besten kann: kochen – besonders natürlich Fischgerichte. Auch Elsa, für die Essen sonst nicht so wichtig ist, greift gerne zu, bevor sie ihren Segelschüler in das Bordleben einweist.

Elke Marion Weiß

Wattlauf mit dem Tod

Ein Nordsee-Krimi

288 Seiten, Taschenbuch, Format 14 x 19 cm
12,90 Euro
ISBN 978-3-95494-222-0

Der abgebrannte Journalist Adrian Blau muss sich seit seinem Rauswurf aus der Redaktion selbst nach lukrativen Aufträgen umtun. Da kommt ihm das unerklärliche Verschwinden der Malerin Jette Alba wie gerufen. Entführung? Erpressung? Oder gar Mord? Adrian macht sich auf die Suche nach der schönen Künstlerin. Die Recherche führt ihn auf eine friedliche nordfriesische Insel. Dort muss er erleben, wie plötzlich das Böse in die Idylle eindringt: Brandstiftung, manipulierte Autobremsen, Baugruben fordern tödliche Opfer. Stehen die Morde in Zusammenhang mit einer ménage à trois, in die auch die Frau eines Politikers verwickelt ist? Oder geht es um das große Bauprojekt Wattenmeerpark am Rande eines Vogelschutzgebiets, das einen Inselkrieg in Gang gesetzt hat, der an Theodor Storms Schimmelreiter erinnert? Oder verbirgt sich etwas Größeres, Gefährlicheres dahinter?